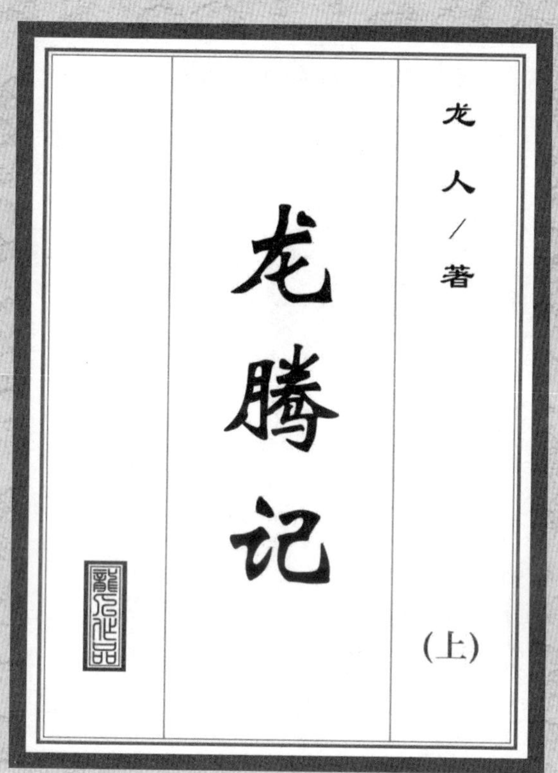

龙腾记

龙人／著

(上)

二十一世纪出版社集团
21st Century Publishing Group
全国百佳出版社

图书在版编目（CIP）数据

龙腾记：全 3 册 / 龙人著 . -- 南昌：二十一世纪出版社集团，2017.12

ISBN 978-7-5568-3242-2

Ⅰ . ①龙… Ⅱ . ①龙… Ⅲ . ①长篇小说－中国－当代
Ⅳ . ① I247.5

中国版本图书馆 CIP 数据核字 (2017) 第 289906 号

龙腾记：全3册　　龙　人　著

责任编辑	敖登格日乐
出版发行	二十一世纪出版社集团 （江西省南昌市子安路75号　330025） www.21cccc.com　cc21@163.net
出 版 人	张秋林
经　　销	新华书店
印　　刷	北京市兴怀印刷厂
版　　次	2018年5月第1版　2018年5月第1次印刷
开　　本	710mm × 1000mm　1/16
印　　张	45
字　　数	441千
书　　号	ISBN 978-7-5568-3242-2
定　　价	150.00元（全3册）

赣版权登字—04—2017—895

如发现印装质量问题，请寄本社图书发行公司调换 0791-86524997

目　录

楔子

雪，百年罕见的大雪。

千山鸟飞绝，万里人踪灭。这场大雪封山填海，大地一片死寂，但在雪原之上却突兀着三条人影！

两名中年汉子，一个穿着素净的白衣，雪白雪白，与雪色浑然一体，北风撩起他的白色长袍与雪共舞，连头上扎的绢巾也是白的，脸上白得没有一点血色，手里拿着一柄雪白长剑；不，不光是剑，舒展开是一把扇，是把钢骨扇。

但在他一丈之地外却站着一个穿着黑袍的中年汉子，墨黑墨黑，像滴在白雪上的墨，特别醒目，他黑得发紫的脸上布满虬须，手里拿着一柄旱烟管，但此烟管是玄铁所制，全部墨黑。

两人一动不动，宛如堆在大雪中的两个雪人。

其中一个却像被泼了墨汁的雪人；唯一透出活人气息的是他们的眼光，他们不是互相对视的。白衣汉子似乎欣赏满天的雪景，正义凛然的眼光似乎万物皆空。黑衣汉子的眼光看着远处，漠视天下，饱含欲望与邪恶。

同时在他们前面的石壁上却坐着一位老叟，穿着皂色长袍的老人，银须飘然，双目紧闭，看不出脸上有一丝人的表情，凌空坐在陡峭的石壁上，在悬空而坐的同时，不停地用手拨动胸前所挂的佛珠，佛珠顿像被注入生命一般在他手中缓缓地移动着。

这么猛的风，这么大的雪，他们在等什么？

老人的手指在缓缓地拨动，已拨到第九十九颗红色的佛珠上，手指刚刚触到那颗红色的珠子，电光火石一瞬，黑影和白影同时跃起，黑衣汉子点、扫、劈、刺，眨眼间已攻出五招，一管旱烟夹带着棍法和刀法、剑法，绵绵不绝，直指白衣汉子的要害大穴，招招相连，丝丝入扣，全是阴毒的杀招，白衣汉子如行云流水，凌空反击，带起阵阵罡风，出手凝重，所使全是华山和武当的入门剑法，但已将这两种平凡的剑法使得出神入化，招招如大海涨潮，奔腾不息。天下真正将武功达到出神入化返璞归真境界，那就是将最平凡的招式演绎成惊世骇俗的奇招。

悬空而坐的老者依然紧闭双目，缓缓拨动佛珠，九十七，九十八，这时两位中年汉子已拆了千余招，尽管黑衣汉子阴毒的招式层出不穷，可全被白衣汉子以置之死地而后生的方法化解。突然，黑衣汉子滑步抢攻几招，赶快叼旱烟吸了一口，白衣汉子何等身手，岂能放过良机，一招落雁平沙，剑化九朵剑花，封住黑衣汉子下部的九处性命攸关的大穴，眼看黑衣汉子难逃此劫，蓦的，黑衣汉子从鼻孔、嘴里吐出三支烟剑，直刺白衣汉子肩井和玉枕等三大穴位，这一变故太突然了，白衣汉子上盘落空，硬生生的将身体平退，展开白扇截住烟剑，可剑扇还是被洞穿三个小洞。这把剑扇的扇面是千年乌丝所织，柔软如丝而又坚硬如钢，居然被口吐烟剑所穿，可见黑衣汉子的内力达到何等境界。

白衣汉子虽得扇之助全身而退，却又马上反转身形，展开剑扇，挡住再袭而来的烟剑，同时反手抄起几片雪花，使出一招“满天星雨”的暗器手法射向黑衣汉子，黑衣汉子的黑袍如无风而自动涨满风力的船帆，

忽闻哧！哧！哧！的声响，黑袍还是被洞穿了三个小洞。

“好!”这不是喝彩，而是命令，老叟的嘴唇没动，但声音如雷震耳，这种腹语发音神州大地除了龙尊老叟，当世已别无他人了，龙尊老

叟刚将佛珠再次拨到第九十九颗之上。

“黑魔”，这个在江湖上令人毛骨悚然、作恶多端、臭名远著的名字在龙尊老叟的（嘴里叫）腹里叫出来那么淡然，仿佛不是在叫一个魔头，而是在和一个平凡人打招呼。

“白佛”，这是一个令黑道闻风丧胆、代表正义的名字，七海龙尊也是那么淡然的叫出来，名字本来就是一个人的符号，无所谓好坏、正义和邪恶，龙尊老叟对人的名字认识是这样，对人的本身也是这样看的，他认为世人对人的做事与言行判断的好、坏、善、恶，是依据人的道德标准，所谓的好坏善恶，只不过是一枚铜钱的正反面。所以白佛、黑魔在他眼里只是两个感情色彩一样的人，同时他与这正邪对立的两人在关系上同样是师徒关系。

“龙尊老叟”在江湖上只是一个传说，世人根本没见到他的真面目，只是传说在东海之滨住着一位老人，集天下武学之大成，达到炉火纯青、登峰造极的境界，江湖任何奇人异士难望其项背。江湖传说也有它的依据，因为白佛、黑魔的绝世武学是有人见识过的，当时南宋大地谁都知道这首歌谣：

“白佛、白佛，超渡群魔。”

“黑魔、黑魔，独魔战佛。”

他们两人一个竭力维护武林正义，一个在拼命制造邪恶。

同时他俩又为自己挣下“正道至尊”与“魔道之魔”的地位。因为任何武林高手，在他俩手下都难敌三招，甚至还不清楚他们用什么招式和手法。

但龙尊老叟从不传授他俩做人的道理，高低贵贱、好坏善恶在他眼里，在这座孤岛上如一堆粪土。黑魔和白佛学完武功，行走江湖却走上截然不同的道路。

“你们两人过来，我有话跟你俩说。”龙尊老叟还是紧闭双眼，因为世间万物已不值得他睁目观望了。

白佛、黑魔没动也没回答。但他俩已站在龙尊老叟的面前。因为两人的身影太快，让人根本感觉不到他们在动。

“明年中原将出现一位武林奇才，他的额上长着一颗红（痴）痣，你俩传授他武功和做人的道理，以你们自己的方式，看这孩子是走上正道还是走上邪道来决定你俩的胜负，这是为师交代你俩最后的一件事，以后你俩也不要为这些不上斤两的东西打搅我。最后分别给你俩各一份东西，转交那位孩子，因为这本来就是他的东西，这是天意。”

龙尊老叟一动没动，他胸前那串佛珠一颗接一颗有规律地掉下来，从中平缓地飞出一粒红色的和绿色的佛珠。平缓地，一寸一寸地，像有一只无形的手分别递到白佛、黑魔面前。

在佛珠同时落到两人手上时，七海龙尊的声音再次响起：

“这两颗佛珠是聚几千年的天地精华，分别由上古两位君主黄帝和炎帝炼制而成。红色有导向天意的能力，绿色有起死回生的功效。你们去吧！”

雪，仍在下，茫茫大地又重归死寂。风仍在吹，吹得雪花自由的飞。

三个人没留下什么，在皑皑白雪上连一丝足迹也没留下，不知道他们到哪里去了，因为你不知道他们从哪里来。

但我们知道有一个额上带着红痣的小孩，将要临世，是男孩还是女孩？却不知他将有什么样的身世？……

第一章　夺魂心经

"烟柳画桥，风帘翠幕，参差十万人家，有三秋桂子，十里荷花，恙管弄语，菱歌之夜……"被誉为人间天堂的杭州，自把杭州作汴州，南宋定都杭州后，又大兴土木，建起一座座别致的宫廷内院，使繁华的杭州更添风韵。

丽春院地处胭脂街的入口处，红砖碧瓦，飞檐画角，巨大的金粉招牌，书着三个喷金大字"丽春院"。"丽春院"只有三层楼阁，一楼是艺妓，里面有一个圆形水榭，荷花盛开，一些华服人士围坐在艺妓边轻谈浅笑，浅斟慢饮，身着丝绸的艺妓不紧不慢吹、拉、弹、唱，她们属于卖艺不卖身，分为琴、棋、书、画四大类招客的艺妓。二楼妓女可与客人说话解闷，唱歌散心，猜拳划令，赌博调情，她们属于是卖笑不卖身的笑妓。三楼厢房暗香浮动，轻罗曼帐，接待出手阔绰的嫖客，以肉体换取财物。

桃花红，梨花白。

今年你谢，明年我开。

不为郎的貌。

只为君的财。

……

这小调不是艺妓唱的，而是从三楼迈着方步的十一二岁小孩缓步下楼时所唱，这小孩似乎在刻意模仿某个官人的神态，摇头晃脑的唱下来，走到二楼的楼口，他突然看到一个调情的公子哥腰间垂下一个鼓鼓的褡裢，凭他的经验，知道里面少说有十几两银子。

小孩赶快收声猫起腰，从地上慢慢地向那公子身后爬过去，飞快的掏出一把小剪刀，在那人腰间一闪，一物下落，用手接住，眼看正要得手，突然耳朵被人揪起，“天赐，这回老娘废了你。”揪天赐耳朵的是一个三十岁左右的女子，揪耳朵的动作拿捏得准，不偏分毫，力道甚大，痛得天赐龇牙咧嘴，手一松，褡裢掉了下来。

“你这个龟儿子，老娘还不知道你有几根花花肠子……”中年女子正准备破口大骂，突然收住，发出“啊”的一声惊叫。

人们看到散落在地上的十来颗璀璨夺目、光芒四射的珍珠。

瞬间的死寂……人们惊呆，从没见过。

天赐没有其他的杂念，只想得到一颗，赶紧挣脱被揪的耳朵，抢捡掉在脚边的一颗。

“啊呀，踩死老子了。”天赐手刚拿到脚边的一颗珍珠，一只脚差点把他的小手踩碎了。

“刷……”厢房的窗户洞开，二男二女从窗外挺剑纵入，对公子哥形成合围局式，“上官敏，把东西交出来。”

“哈哈，笑掉本人的大牙，就凭你们四个自称‘蜀中四杰’的东西在这里，你们过来拿。”公子哥左脚仍踏在天赐手背上，用左手指着地上说。

蜀中四杰，吴龙、吴虎、吴莺、吴凤兄妹四人在中原武林也是响当当的角色，以无孔四象剑阵在巴蜀一带扬名立万，吴孔四象剑掌门人吴孔系北宋开国大将军吴之冠的孙子，相传吴之冠留给后人一颗蓝色珍珠，里面有一部惊世骇俗的武功秘笈——《夺魂心经》。消息传出之后，江湖中人到巴蜀夺宝络绎不绝，但都败在四象剑阵下。

上月，一位身着华服的公子哥打扮的书生，气宇轩昂，风流倜傥，自称上官敏，其父上官雄与吴孔交情很深，可称是出生入死的兄弟，是来向吴孔伯父求婚，因吴孔曾与上官雄指腹为婚。

吴孔心中有数，确有其事，上官雄和吴孔当年同在汴梁抗击敌军，两人妻子都将临产，就指腹为婚。吴孔生一女儿取名吴鸾，上官雄生一儿子取名上官敏，后吴孔看不惯宋朝无能遂隐居巴蜀，上官雄仍在朝廷，所以这件事就搁浅了。

故人之子来到，又是自己爱婿，吴孔多喝了几杯，不胜酒力，便吩咐下人好好招待上官敏，自己就回房安寝。

哪知第二天早上才发现蓝珠被盗，上官敏人已不知去向，吴孔马上派吴氏四兄妹去追，蜀中四杰一路追到杭州，奇怪的是他们一路上总能看到上官敏留下的记号“敏”字，好像故意让他追赶。

“敏”字的记号到丽春院就止了，吴氏四兄妹已在这里潜伏了两天，就想不通上官敏葫芦里卖的什么药，因为上官敏成天随随便便把褡裢吊在腰间，等小孩剪断褡裢，散落一地，他们才破窗而入。

可他们看到的蓝珍珠不是一颗，而是十几颗一模一样的蓝珍珠。

“娘子，我俩一家人不说两家话，你的就是我的，我的就是你的，你过来让我亲热一下，我就把这破珠子还给你。”上官敏似笑非笑，看着右边的吴鸾说道。

吴鸾粉腮低垂，粉脸气得通红：“谁是你娘子，不要脸，把东西还过来，不然……”

“不然，怎么啦？哟，你想谋杀亲夫，对不对？”上官敏用手指着吴鸾似问非问。

“嘿嘿……”这笑声是被踩趴在地下的小孩发出，因为他趴在地上仰头看到上官敏所穿的是女人的绣花内裤，还有踩在他的手上的那只纤纤秀脚，分明是一个十五六岁的少女。他心想：我从小在妓院长大，还想瞒过老子，一个小姑娘居然信口胡言说什么娘子，谋杀亲夫，他觉得真是好玩，忍不住就笑起来。

若在平时，“蜀中四杰”早就联手抢攻而上，但目前的局势似乎很有气氛，上官敏面临大敌还闲情雅致，轻描淡写地指手划脚，口吐莲花，说些轻薄话。

大家都目瞪口呆注视这五个人物，大气都不敢出，谁也没注意到趴在地上的小孩所发出的笑声特别刺耳。

“小子，你不要命，还笑!”上官敏俊面绯红，她从天赐的笑声中感觉到这小子发现了什么破绽，脚微一晃，已把天赐的头踩在脚下，天赐“哎哟”一声再也叫不出来，因为他嘴巴已被一颗蓝珍珠堵住了，“还叫!”上官敏感到很恼怒，当一个秘密被一个不相干的人识破，肯定会恼羞成怒，上官敏脚一晃，已踩到天赐颈上，这一提一放，那颗蓝色的珍珠已被天赐活活地吞下去了，天赐觉得哽得难受，而旁人，谁也不知道他在一瞬间吞了一颗珍珠。

“刷”吴鸾一招“白猿献果”直刺上官敏面门，一个女孩平白遭人戏耍，剑随气发，这一招本不是什么杀着，只是想来将上官敏逼退，但随气而使，剑势凌厉。

上官敏此时手上没有兵器，但只要懂点武功向后急退就可以化解，不料上官敏伸臂平划而上，不退反进，直扣吴鸾的合谷穴。合谷穴乃人手上的大穴，如果被制就全身麻木，上官敏拿捏恰到好处，在外人看起来，像是吴鸾故意送给她捏住，进而吴鸾的乳中穴被点，上官敏一拉一带，居然把吴鸾抱个正着，还顺口在她的香腮吻了一下，这一连串的动作，上官敏一气呵成，只是一个意念的时间。

同时，吴龙、吴虎、吴凤抡剑扇形弧线而上，想救出吴鸾。无孔四象剑阵讲究配合，循环补给，首尾呼应，而在艮位缺了吴鸾，加上吴鸾满面通红贴在上官敏胸口，这使吴氏三兄妹大受牵制。

上官敏在以右脚为圆心，左脚为半径，如花丛飞蝶，穿梭在吴氏兄妹的剑阵中，身影敏捷飘逸俊秀。

“原来无孔四象剑阵这般厉害，嗯，我倒想见识见识真正的无孔四象剑阵。”上官敏松开吴鸾被封穴道，放开怀抱，吴鸾又羞又急，一鹤冲天反手一剑梅开二度，迅速添补艮位。

由于吴鸾的加入，无孔四象剑阵变得灵动起来，首尾连动，吴龙占据巽位，吴虎武功最强占据巳位控制全局，吴凤站在田位专攻上官敏的下盘，剑影翻飞，人随阵动。上官敏才知太高估自己，脸色凝重起来，显然要全力应付，因为阵势一动，她便要顾忌前、后、左、上、中、下各个方位。

“四象登天”处在巳位的吴虎低吼，陡然，吴鸾、吴凤分别跃上吴龙、吴虎肩头，形成重叠剑阵，互对翻转，就像玩杂技似的，空中幻成道道剑光，在地下形成一片剑网，这对上官敏来说，险象环生。

其实上官敏心里也很着急，只是小姑娘家心高气傲，生性顽皮，把大事都抛在脑后。

原来她爹上官雄同吴孔本为岳飞手下得力干将，据守汴梁，在贺兰山一战中，长子上官敏阵亡，上官雄万念俱灰，加上战友吴孔隐退巴蜀，岳飞遭秦桧陷害，蓦地，感到世态无情，天道不酬好人。

人不在不幸中崛起，就在不幸中沉沦。

上官雄屡遭不幸，壮志未酬，空负浑身绝技，他不甘心默默无闻地隐退，于是他就与部下密谋，发动兵变，洗劫了汴京城宫廷宝物，携带巨额财富，上官雄倒戈投靠成吉思汗，凭着他的高超武功、过人的机智，很快取得成吉思汗的信任，被封为南下的金刀统领。

上官雄，带领百万蒙古大军，誓师南下，蒙古骑兵兵强马壮，所向披靡，南下势如破竹，中原大地烽烟四起生灵涂炭，上官雄已占领大半个中原。

然而上官雄成天忧思重重，因为他心中埋藏着一个天大的秘密，他趁兵权在握之时收集天下武功秘笈，遗落在外的只有龙尊的《夺魂心经》、天山的“雪花掌”、大理的“随形剑气”、武当的“百变神功”、天龙派的“吐功大法”等几种绝世神功。

天下万事本是于人所想，既然能想，他上官雄就能做到，到上官雄能做到这些事后，什么被武林称为一尊、三圣、四怪、六魔的头号人物，到时还不是听我上官雄的号令，统治武林，控制武林风云变幻的人一向不是武林绝顶高手，因为他们武学达到最高境界，就会套上佛法枷锁，因一些伪善的佛法伦理束缚自己，紧紧地困住自己。

统治武林是要心智和魄力，上官雄具备这样的雄心和魄力。

这世上没有什么上官雄办不到的事，但有一件使他最头痛也最辣手的事，就是上官红，上官红芳龄十五长得倾国倾城，但全不具有女孩子的温柔贤淑，纯粹是家里的小邪神，惹事生非，诡计多端，总之，天下一些希奇古怪的点子，她都能想得出，上官雄预感到他这唯一宝贝女儿迟早要惹出弥天大祸。

没想到现实来得这么快。

上官雄到下面巡视军营，上官红感到百无聊赖到处抓蟋蟀，她想和街上的小混混斗蟋蟀，突然，她看到一只小松鼠跳入后院寻食，小松鼠看到有人，赶紧逃跑，上官红正愁没东西可玩，因为军营里的人对她敬若神灵，处处让着她，她觉得玩得一点意思都没有，所以成天抓些兔子、鸟雀之类的小动物养在家里，这只小松鼠使她精神为之一振，一提气，几个起纵，就把小松鼠又逼回后院，小松鼠本是到后院觅食，没想到碰上了这个小煞星。

统领府的后院宽敞开阔，但小松鼠被追得无处可逃，好几次差点被生擒活捉，小松鼠亡命奔逃，倏地钻进墙角一个平时谁也没有注意到的小洞。

如果小松鼠轻而易举地被上官红抓住，倒反而使她兴味索然，可这只小松鼠激发了她的兴致，就是掘地三尺，也要找出来。

上官红找来一根长棍子向里面捅，谁知这小洞极深，棍子没触到底。上官红找了几个火把点燃向里面灌烟，不一会儿，小松鼠灰头灰脸地逃了出来，可小松鼠的脚却被缠上了小红绳子，也因此动作迟钝，刚出洞口就被上官红逮个正着，可小松鼠脚上怎么缠着红绳子，哪里来的红绳子？上官红想扯出洞里的红绳子，一拉，突然“轰”的一声，墙向两边分开，墙角出现了一扇小门，一股阴气扑面而来。

是进去还是逃离？上官红被震住了，这熟悉的后院居然有一扇门，门里面又是什么？上官红浑然忘记手里的小松鼠，小松鼠此时突然用力一挣，“吱”的一声溜走了。

强烈的好奇心还是使上官红走进了刚开的小门。时间过得很慢，很慢，上官红在摸索中前进，这入口好像一直向下延伸，全是人工凿成的台阶，约一炷香功夫，上官红走到台阶尽头，上官红听到刀枪兵器的撞击声，似乎有千军万马在拼命厮杀。

上官红贴着石壁，冷汗直冒。

上官红屏气前行，前面打斗声愈来愈清晰，似乎转了一个角，豁然开朗，原来里面是一个巨大的府第，墙壁上的巨烛将里面照得如同白昼，一百多名打着赤膊的汉子在拼命厮杀，奇怪的是他们似乎没有痛感，上官红亲眼看到一个汉子被另一个汉子的剑穿胸而过，可脸上却没有一丝痛苦的表情，依然徒手进攻，将对方头“咔嚓”一声扭断了。如此残酷的搏杀，连平时天不怕、地不怕的上官红也被吓得目瞪口呆。

这些难道就是传说中没有人性的药人，他们怎么在自家后院的地底下，受谁的控制……上官红一下子理不出一个头绪，一筹莫展。

这是一个谜，上官红很想知道这个谜底。

那些药人无视上官红的存在，看都不看她一眼。上官红穿过庭堂，里面还有豪华气派的书房，陈设着名门各派的武功秘笈，突然她看到父亲上官雄端坐在书桌前凝视着她。

上官红宛如抓住救命稻草，一下子想扑进父亲的怀里，上官雄虽成天冷若冰霜，难见笑容，却只除在上官红的面前，也只有上官红才能在他面前撒娇，可父亲不是出去巡防去了，怎么又能坐在这地穴中呢？上官红一拉父亲的手，一股凉意由脚底升起，因为她面前是一具做得惟妙惟肖的蜡人，连亲生女儿也没辨出来的蜡人，蜡像的后面挂着一幅巨大的横幅，中央写着“日月神教”四个大字，左边写“万死不辞，振我神教”，右边写“一统武林，四海归心”。

上官红大惑不解，似乎明白了些什么，但又说不上到底是什么。

书房的后面还有一间密室，里面有五个蜡人像，第一个蜡人像手里拿着一颗蓝色珍珠，身上写着吴孔《夺魂心经》；第二具蜡像是一个中年汉子，满脸钢须如针，手里拿着一根晶莹透亮的笛子，身上写着罗震云“雪花掌”；第三具蜡像是个皇帝模样的人，拿着一卷书面为“随形剑气”四字，身上写着：段理佳；第四具蜡像是个道姑，手里拿着一块白绢，身上写着“百变神功”；第五具蜡像是个鹤发童颜的老人，手里拿着一个紫色的葫芦，身上写着：天龙圣老。这五具蜡像的胸口都挂了一块玄铁牌，上面只一个红字“杀”，这块玄铁牌像一只展翅欲飞的蝴蝶。

不一会儿，上官红走出地道，人恍惚似在梦中，她意识到这件事非同小可，有可能改变她一生的命运，但洞中的秘密更使她不寒而栗。

上官雄更是怒不可遏，大丈夫要成就一番事业必须有所牺牲，但毕竟是自己的女儿。最痛最怜的女儿，这难道是天意，要杀的是自己的女儿，上官雄站在密室里，看着掉在地上的玉佩，这块玉佩是上官雄在女儿刚满周岁时带在她脖子上的，显然是上官红仓促出去时被什么东西扯下来的。

上官雄痛恨自己大意关了密室里所有的机关，不然再厉害的武林高手也不可能活着走出来。这些药人，一百零八个药人，这所有的武林秘笈，这机关重重的密室，花费了上官雄半生的心血。

本来被抓进密室的有三百个青年人，都是体格健壮根骨奇特的青年人，他们每天都要泡在药水里一个时辰，然后参照武林秘笈练习各门各派的精要。由于没有人性，这些药人没有七情六欲，不存在痛苦和欢乐，只是一具战而不死的肉体，每天又不停地厮杀，上官雄相信这是一个弱肉强食的世界，留下的就是优秀的，每天厮杀，每天都有药人在厮杀中死去，上官雄只想留下两个"金刚"和"不死"，这是厮杀产生的最后结果，其他的药人只是这两个精华练习的靶子，可这一切……

"嗯，哈……"上官雄发出阴森的冷笑，"不，决不能让第二人知道。"

上官雄推开女儿的闺房，红儿不在，到哪里去了？必须马上找到她，多活一刻就多一份危险。

"老爷，老爷不好了，小姐，她……她……"

"在哪里！"上官雄感到什么已经发生。

妻子居赛花提着女儿的绣花鞋趴在井口，哭得死去活来，这是一口荒废多年的古井。

"不要哭了。把井封了！"前面一句话是对居赛花说的，后面一句话是对随从说的，顷刻之间，古井就消失了，上官红在他的心目中如同古井一样消失了。

月光的清辉洒在远方黑黝黝的山峰上，就像母亲的手抚摸在上官红的脸上，徐徐晚风送来夜虫的鸣叫，从小住在深宫大院，集宠爱于一身的上官红骑在马上，漫无目的地前进，苍茫茫的天崖路，何处是我家？家，上官红猛的打了一个寒颤，如今她是一个有家不能归的人，孤单凄凉袭上心头。

不经意闯进密室，上官红冥冥中感到将有一场灾难降临在自己身上，她决定逃出来，何况她早就向往外面的世界，她要逃离这个家，于是，她赶紧给自己制了一尊蜡像，穿上自己的衣服，在古井边脱下鞋，将蜡像投入井中，怀揣着几个大金元宝，纵马疾驰了半天，直到夜幕降临，蓦地感到无助、凄凉，该到哪里去呢？

上官红的脑海中浮现出吴孔大人，什么将哥哥上官敏指腹为婿，《夺魂心经》……似乎世上最亲近的就是吴孔伯父，进而一想，自己的易容术已达到炉火纯青的地步，为什么不假扮哥哥上官敏骗取什么《夺魂心经》。她不知《夺魂心经》是一部武功秘笈，只知爹爹把它列在第一位，肯定是一件非常重要的东西。

上官红为自己的计划感到高兴，忽然觉得人做得有目的了，好像去完成一种使命，纵马向西南走去。

从汴京到巴蜀，路程遥远，但上官红天性好玩，有花不完的金子，一路游山玩水，虽然碰到江湖一些三流角色看到她的衣着华丽起了歹心，都被她一两招打得屁滚尿滚。心想，天下武功不过如此，想在家里的爹爹把无孔四象剑阵吹得如何如何厉害，她倒想见识见识，于是才有上官红盗取蓝珠后又留下记号引起“巴蜀四杰”追到丽春院的故事。

“无孔四象剑阵”发挥它应有的威力，剑圈愈缩愈小，紧紧地将上官红裹在中间，上官红香汗淋漓，左支右绌，吴鸾、吴凤一招“双鸟入林”迫使上官红撩剑上举，吴龙、吴虎同使“二虎归山”双剑齐斩，因为上下距离太大，能活动的圈子又太小，眼看上官红双脚就要被削，突然吴龙、吴虎一齐向前扑倒，这五人都出自名家之后，博采众长，虽不是一等一的高手，但在同辈中也算是脱颖而出的佼佼者，上官红正挥剑下挡，“刷刷”两声，活生生的将吴龙、吴虎的肩膀给切下来了。上官红本是为了保护双脚奋力使出两招，竟想不到吴龙、吴虎把手臂送到自己的剑下给切除了，同时吴氏双娇两剑刺入，已将上官红的帽子削掉，露出一头乌黑的头发，上官红感到头皮发紧，同时又羞愧难当，从怀中掏出一颗“霹雷火珠”一掷，反手一抄，将地下散落的蓝珠一收，破窗而出，丽春院的二楼发出轰天震响，烟雾四处散射，等烟雾散尽，上官红已不知去向……

“霹雷火珠”又称“震天雷炮”，是南宋人为抵抗元军进攻而发明的一种极厉害的炸弹，天赐被踩在地下喘不过气来，上官红全力应敌渐感不支才放开他，正准备逃走，看到吴龙、吴虎两柄长剑斩削上官红的双足，捣乱的本性使他就地一滚，将两人同时绊倒，还使两人损失了两条手臂，接着，“轰”的一声爆炸，他就头脑一片漆黑……

从窗户射进的强光刺得他眼睛睁不开，窗外传来熟悉的叫卖声，还有好听的鸟鸣，天赐发觉睡在自己熟悉的小木床上，身上被炸的几个破洞很是好看，肯定是妈妈抱回自己的，又出去做生意了，她每天生意都不错，天赐感到兴味索然，想爬起来溜出去玩，可全身乏力，根本撑不起来，于是就在床上胡思乱想，首先想到的是上官红花色的内衣和纤纤的秀脚，还有那张似嗔非嗔的俏脸，天赐想着想着，竟偷着乐起来，“嗯，她到哪儿去了？”天赐自言自语，她肯定指上官红。

上官红此时正坐在一位富家小姐的闺房里，打开包袱，被丢在床下的小姐莫名其妙地看着她，原来上官红不喜欢住旅店，每到一个地方，就潜入一个大户人家，点上真正主人的穴道丢到床底下，暂睡一晚，这一脾气为她省出了不少麻烦。将珠子倒在桌子上，只有十一颗，这十一颗珍珠一模一样，翠翠生辉，发出蓝莹莹的蓝光，可应该是十二颗，上官红知道蓝珍珠在江湖上的分量，特意花了一锭金元宝购置了十一颗一模一样的蓝珍珠，一共十二颗，这中间的差别只有她最清楚，只有那颗真正的蓝珍珠才能发出七彩的光芒，在晚上她仔细辨认才能发觉这七种不同颜色的光。

上官红赶紧吹灭蜡烛，不错，那粒真正的蓝珍珠不见了，事出突然，上官红睡意全无，她想到了天赐，被她踩在脚下的男孩。

天赐原本叫红痣，因为他刚一生下来，额头就有一颗黄豆大小的红痣，他没爹，连他娘也不知道谁是他爹，他娘烦得要死，就随便给他取了一个名字——红痣，同行的艺妓说这个名字太俗，院子里的柳树正吐新芽，就姓柳，叫柳天赐，含天赐奇痣之意，将来定有一番大的作为，可柳天赐成天鬼混在妓院中，连燕雀之志都没有，还谈什么鸿鹄之志。

柳天赐躺在小木床上胡思乱想，突然白影一闪，床前站着一个人，正是他胡思乱想的上官红，烛光下上官红俊脸绯红，粉黛低垂，脸上总带着一丝似笑非笑的神色，秋波流转，柳天赐在天黑时都能看到她美妙绝伦的身材，烛光下上官红弹指欲破的粉面让他看得那么真切，柳天赐不过是个九岁的小孩，没有什么邪念，只感觉到特别舒服。

“姐姐，你真漂亮。”柳天赐脱口而出，他从小在妓院长大，见过不少风尘美女，可与上官红这个不带一丝红尘气息的绝世佳人相比，全是一堆狗屎。

上官红本是来索回那颗真正的蓝珍珠的，没想到这小男孩说了一句她从没听过的话。汴京的元帅府法度森严，等级分明，父亲的那些手下对自己只是唯唯诺诺，一直把自己当小姑娘看，从汴京到巴蜀再到杭州，一路上自己虽然一身男装打扮，别人只认为上官红是俊秀飘逸公子，因为男子之间只存在人中之杰的感觉，超然众人只是一种力量和气度，而女人就不一样，一个美丽绝伦的女人就如电一样耀人耳目，不管男女老幼都认识到这种美丽，何况上官红被迫离家出走，似乎自己被人遗忘，这声姐姐叫得那么遥远，又那么亲切，从未感到的适切、受用。

上官红怔在床前，恍若睡在小木床上，衣服破烂的柳天赐真是自己的弟弟。

“弟弟，你还痛吗?”上官红感情的泪水放纵奔流，触景生情而又情不能自禁，好像压抑多年的心情感化作眼泪夺眶而出。上官红的眼泪像一颗颗露珠滴在柳天赐瘦削的脸上，带着童贞稚气的脸上。

“姐姐，我很好，你怎么哭了?”柳天赐霎时觉得春光乍现，莺歌燕舞，一下子想坐起来，“哎哟”身体受伤使他重重地倒下去。

“扑哧”上官红忍不住笑起来，伸手擦去掉在柳天赐面上的泪水。

“哦，小弟弟，把我的蓝珠子还给我。”上官红猛的一惊，差点忘了自己的来意。

“蓝珠子？”柳天赐指了指自己的肚子说：“我吞了一颗蓝珠子。”

“吞了？不要逗姐姐，给姐姐啊！”上官红轻声嗔道。

可珠子柳天赐确是吞下去了，这仙女姐姐不就是求他给珠子，不管什么宝贝珠子，即使就是求他给自己养的无敌蟋蟀他也会给的。

“我真的吞了，不信你看，难受死了。”柳天赐飞快地撩起上衣，露出圆圆的肚皮，小手在肚子上按，见上官红还是不太相信地看着他，柳天赐急了：“姐姐，把你的剑借我，我取出来还给你。”

“姐姐信了。”上官红没想到小男孩这么倔，柳天赐于是将他怎样被迫吞了蓝珍珠的经过讲给她听，上官红听后一筹莫展，这真是一个天大的难题。

“姐姐，不要紧的，你剖开后又给我缝上不就得了。”柳天赐看到上官红面露忧色，更是着急。

“傻——”上官红摇摇头，爱怜地看着柳天赐，这是她从未有过的表情，在父亲的眼里她刁钻蛮野，不带一丝大家闺秀的温柔气息，是个十足的野女孩，只有在柳天赐的眼里才是至高无上的仙女姐姐，才有这种思想和情感上的共鸣。

“弟弟”两个字还未说出口，“嘿嘿”，窗外发出两声怪笑，这笑声似乎是将咽喉的声音给人硬生生地挤出来，特别刺耳。

笑声未停，小房间里已多出两个人，一男一女，这两个人太苍老了，男的脸上瘦削，黑药色，那眼色和嘴唇布满零乱的皱纹，像块桔皮凸起的前额有道很深的皱纹，像是鞭子抽打出来，眼睛细小黑黄，背佝偻着，枯枝的手上托着官印，漆黑的官印。女的脸上沟沟壑壑已被香粉抹平，黑白相间，宛如演戏的花脸，面带微笑，露出满嘴中的唯一一颗门牙，仿佛一根擎天之柱，支撑着那对厚厚的双唇，稀疏的头发上插满了缤纷的鲜花，手上拿着一个布袋。

“玉娘，真是踏破铁鞋无觅处，得来全不费功夫，原来这《夺魂心经》在这小子的肚里，快！玉娘，剖开这小子的肚子取出来。”老汉在房里手舞足蹈，如一个孩童，柳天赐和上官红的对话他俩全听见了，那颗使他俩梦寐以求的蓝珍珠就在自己的眼皮底下的肚子里，如何不叫他欣喜若狂？肚子对他来说是不在乎的，只不过是包珍珠的一个包裹，包裹可以撕开，肚子也可以剖开。

“金郎，不用心急嘛，这么丑陋的女孩子我从没见过，我俩先吃掉她的心再说吗。”被称作玉娘的老妇用手整理整理了满头的鲜花，嗲声嗲气地说，上官红听起来肉麻，柳天赐捂着肚子“嘿嘿”地笑起来。

这么老大不小还称什么“玉娘”、“金郎”，几千年才出的两个丑物还称仙女姐姐为丑女娃，八成是两个疯子。

但上官红知道她面前的两位老人就是江湖上人称“金玉双煞”的黑道魔头，金煞专食俊男的心，所使的独门武器叫“官印索”，外形看起来像个官印，尾部的机关有一条长链可以远打近攻；玉煞专食靓女的心，所使布袋伸缩自如，可大可小，另外还有长长的指甲，因为经药物浸泡，长年磨炼，锋利如剑刃，这两大魔头所创的“金玉裂心拳”更是令江湖中人谈之色变。以前上官雄曾经用来吓唬上官红的人物，世间不知多少少男少女的碧血丹心就被这两个魔头吞食！

玉煞左手整理满头的鲜花，右手暴长已伸到上官红的胸前，指甲自上而下的切来，上官红根本没有反抗的能力，胸前的衣服像被剪刀裁开一道长长的口子。

“咦?”玉煞面露诧异的神色，上官红只是怔在那里，并没有胸膛裂开的结果，她的指甲似乎碰到一张质地柔软而又无比坚硬的网，上官红的身上是穿着一件“天山藤甲”。这是一件武林至宝，是用吸天山雪水而长的千年老藤抽筋编成的甲衣，刀枪不入，是上官雄从天山派夺来的，但上官红还是感到胸前如剑剖般的凉意。

玉煞从未失手，没想到这玉面桃花的女娃子让自己大吃一惊，不由恼羞成怒，并拢五指向上官红的粉面抓去，上官红本能的往后一仰，她宁可挺出胸脯也不能让自己的面容被毁，可玉煞的枯手如影随形地追上来，上官红紧闭双目，绝望的惊呼一声，却感到凉意的劲风已离开自己的脸庞。

柳天赐躺在小木床上，看到老丑怪的手居然向仙女姐姐的脸上摸去，不知是什么力量使他一跃而起，拼命的抱紧玉煞的腰向后拉，这股蛮劲活生生的将玉煞拉得倒退一步。

“金玉双煞”最讨厌世间一个情字，不管是父子情、母女情、兄妹情，还是男女之间的爱情，如他俩间的恩爱之情一样简直不值一谈，虚伪做作，当她看到柳天赐舍生救上官红时，不怒反笑，这种阴森的笑声，令人头皮发紧。

“金郎，你看这小子多有情义。”玉煞两次受挫，不怒反笑，含情脉脉地看着金煞，把柳天赐和上官红放在一边，因为他们两人已知掌中的玩物，怎能逃得出如来佛的手掌心。

“哈哈。”上官红陡地笑出来。

“金郎，这女娃笑起来是不是很丑?”玉煞仍是含情脉脉地与金煞对视。

“真是可笑之至，你们连《夺魂心经》有几部都不知道。”上官红用手理了理云鬓，镇定自如地说。

人若处在绝境的时候，往往将最坏的打算和现实来赌一把，上官红这时只有赌一把——骗，能骗一时就骗一时。

“共有几部?”金玉双煞几乎是异口同声，《夺魂心经》只是江湖传闻的一部最高的武学秘笈，至于是什么样的东西，谁也没见过，所以上官红一语击中要害，谁也没见过的东西谁最先说，说得最自信，谁就最有权威。

“这部《夺魂心经》博大精深，共分十二部六十四篇，第一部是夺魂心经的精要和口诀，第二部嘛……”上官红的思想高速运转，居然将一部虚有的《夺魂心经》各部各章谈得绘声绘色。

“第十二部讲的是个‘无’字，即‘无为’、‘无我’、‘无境’、‘无情’，这是武学达到最高境界的四无功法，教人如何修炼得无情无义，无爱无欲，这十二部经书刻在十二颗蓝珍珠上，凡人肉眼是辨认不出来的。”上官红想想说说，越说越奇，越讲越玄，最后几乎连自己也觉得是那么回事儿。

“你俩肯定要问这十二颗珍珠在哪里，对不对？人为刀俎，我为鱼肉，反正我和这小兄弟的性命都操纵在你手里，不妨全告诉你们：目前有十一部经书在这里，第十二部在这小兄弟的肚子里。”上官红说完打开包袱，蓝光四射，果然有十一颗晶莹透亮的蓝珍珠。

“照你这么讲，你是认得这珠上的经文。”眼见为实，耳听为虚，金煞一见十一颗光芒四射的蓝珍珠，完全相信了上官红的谎言。

“就是龙尊本人也不可能全认识，何况我一个小丫头？不过前四部我还是识得。”金玉双煞不大关心珠的本身，而是关心识经文的人，上官红觉得目标在向自己一步步靠拢。

上官红刚一说话，突然觉得一片漆黑，人已腾空而出，伸手一摸，人已被装在袋中，似乎是由两个人抬着，好快的轻功，上官红隐约听见风声，这时的上官红心里反而感到坦然，因为她是金玉双煞心中唯一既有十一部经文又能解释经文的人，至于第十二部无情无义的经文，双煞避之若趋。

上官红心中默默祈祷小兄弟平安快乐，感到人万分困倦，竟在袋中沉沉睡去。

柳天赐躺在小木床上，恍惚又在梦中，房间里似乎弥漫着仙女姐姐的幽香，脸上还留着仙女姐姐的泪水，可他又明明看到仙女姐姐被两个丑怪装在袋子里抬走了，柳天赐多么希望自己也被装进袋子，那样就可以和仙女姐姐在一起，可以天天看到仙女姐姐，柳天赐死而复生反而觉得无限的怅然和伤感。

半梦半醒间柳天赐觉得自己被人猛地从小木床上提起来，人轻飘飘的感到凉风阵阵，“哎哟”，柳天赐被钻心裂肺的痛感惊醒，睁开眼睛一看，似乎是一片荒凉的坟地，他是被人重重摔在地下，面前站着一个少女，蒙面的少女，淡淡的月光下只能感觉到她眼睛里射出的怨毒寒光，姣好的身材在晚风中给人一种凄凉的意境。

柳天赐睡意全消，对面站着的红衣少女依稀感到有点面熟，但又记不起在哪里见过，少女恨恨地看了他一眼，飘然远去，消失在无边的夜色中。

是谁的眼睛这么怨恨？将我带到这里干什么？难道又是什么该死的《夺魂心经》？……柳天赐躺在湿漉漉的地上，百思不得其解，动也不能动，喊也不能喊，他身上的定穴和哑穴被封，唯一能动的就是眼睛。

第二章　沦不畜牲

这两天来发生的事太奇怪了，柳天赐转动眼珠冥思苦想，但思绪忽的又飘到了上官红那忧伤的眼神，最后匆匆一瞥，忽觉心头一暖，不觉心安理得，静听坟地的蛐蛐儿和蟋蟀的歌声，多么宁静祥和的夜晚。

人影一闪，红衣少女走而又回，显然赶得很急，柳天赐听到她急促的呼吸声。

“咚”，就像摔柳天赐一样，红衣少女从肩上摔下一具尸体，一具和柳天赐一般大小狼狗的尸体，就躺在柳天赐身边，这条大狼狗显然刚杀死不久，柳天赐还能感到它身上的热量。

红衣少女看也不看他，兀自从腰间抽出一柄寒光闪闪的匕首，小心翼翼地剥掉狗皮，她蹲在地上，聚精会神，生怕剥坏了一块，一点一点地剥下来。

柳天赐不明所以地看着眼前发生的一切。

红衣少女干完这一切，就地坐在柳天赐的跟前，两道如刀的眼光俯视着柳天赐。

“小子，你知道我是谁?!”良久，她冷冰冰地问道。

没有回答，柳天赐怎么也想不起她是谁，与自己有什么关系，他很想知道这个答案。

“啊”柳天赐倒抽一口凉气，他看到一张支离破碎、血肉模糊的脸，“啪”同时又响起一声清脆的耳光，红衣少女解开蒙面，露出恐怖骇人的面容，这是柳天赐始料不及的。

“我叫吴凤，你这个该死的，是你这个该死的害了我们，不，我不要你死，我要你生不如死。”血肉模糊的嘴唇下露出雪白的牙齿，两排咬牙切齿的白牙，更显得狰狞。

原来，柳天赐绊倒吴虎、吴龙，上官红切下了他俩的手臂，甩出“霹雷神弹”，吴凤收势不住，霹雷神弹的碎片在脸上开花，吴鸾也被炸成重伤。“巴蜀四杰”逃出丽春院互相对视，劫后彼此感到无限的悲哀，缺胳膊少腿，尤其花容月貌的小妹……哎，此仇不报枉为“巴蜀四杰”。四人感到再无脸回到巴蜀，四处查找上官敏。（他们一直认为上官红就是上官敏。）

对一个豆寇年华的少女来说，美丽的容貌比自己的性命还重要，当她看到自己的容貌真想一死了之，可大仇未报，找不到上官敏，思前想后，总觉得有一个人比上官敏还可恶，要不是他绊倒大哥和二哥，上官敏早就成了剑下鬼，自己也不会像现在这般人不人、鬼不鬼。

她心中复仇的火焰越来越旺，又找到复仇的对象，心中升起残酷的冷笑，脑海中闪现千百个酷刑场面，剜心、剁指、割肉……于是便只身潜入丽春院……

柳天赐稀里糊涂地听完吴凤的话，似乎很有道理，自己真是罪该万死，怎么将一个美丽漂亮的姑娘搞得如此丑陋，看来美丽和丑陋与好人和坏人一样在一瞬间是可以转换的，只是看用什么工具，一颗炸弹可以使美变丑，吴凤觉得任何酷刑只是一时的痛楚，难解她心头之恨，他要将这个毁她容貌的罪魁祸首变成一只狗，永远地变成一只狗，千人踢、万人唤的乡村野狗。

吴凤说完这些话流了两行清泪，仿佛是在血肉模糊、凸凹不平的脸上淌下的两条山中小溪弯弯曲曲。继而又发出呜咽般的笑声，到底是哭还是笑，只有吴凤最清楚。

淡淡的光影代替了朦胧的月光。

吴凤抱来一堆干柴，燃起一堆篝火，火在清晨的凉风中卷着火舌，发出愉悦的欢笑，凄凉的坟地变得温暖，柳天赐的破衣服被三下五除二的剥个精光，像剥了狗皮的狼狗，吴凤伸手解开柳天赐的哑穴。

“我让你说一句，最后说一句人话。”

“你真像我的仙女姐姐。”柳天赐刚一说完，像是吞下了一颗珍珠，这次不是珍珠，是一颗圆圆的药丸，从此柳天赐就变成一个哑巴。吴凤左手拿着狗皮，右手拿着烧得通红的匕首，一点一点，一寸一寸地向柳天赐身上烫贴狗皮。

一阵难闻的焦臭味，柳天赐昏死了过去。

东方已露出一片霞光，大地已经苏醒，鸟儿飞来窜去觅食，一只不知名的鸟儿停在柳天赐的头上，因为它发现柳天赐的嘴边有一粒米饭，欣喜地啄了一口。柳天赐脸上吃痛，用手一摸，不是手，而是狗爪子，摸的不是脸，而是毛茸茸的狗嘴，这一切都变了，柳天赐只有人的思想其他都是狼狗，一只有思想的狼狗。

柳天赐想痛哭一场，但发出的都是狗的“呜呜”声，他又倒在地上沉沉地睡去，睡了两个白天和黑夜，柳天赐感到又饿又渴。

狗也是要生存的!

柳天赐蹒跚地爬起来，在明镜的小溪边他看到了一条饥渴的狗，想也不想地饱喝一顿，猛的一抬头，柳天赐发现小溪对面有一条野狗对他虎视眈眈，经过一番拼命的撕咬，柳天赐伤痕累累地赶跑了那只野狗。

人是由环境造就的，环境改变了，你就必须变成相应的什么来适应环境。

柳天赐变成了一条实实在在的狗……

从杭州向东两百里地的绍兴，乌篷船穿梭在各村镇之间，绍兴人喜欢看社戏，临时在水边的空地上搭起一个台子就可以唱戏，也有耍猴的，玩魔术、杂技、玩把戏的，总之三流九教在这里都可以找到一块地盘。

“俺老汉贱名阿二，初到贵地，为供大爷小姐一时消遣，就让这一丑物现丑，大少爷们别小看俺这条狗，俺这条狗能通人性，写字作画，喝酒猜拳，对弈穿衣无所不能，各位大爷见笑了，咚。”一个风尘满面的老汉左手牵着一条穿着花衣的黑狗满场游走，每说一句那狗就敲两下铜锣，“咚咚”老汉抱拳四揖，黑狗也抱拳四揖，这种开场白马上吸引了许多人，里三层外三层挤得水泄不通。

黑狗挤眉弄眼使围观的人越来越多，因为他们平时所看到的人狗杂技，无非是钻火圈打滚之类，而这条狗宛如一个活生生的人，似乎能听话，通人的言语，有人的表情，真使人大开眼界。黑狗从地上咬起一根树枝，写道“欢迎捧场”四个歪歪斜斜的大字，全场顿时掌声雷动，持久不息，这真是一条神狗，人们议论纷纷。正当大家在津津有味地欣赏着黑狗的表演时，突然，两条黑影一晃，不，是三条人影，其中一个黑影挟持着一个白衣少女。

这两条人影去的好快，一眨眼就不见了，不一会儿，后面跟着十来条人影，拿枪持刀，一个个身手不凡，飞掠而过，都是从围观人的头顶踩过去的，不一会儿就都不见了，仿佛突然刮起一阵风。

骚乱的人群归于平静，可柳天赐，穿着狗皮的柳天赐呆了，天下真是太小了，小得使他看到了上官红，他脱口而出“姐姐”，可发出来的只是狗的汪汪声，他怔怔地看着远处，远处那里还有姐姐的身影。

不一会儿，人影又转回来，跑在最前面的仍是“金玉双煞”，他俩显然负伤，两张老脸血迹斑斑，不知是杀别人溅的血，还是被别人杀流的血，但两人的肩膀是被人砍的，红肉外翻，又鲜明又骇人。

后面人大呼小叫形成包抄的局面，围观的看客只恨爹娘少生两条腿，一哄而散，高大的槐树底下露出一片空旷，“金玉双煞”被围在核心，金煞舞动官印索将十来人迫在圈外，玉煞左手挟着上官红正和两男一女恶斗，两个壮男使的是崆峒棍法，虎虎生风，他们一胖一瘦，一高一矮，形成鲜明的对比，高个棍法轻盈飘逸，矮个棍法凝重，力扫千钧。中年女子使的萧山地趟刀，刁钻狠毒，虽然三人轮番攻出，但玉煞只要遇上危险就将上官红推在前面，三人马上中途变招，生怕误伤了上官红。“先把这女魔解决掉。”有人在东边吆喝，于是就有人群向玉煞移动，金煞赶紧横索一拦，人群又被逼到东边。

围攻的人都是江湖一等一的高手，有崆峒派的雷震云和柳青、萧山派的花仙子、青城派的夏刚、华山派卓一凡……但一时之间还是不能伤着金玉双煞，因为上官红在他俩手里，他们从杭州追到绍兴就是为了抢上官红，而上官红只能生擒而不能伤，金玉双煞似乎看到了这一点，干脆把上官红当作盾牌使，捡了一个极大的便宜，再加上名派高手各怀心机，这就使金玉双煞有惊无险。

柳天赐蹲在槐树底下，一眨不眨地看着上官红，不知不觉地泪流满面。

卓一凡瞅准空隙一招“八步流星”踩在青城派夏刚的剑上反弹进去，像一颗流星激射而出，一下子将金煞的官印索逮个正着，金煞的官印索本是打向昆仑派方中鹤的百合穴，谁知官印索被抓，他习惯性地往回一带，卓一凡就顺着官印索带到面前，卓一凡的长剑已指到金煞的咽喉，转机一现，群豪大哗。

两边的雷震云和柳青被迫得手忙脚乱，两把熟铜棍眼看要打到玉煞身上，玉煞急忙扶过上官红，两人只好硬生生的中途收回，玉煞乘机用指甲划过来，迫得两人赶快跃开。花仙子的地趟刀又齐脚斩过来，两人又不得不蹦起来，身法甚是狼狈，玉煞日子也并不舒服，左手要带着上官红，只能使用右手出击，又不能随心所欲地高蹿低蹦，因为她一蹿起就必须带动上官红，加上边打边跑累了两天，汗水把脸上的香粉冲得沿着皱纹的深沟往下直淌，满头的鲜花只有两支还插在零乱的头发上，摇摇欲坠。

“大家停下，我们今天主要是救出上官红妹子，只要两位前辈放了上官红，我们答应不为难两位老前辈。”卓一凡右手用剑指着金煞，只要稍一用力，魔威震天的金煞也只有死路一条，华山派是武林大派，扭转局面又是卓一凡，能说出这话也只有卓一凡。

玉煞扭头一看，陡地右手暴长，凌空一腾竟将花仙子打退一丈开外，跟着身形猛进，五指伸开一抓活生生地将花仙子的瑶刀夺过来，横架在上官红的玉脖上。

“我看谁敢动我金郎。”也许是救夫心切，玉煞从逼退花仙子到夺刀说话，没有丝毫停滞，老脸扭曲变形，甚是狰狞，似有一种与人拼命的架势。

群豪都给震住了，这杀人不眨眼的魔头既然已说出，肯定能做到，上官红一死，他们不就前功尽弃了吗？

死一般的寂静，连空气也凝固了。

突然，玉煞手中的瑶刀“呛啷”落地，伴随着尖叫一声，是一条黑狗跃起把玉煞拿刀的手咬得鲜血长流，电光火石一瞬，上官红已被雷震云和柳青抢了过来。

卓一凡伏剑横掠过来还是迟了一步，金玉双煞虽然失掉上官红，但还是保命要紧，一鹤冲天抓起黑狗绝尘而去……

群豪对金玉双煞的逃走似乎不以为意，赶过来围在上官红身边，上官红斜靠在花仙子身上，群豪久历江湖，从没见过上官红这么漂亮的少女，瞬间让人忘记了刚才还经历的一场殊死搏斗，相比之下她身边的花仙子显得太平淡了，就像一个是天仙，一个是凡夫俗女。

“快解开她的穴道。”一位老者首先从呆若木鸡中醒悟过来，卓一凡一试，居然未解开穴道，这金玉双煞点穴手法独特，众人又无计可施。

“快将人送到天香山庄，听候庄主发落。”一语惊醒众人，群豪收拾兵器扶起上官红向天香山庄赶去，一路上群豪个个都觉得自己英姿飒飒，兴高采烈，大谈特谈如何追杀金玉双煞，似乎抢出上官红都有自己功不可没的一份。

“玉煞这魔头果然名不虚传，要不是我和柳青兄弟拼死，不知她会对上官妹子怎么样!”雷震云长得瘦长瘦长，挨着柳青的肩膀就像拄着一根拐杖。

“雷兄弟，你们崆峒派的招数也是前无古人后无来者，围着玉煞活蹦乱跳，东倒西歪，外人一看，还以为雷兄的功力不支，我们一看，雷兄和柳兄步法中含着极厉害的崆峒醉步，真是难为你俩。”花仙子心想自己拿的是熟铜棍，换了雷震云和柳青拿着瑶刀，玉煞肯定不会对她下手。其实玉煞如刀似剑的指甲随便可以切断上官红的咽喉，明晃晃的瑶刀架在脖子上只是在效果上对众人的威胁性大得多。

“真是善有善报，恶有恶报，金玉双煞作恶太多，连狗也知道咬她，那条黑狗真是懂得人性，在上官妹子最危急的关头，拼命一咬，救出上官妹子，同时也帮了雷兄和柳兄。”卓一凡劫持金煞时，看到黑狗一跃而起咬住玉煞的手，可自己鞭长莫及，抢出上官红的功劳让雷震云和柳青夺去，心里懊恼得不得了。

要不是那条黑狗……群豪心里真没底，只好归结为上官红仙女下凡，自有天助，可群豪心里清楚，那黑狗并不是什么神狗，因为他被逃走的金玉双煞掠走了。

金玉双煞逃出绍兴城，到了郊外的一座破庙里，觉得人已虚脱，加上身受重伤，竟双双扑倒在庙里的殿堂上。柳天赐的脖子被卡住，已经奄奄一息，玉煞的手指一松，离开他的脖子。“姐姐”，柳天赐心里在呼唤上官红，他尚且偷生的活着就是为了看到仙女姐姐，因为上官红是他幼小心灵的最大慰藉，他从小就没有父爱，母爱也只是母亲故意做的顺手时零星的施舍，别人只是对他的歧视，唯有仙女姐姐关心他，虽然上官红只与他有过短暂的对话，但在柳天赐的心中觉得上官红已经温暖了他一个世纪，老天终于让他看到了朝思暮想的上官红，他看不到其他人在拼死残杀，他只看到仙女姐姐，他想过去拉拉上官红的衣角，人们根本没注意到一条野狗慢慢地走近上官红，当玉煞横刀架在上官红的脖子上，柳天赐想都没想，狠命地咬住玉煞的枯手……

休息了一会儿，玉煞翻身坐起，突然看到身边穿着花衣的黑狗本能地缩回手，这条突如其来的恶狗差点咬断了自己的四根手指，使她至今还有余悸，当时她反手一抄卡住狗脖子竟一直捏到这座破庙里来，玉煞张开五指向那柳天赐的头上抓去，这条可恶的狗。

“啊”突然玉煞惨叫一声，一根鸡骨头把玉煞的中指骨打碎了，真是令人匪夷所思，任何暗器都带一种凌空之声，只是小小暗器声音比较细微，但这根鸡骨头劲道奇大但又无声无息，这是被江湖称为“一尊、三圣、四怪、五魔”中的四怪“无影怪”的“无影随形”的暗器手法。金玉双煞游目四顾，只见一个绿衫少女骑在破庙的横梁上，扎着羊角小辫，瓜子脸上嵌着两个小酒窝，给人的感觉总是在笑，大眼睛黑白分明，充满天真顽皮的神情。

这下倒大出金玉双煞的意料，一个看起来十三四岁的小姑娘怎么会有如此高的功力呢？小女孩双脚轻盈地晃动，手里拿着一只鸡腿在啃，脸上到处都是油腻。

金玉双煞又惊又怒，人倒霉什么事都能碰得上，连小姑娘都能欺侮，玉煞气得哪里都是星火，怪眼一翻，张开双臂，身形悬起向绿衫少女扑去。

“啊”又是一声惨叫，玉煞仰面跌在柳天赐身边，嘴里多了一只绿色绣鞋，鲜血直流，绿衫少女还是晃悠悠地坐在横梁上，左脚的一只绣鞋已被玉煞含在嘴里。玉煞飞身而上，本想把小女孩从横梁上扯下来，谁知，小姑娘左脚微微一晃，一只绣鞋无声无息的把自己仅有的一颗门牙给敲掉了。

“怎么，不服气，我绿鹗专打老头和小孩。”绿衫少女一扔鸡骨头，从横梁上轻飘飘地落在金玉双煞的面前，金玉双煞瞪着怪眼，面色灰白，不敢有丝毫表示，两个在江湖搅得雾雨腥风的魔头，从未服过什么，但面前这个乳臭未干的丫头片子倒使他俩惊恐万状。

“无影怪是你什么人？”金煞惊疑不定地问道。

“什么‘无影怪’、‘有影怪’，关我屁事。”绿鹦小嘴一瘪，浑是不高兴，径直走到玉煞面前，从玉煞的嘴里拔出绣鞋穿在脚上。

“再敢欺侮我黑虎，非敲断你俩的老骨头。”欺侮黑虎，金玉双煞如云雾里，绿鹦不理他俩诧异的神情，走过去蹲在柳天赐面前，用手轻轻抚摸柳天赐的头。

“黑虎，你还痛吗？不要怕，我现在也不要爹，我俩躲的远远的。”柳天赐惨遭变故，受尽凌辱，从没有人这么抚摸他，怜爱他，仙女姐姐，他仿佛看到上官红站在他的小木床前，如冬日一样温暖着他，满肚子的委曲随着眼泪夺眶而出。

“哦，黑虎，你怎么哭了？”绿鹦搂着柳天赐，心头也流下了眼泪。

绿鹦的确是四怪之一的无影怪的女儿，无影怪曲中求凭着一身如鬼魅般的绝顶“登天幻影幻影”轻功和独门“无影随形”手法，加上脾气古怪与性情中人大不一样，被江湖人列为“一尊三圣四怪六魔”。这位武林泰斗中的四怪之一，却因爱妻难产而死，万念俱灰，独自带着幼女隐退杭州以东的飞来峰下，爱妻不在，曲中求在女儿绿鹦身上，倾注所有的父爱，从小传授小绿鹦“登天幻影幻影”轻功和“无影随形”的暗器手法，小绿鹦天赐悟性，一教即会，到十二岁时已全部学会，只是欠缺火候，有待江湖历练。

飞来峰一山独秀，宛如一支长剑插在杭州湾以东的江海面上，无影怪在她三岁时从林里捡到一只纯黑的狼崽，取名叫黑虎，就是这只黑虎伴着小绿鹦度过童年一直到她长大，黑虎成了她唯一的朋友，最真挚的伙伴。

黑虎和小绿鹦亲密无间的友谊使无影怪越来越感到不安，有时绿鹦一连几天不同他说话，陪着黑虎默默地想着心事，一天晚上，无影怪乘绿鹦睡着，抱出黑虎施展轻功掠过大江，一下把黑虎送出杭州。

第二天绿鹦醒来，不见黑虎，满山遍野去找，找了几天不见黑虎，她感觉是爹把黑虎送走的，因为只有爹才能使黑虎离开这座山，只要黑虎在飞来峰它肯定会回来的，现在已有四五天没回来，说明黑虎被送到很远的地方，而这样做只有爹能办到，于是绿鹦一气之下，离开了飞来峰。

绿鹦漫无目的从杭州找到绍兴，一路上倒看见不少的黑狗，就是不见黑虎，久住山上，世间的繁华景象使她感到十分新奇，大开眼界，一路倒不寂寞，因为不习惯吃烹调出来的饭茶，绿鹦经常到山上抓山鸡、野兔之类的烧着吃，今天中午抓到一只肥大的山鸡，烧得喷香可口，找个破庙，腾身一跃坐在横梁上津津有味地啃起山鸡腿，而更使她吃惊的是，她看到了寻觅多时的黑虎，黑虎的受伤使金玉双煞大吃苦头。

绿鹦搂着黑虎的头百感交集，旁若无人地哭起来，使金玉双煞这样恩爱情深的老夫妻也为之愕然，他俩怎么明了绿鹦与黑虎的感情，加上绿鹦从小与世隔绝，不懂外面的人情世故，什么情不外露她听也没听过，柳天赐感到一片温暖，情不自禁地舔了舔绿鹦的嫩脸，他也没想到绿鹦对自己如此情有独钟，一个少女和一匹黑狗竟毫无顾忌地抱头痛哭。

“走，黑虎，我们走。”绿鹦站起身，擦了擦眼泪，招呼柳天赐走，柳天赐爬起来，跟在绿鹦身后，金玉双煞斗志全无，金煞正为玉煞包扎伤口，玉煞含情脉脉地凝视金煞，风平浪静之后，破庙里竟是青光盈盈。

而正要离开的绿鹦忽然发现破庙门被两个一前一后的人影堵住了，两个人什么时候站在门口谁也没有注意到。

绿鹦看到的是两个极有表情的人，一黑一白，穿黑袍的老人嘴里悠闲地吸着旱烟，吊起的三角眼射出的眼光似乎不是在注视某个物体而是毫无目标，仿佛你又在他的眼光笼罩下，他只是平淡地看着，但那种眼光冷冰冰的，让人不寒而栗，门右后边的白衣老人背负着一把剑，天庭饱满，慈眉善目，太阳穴向外突出，眼睛精光四射，一看就知道内功修为不同凡响。

这两个就是在江湖销声匿迹十年的白佛黑魔。不是消失，其实他俩一直走在江湖，自从最后一次东嬴山决斗，七海龙尊吩咐他俩去寻找额上有红痣的武林奇才，来裁决他俩的胜负，这种找寻一直没停止过，从北疆到南荒，从西域到东海，足迹几乎踏遍了中原大地。以往他俩都是各自行走江湖，一个惩恶扬善，一个无恶不作，所以将武林闹得沸沸扬扬。现在他们连在一起，生怕谁先找到那个武林奇才，于是就亦步亦趋，一个作恶一个行善互相克制，就变成了他两人之间的事，所以这十年间两人恶善同施，但江湖上没留下他俩的任何手笔，武林人士还以为他俩隐退江湖或者双双战死。

“小白，我俩把这条黑狗烧着吃了，这味道肯定不错。”黑魔白佛本是被龙尊同一天收留的两个孤儿，难说哪个为师兄，哪个为师弟，所以他们一直以“小白”“小黑”相称，黑魔话刚说完一柄旱烟却指向绿鹗的面门，白佛的剑已如影随形跟上，突然一股烟剑直射向柳天赐的面门，这种声东击西的手法还是使白佛慢了半拍。

眼看烟剑就要洞穿柳天赐的咽喉，突然雷电交加，风声大起，破庙轰然倒塌，天空迸射红、绿、蓝三色光柱，整座山峰似乎天崩地裂，耀眼的强光过后，一颗红色和一颗绿色的佛珠分别从白佛黑魔身上缓缓地腾空而出，又缓缓盘旋在黑狗的肚子上，黑狗的肚子皮晶亮透红，似乎能看到一根根蠕动的肠子，里面有一颗蓝色的珍珠，一红一绿的红珠就是围绕在这颗蓝色的珍珠缓缓地盘旋，“波”的一响，黑狗的肚子裂开一条长缝，一红一绿的两颗佛珠钻进了肚子与蓝色的珍珠融为一体，慢慢地那条缝就弥合了，风声雷声消失了，大自然又归于平静，从树的间隙里射下万缕金光。

一切都发生了，又一切都没发生，只有残垣断壁提醒人们还是发生了什么事，五人惊疑地看着所发生的一切，只有黑狗一动不动地躺在地上。

白佛、黑魔冥冥中感觉到什么，不错，他们找到了所要寻找的人，但他又不是人，那师父的佛珠怎么又在他身上发生了功效？其实他俩也不知道柳天赐已吞下了蓝珍珠，龙尊祖上本姓吴，龙尊成了江湖第一的武林至尊，通天彻地，悟出了许多的武林精神，集自己毕生的武学采华山九顶的真气提炼出一颗蓝珍珠，原后埋在吴氏的龙脉山上，吴氏祖宗的龙脉山地处黄河发源的瑶台，古代帝王常在这里登台祭天，传说以前的黄帝和炎帝在这里留下一颗红色和绿色的佛珠，龙尊的蓝珍珠与之发生感应，红绿珠在瑶山巅发出龙吟，龙尊沿峭壁登攀而上取回这两颗佛珠，他推算十年后武林将有一场浩劫，有一个额上有红痣的武林奇才才能挽救这场浩劫，于是就吩咐白佛和黑魔寻找这位武林奇才。

谁知柳天赐竟被逼吞下蓝珍珠，这蓝珍珠凝聚了龙尊一生的武学心血，与红绿佛珠相互感应，就能产生天地之灵气“三气归真”，也就是说柳天赐身上已经蓄集了龙尊至高无上的武学功力和天地之灵气，就像一片蓄满水的大湖，是造福于民灌溉良田，还是洪水泛滥，就靠天意导向。

白佛、黑魔不觉欣喜若狂，白佛身影一晃，卷起柳天赐如飞一般向东掠去，黑魔急叫“等……我”跟着飞射而去，瞬间，一白一黑两点已消失在东边的天边。

东赢山山峰俊秀，在海中蜿蜒曲折，仿佛凌海飞舞的蛟龙，山上奇峰怪石，石洞密布，柳天赐醒来发现自己躺在一个石洞里，身边没有一个人，只觉得自己全身通泰，说不出的舒服，伸了一个懒腰，“砰”，洞两边的石壁被击穿两个大洞，柳天赐惊愕地看着眼前发生的一切，几乎不相信自己的眼睛，他握紧拳头向洞外松树打去，松树拦腰而断，由于用力过猛，震得木屑横飞。

不一会儿，他又听到自己身上的骨骼爆响，人变高大起来，把狗皮撑破了，丹田之处一阵炽热，好像身体炸裂一样有使不完的劲，柳天赐被自己的这一变化惊呆了，仿佛自己已脱胎换骨，他变得焦躁不安，是的，这种变化太离谱了，他一下子不能接受，也不能适应这种变化，他浑然不知三色珠已在他身上起了作用，产生了功效。

柳天赐发足狂奔，发出“呜呜”的狗叫声，这狗叫声如龙吟在群山间回荡，经久不息，山中的动物惊恐地四处逃窜，他觉得自己在飞，从一个山峰纵向另一个山峰，耳边只听见松涛阵阵，他手舞足蹈，顷刻间，飞沙走石，大片的松树轰然倒地，然后满山飞奔，又狂呼乱舞，他要发泄自己的体能，把自己累死，由于他身上的功力如奔腾不息的江河，但又不能收发自如，柳天赐只能让它一泻千里，终于，经过三天三夜的奔跑，他终于困了，他倒在一个巨石边沉沉睡去。

也不知睡了多久，总之柳天赐是在一片霞光中醒来，多么明净的天空，湛蓝湛蓝的天空，清风拂面送来沁心的花香，许多不知名的鸟儿在空中婉转歌唱，柳天赐睁开眼睛，觉得很是惬意舒畅。

忽然，他发现面前黑压压地蹲着许多怪兽，有狮子、老虎、狼……它们有规律地排成队，都带着恭敬的神态，见柳天赐醒来，赶忙向他叩首，柳天赐从没见过这样的场面，惊疑不定，猛的幡然醒悟，原来自己还是一条狗，虽然狗皮已撑破，显然有点衣不遮体，但狗的嘴脸还在，加上自己功力已非同小可，纵跃狂呼，把整个东嬴山的动物给震住了，动物界一直遵循胜者为王的条规，谁最凶猛，谁就是百兽之王，狮子、老虎……这些凶性残暴的动物看到自己的同类这么威武，就争先恐后地朝拜这只天狗，不知何方来的神圣，柳天赐跃下巨石，高兴又小心翼翼地摸了摸最前面的狮子头，狮王低下头惊惧地点了三点。

柳天赐不由觉得黯然，难道自己永远穿着一身狗皮和这些动物为伍吗？忽然他听到有人的说话声音从很远处传过来，现在的柳天赐已聚集了龙尊老叟两三百年的功力加上天地精华，他能听到十几里之外的细微声音，如他能将体内的内力加以开发，他还能听到天籁之音。这时他听见说话声中夹有兵器的撞击声，急忙循着声音飞奔而去。

他看到白佛和黑魔边争吵边厮杀。

“这黑狗终究是狗，他身上带有狗性，必须先消除他的狗性，才能引他入正道，所以我教两天你教一天，这才合理。”白佛将师父所说的武林奇才带到东赢山，心中无不担忧，所以就提出这样的要求。

“亏你还是自称武林正道白佛，占尽便宜还满嘴仁义。”黑魔不直接回答白佛，反唇相讥。

“这条黑狗定有蹊跷，要不然就是一条神狗，他身上已有师父两三百年的功力，前几天他所展现的功力，我和你是望尘莫及了，功力已在你我之上，我俩的任务就是如何引导他正确地使用这些功力。”白佛又像是对黑魔说，又像自言自语。

柳天赐听得云里雾里，但有一个事实，这山上除他之外还有两个老头，柳天赐脑海中浮现出丽春院人来人往的热闹场面，上官红仙女般的容貌，绿鹦又爱又怜的眼神，还有吴凤恨毒的眼光，金玉双煞丑陋的脸庞……他多么渴望和人住在一起，哪怕是最残暴的恶人。柳天赐茫然不解，又忽觉丹田之中一股热流上升，浑身燥热，于是他又竭力奔跑，毫无目的地大打出手，然后又筋疲力尽地昏睡几天，接着又头脑一片混乱……周而复始，醒了又跑，累了就睡，不知不觉他在东赢山上度过了三个多月。

最后一次醒来，他发觉是冻醒的，身上已覆盖了一层厚厚的白雪，他感到四肢无力，肚子饿得难受，他想爬起来却没有力气，又一头栽在雪地上。柳天赐吓了一跳，一夜之间自己无穷无尽的功力消失得无影无踪，他试着一挥手，但力道全无，连一片雪花也没扇起来，他站起来长啸一声，但嘴里却发出低微的“呜呜”狗叫声，以往他感到自己体内真气激荡，就像海啸撞击岩石，现在只感到肚子饥饿。

这一切真如空穴来风，来得快，去得也快，这一切是怎么发生，又怎么消失的，柳天赐头脑中又是一片混乱，这对他真是一种折磨。

其实柳天赐体内无穷无尽的功力并没消失，反而这股集天地之精华的真气已经遍布他全身每一穴位和每根经脉，就像奔腾的洪水冲毁田园，但最后还是归入大海，进入循环不息的大海，它蓄集着更大的能量，形成海啸，形成惊涛巨浪。

柳天赐一个凡童俗孩，体内突然之间被注入天地灵气和至高无上的内力，就犹如洪水决堤，怎么能把握得住，在体内泛滥，真气激荡体内，使他燥热难受几乎爆炸，幸亏他是千年难遇的武林奇才，通过几次发泄，沉睡再发泄，外来的真气才被纳入体内气息循环而稳固下来，这些博大精深的功力埋藏在柳天赐的体内如沉睡的火山，就看他如何调动这些功力。

柳天赐是不知道这些的，他仿佛从一场恶梦中醒来，他抖落身上的积雪，不由得打了一个寒颤，拖着疲惫的步伐，我该到哪儿去呢？柳天赐无所适从，似乎可以往东走，也可以往西走……反正是没有目的，他唯一的目的是找到一点什么吃的，哪怕一块骨头，他也能啃个精光。他眼光在雪地里找，希望真的能找到一点什么，终于让他找到一只鸟雀的尸体，是一只很小的鸟雀，大雪封山也许它没找到食物饿死在路上，柳天赐小心翼翼地拾起来，嗅了嗅，然后一下塞到嘴里，连毛带肉吞了，这么小的雀仿佛泥牛入海，柳天赐反而觉得更饿。

突然，他看到前面有一排绿光，是一群饿狼，一群饿狼蹲在地上，磨着森利的牙齿，瞪着绿幽的饥饿的光，就是这群饿狼在他仰天长啸时对他俯首称臣，而今天这群饿狼虎视眈眈地要吃他。原来动物也这么势利，弱肉强食是动物求生的法则，求生的本性使柳天赐忘记了饥饿，拼命地向后跑。

头狼一声呼啸带领群狼追上来，眼看就要被追上，柳天赐情急之下钻进前面一个山洞，由于山洞太小，头狼的牙齿已经接触到柳天赐的屁股，正准备狠狠一口咬下去，柳天赐放了一个奇臭无比的救命屁，头狼被熏得后退一步，柳天赐把屁股挪进山洞，惊出一身冷汗，群狼也不敢贸然进洞，在洞外围着一个圆弧守住洞口，都蹲在雪地里注视着洞口。

唯一的选择，柳天赐只有往洞的深处走，这洞四壁都是岩石，似乎很深，柳天赐几乎是连滚带爬地前逃，他听到自己的脚步声在山洞里特别响，爬着爬着，他觉得山洞变得高窄，可以容一个人走进，道路变得曲曲折折，像一个迷宫，石壁也变得很光滑，从石壁边透出一股暖气。再转一个弯，他就到了一块空旷的场地，一片开阔的空地，这就是洞的尽头。

在这块空地中央有一个圆形的水池，上方挂满倒立的石柱，水池的中央也有一根石柱，一根翘立的石柱，石柱的两边各有一条小瀑布流下来，奇怪的是这两条瀑布，一条热气腾腾，另一条似乎很冰很冰，因为热气飘到上面就凝成冰花。圆形的水池也是一劈两半，一半热气蒸腾，这热量传到石壁上，在上方的石柱上凝结成水珠，叮叮咚咚地掉下来，另一半寒冷，给人一种冰意，整个圆形的池中的水碧蓝碧蓝，深不可测。

水池中央的石柱上缠绕着一根藤，这根藤似乎由水底盘旋绕着石柱而上，在石柱的顶端结一串果子，一串七色的果子共有七颗，大小一致，每颗果子一种不同的颜色，下面还托着一朵紫色的小花，尽管这果子都不大，但晶莹透亮，还是使柳天赐垂涎欲滴。

但已功力全无，怎样才能采到果子？柳天赐的确想吃到那七颗果子，哪怕是毒果。智慧是饿出来的，他看到洞的上方垂下一条长藤，抓住长藤，身体一荡，柳天赐赶快抱住水中石柱的峰顶，七色果刚好就在嘴边，他赶快张嘴一吮，那七颗果子似刚刚成熟，刚到嘴边就溶化，一股甘甜沁入心脾。柳天赐从没吃过这么好吃的果子，一口气把七颗吃光了，这时才感到肚子里微微有点暖意，他舔了舔嘴唇从石柱上溜下来。

柳天赐既不敢坐在沸水这边，也不敢坐在冰水一边，他只好坐在冷热交界的地方，刚一坐下，他看到对岸蹲着一排饿狼，阴森森地看着他。这群饿狼围在洞口见柳天赐久不出来，在头狼的带领下小心翼翼地进了洞，沿着洞口进来，看到柳天赐坐在水池中央，于是群狼又聚集在头狼——独眼狼的周围，商量着什么，接着又散开，似乎商量妥当，一个体格健壮的狼仰面躺在地上，四脚朝天。

柳天赐坐在石头上，身体一边冻得发抖，另一边热得大汗淋漓，一想到自己的遭遇，充满了坎坷心酸，过着非人的生活，他的心仿佛被撕裂，为什么这些不幸全都降临在他的身上？他觉得这世上柳天赐是最伤心的，仅仅唯一的一点温暖是仙女姐姐，哦，仙女姐姐也许忘了他这个受苦受难的弟弟。他望着碧蓝的池水，觉得这世上真的没什么留恋，他打定了主意，反而觉得心里泰然。

不知对岸的群狼在玩什么把戏，好像这准备是冲他做的，可此时柳天赐的心平静如水，静静地看着那只独眼狼后退几步，又如离弦的箭向前冲，四脚刚好落在躺在地上的狼脚上，躺在地上的狼四腿一蹬，径直把独眼狼踢射出去，独眼狼向柳天赐扑来，而柳天赐却与它不约而同地同时跳起，落入冒着水泡热气腾腾的水池之中，群狼悻悻地望着水上扩散的水圈，满脸遗憾。

柳天赐投身入池，心存一死，忽然感到四周黑毛飘浮，原来沸水已把自己身上的狗毛脱个精光，这切肤剥皮之痛使柳天赐昏死过去。

柳天赐悠悠醒转，他是被冻醒的，他发现了一个奇怪的现象，自己穿着一件透明的外衣，不是衣服，而是装在一个透明的气泡袋里，原来自己没死，反而沉到海底，在他的周围拥着一批发光的鱼儿，把海底照得透亮透亮。

第三章　十角麒麟

海底真是一个奇妙的世界，密布的珊瑚礁边也有高山、丘陵和平原，到处绿草萋萋，鱼儿成群结队游来游去，奇怪的是这些鱼儿都对他很友好，连凶恶的鲨鱼也过来跟他打招呼，憨态十足，柳天赐伸手摸了摸鲨鱼的头，鲨鱼用鳍拍了拍柳天赐，似乎有一种称兄道弟的感觉，来看望柳天赐的鱼越来越多，有凶猛的、和善的，大的、小的，爬的、游的……他们浩浩荡荡托着柳天赐向平原走去。

这是一个一望无垠的平原，海草像是用梳子梳过一样平整光滑，绿得醉人，把海水都染绿了。游着游着，抬着柳天赐的鱼儿突然向四处逃窜，霎时逃得无影无踪，只有柳天赐一人孤单的站在辽阔的平原上，幸亏柳天赐遭遇的事情太多了，反而见怪不怪。

似乎远处有极为恐怖的声音，柳天赐侧身细听，的确有一种声音，柳天赐快步向前跑去，吼声越来越响，震得他耳朵嗡嗡作响，海水激荡，在他的面前，柳天赐看到一头怪兽，这头怪兽比牛稍大，身上发出绿光，长满片片龙鳞，头上长满触角，凸起碗大的眼珠射出两道绿光，外翻的鼻子吹出两道水流，巨口张开露出交错的象牙，可在它的咽喉处锁着一条铁链，怪兽愤怒地吼叫着，拉动着铁链搅得海水动荡不已，满头如发的触角，扭动着身躯，显然它想挣脱铁链，海底的鱼儿似乎很怕它，都远远地避开。

柳天赐想到自己在崇山峻岭狂呼奔跑，很同情这只怪兽，反正他对死有一种渴望，早将生死置之度外，他艰难地靠近怪兽，蓦地，柳天赐肚子变得透明，发出红、绿、蓝三色光芒，那怪兽马上安静下来，眼光柔和地看着柳天赐，就像看到多年不见的老朋友，怪兽伸出触须牵了牵柳天赐的手，柳天赐体内又真气激荡，差点又要狂奔，但怪兽的触须一离开他的手他又平静下来，怪兽的触须伸出来舔舔他的脸，他马上感到体内真气澎湃，触须一离开，他又平静下来，如此反复几次。

柳天赐知道这头怪兽能诱发自己体内的怪气，肯定与自己有某种渊源，而这种段渊源却要追溯到一百年以前。

在一百年前，东海有七座龙岛，每岛有一个岛主，他们合称“东海七龙”。东海七龙互相厮杀都想称霸七岛，成天兴风作浪，危害百姓，中原武林推举龙尊为武林盟主前往东海剿杀东海七龙。龙尊在东赢山上碰到这只怪兽，以绝顶的武功收服了，取名“十角麒麟”，他就骑着这十角麒麟，征战十年，创下“七龙归一”剑法，荡平了七龙岛，东海七龙俯首称臣，后来各自把自己的镇岛宝珠献给龙尊，这七种颜色的宝珠分别称作“避水珠”、“避火珠”、“万毒珠”、“通灵珠”、“驻颜珠”、“吸功珠”、“化功珠”，这七颗神珠一经服用，水见其让路，火见其分道，万毒不侵，不管百兽还是千禽、亿万生灵，见其如见同类，能驻颜不老，吸取别人的功力，化解别人的功力，就能产生这七大功效。龙尊把这七颗七色珠放在龙宫入口处，后又被柳天赐全部吞服。再说龙尊统一东海七岛，在东赢山闭关修炼，后又怕灵兽无人管治为祸生灵，于是将“十角麒麟”用铁索囚在海底。

柳天赐服了七彩神珠后，海水自动避开他，他一下子进入海底，碰到被囚的“十角麒麟”被龙尊征服，十几年的座骑，自己体内源源不绝的流着龙尊毕生真气，蓝珍珠发出感应，激荡体内真气，要不是柳天赐体内真气归于全身百骸，他非把海底搅个天翻地覆不可。柳天赐抓起铁链，猛力一拽，海底石柱“轰”然而倒，“十角麒麟”曲起前面的两条腿，用嘴拉着柳天赐的手，柳天赐跨在“十角麒麟”背上，“十角麒麟”一声欢叫，十多年没奔跑过，它撒开四脚掠过平原，翻过高山，柳天赐宛若腾云驾雾一般……

柳天赐露出水面是在一个霞光万丈的早晨，他一丝不挂，暖和的朝阳亲吻着他的肌肤，啊，这才是做人的感觉，他仔细端详自己的皮肤，这是人的皮肤，上面没有一根狗毛，虽然有烫伤的痕迹，柳天赐对自己这身花皮肤感动不已，世事的沧桑使他百感交集，他有一种说话的冲动，“仙女姐姐，你在哪里?”他心里在喊，不，这次是声音喊出来的，天啊，这是一句人话，不是“呜呜”的狗叫声，其实他服用了“万毒神珠”就能开口说话，吴凤给他食的哑药也是种毒药，天下最厉害的毒，万毒神珠都能化解，何况普通的哑药？柳天赐完全回复成一个人，有皮肤能说话的正常人，柳天赐坐在十角麒麟的背上不由流下两行清泪。

十角麒麟似乎也理解主人的心境，驮着柳天赐缓缓走向密林深处，这东嬴山，这云遮雾罩的东嬴山没有什么变化，故地重游，十角麒麟对山上一草一木多么熟悉，它曾背着老主人——龙尊在这块热土上纵横驰骋，驮着老主人迎接过几度朝霞，送走过几度夕阳……

在一棵参天大树前，十角麒麟停下脚步，用触须拉了拉柳天赐，提醒主人该下来了，已经到了你想到的地方，柳天赐下身围着一块兽皮，站在大树前，这棵大树令他叹为观止，老干虬枝，直插云天，主干有七八个人合抱的那么粗，主干分出两个支干成一个“丫”字形。

“哞”十角麒麟仰天长吼，这吼声响彻云霄，十角麒麟似乎向什么老朋友打招呼，古树的支干“吱呀”地打开两扇小门，白佛和黑魔飞身而降，落在十角麒麟的面前，双双鞠躬，十角麒麟欢愉地用触角拉起二人，柳天赐也很高兴。

“你们怎么也在这里?”

白佛和黑魔不认得眼前的少年，但少年额前有的那颗红痣使他俩如获珍宝，他俩踏遍大江南北历经十年，如今陡然出现在自己面前，他俩反而找不到那种急切的感觉。其实他们二人早就见过面，只不过当时柳天赐还是一条黑狗。

“你叫什么名字，从哪里来?”白佛和善地看着他。

“柳天赐。”柳天赐把自己如何变成狗，又如何到东瀛山，怎样到海底的一串奇遇滔滔不绝地说出来，连吞珠宝的细节也说出来，中间就省去了仙女姐姐没说，因为他觉得这是他个人的秘密，柳天赐自从能说人话，第一个碰到的人就是白佛、黑魔，仿佛要一吐为快。

白佛和黑魔久经江湖大风大浪，这样的身世和遭遇倒也是生平罕见，许多不解在柳天赐的叙述中幡然省悟，对柳天赐的出现并不感到意外，这只是一种机缘巧合。他俩只关心柳天赐的未来，到底去向何处，这也是整个江湖的未来。

“孩子，真难为你了，但这种种不幸也造化了你，你身上已聚集了当今世上最高的功力和天地之灵气，并具有七种功效的化解能力，别人要修炼的，五甲子也不一定具有的，你现在已全部拥有了。”白佛打断柳天赐兴犹未尽的话题说道。

柳天赐没想到自己竟吞下这么厉害的珠子，这些外界强加给他的功力对他来说是祸是福？柳天赐满脸茫然不解。

“孩子，不要怕，是祸逃不脱，是福躲不过，一切皆在天意，你就暂时住在东瀛，我和小黑传授你行功运气之法，把你体内已有的功力及天下间的各种灵力真正转化成为你自己的，这以后就看你的造化了，你愿不愿意?”白佛抚摸着柳天赐的头说着。

柳天赐低头想了会儿，觉得世界太大，就是没有他欣喜而去的地方，不如呆在这岛上听松观月，看潮涨潮落。

东瀛山景色清秀碧深，古树参天，山势挺拔，峭壁林立，飞流浅潭，给人一种高深诡测的感觉。

在峭壁的中央有一块坦荡的平地，宛如盆地，盆地的东边的峭壁上挂着一条瀑布，飞流直下，一个穿着兽皮的青年手里拿着一柄铁剑，翩如蛟龙，挥挥霍霍，寒光点点，剑气带着阴风盘旋，进如饥鹰，退如脱兔，全是阴毒的杀着。

“着”青年身形直上，一招“天魔剑雨”竟将林中飞来的十多只雀全都连头斩落，这是天魔剑法最后一招的收剑式，青年收剑于手，阴森的眼光看着剑刃，剑刃上没留下一点血迹，青年满意地冷笑。

第二天，同样是穿着兽皮的青年，站在瀑布前，飞流直下的瀑布浅起一串串水花，震耳欲聋的声音回荡在山水间，青年二目如雷，剑眉如戟，挥舞着铁剑，剑势恢鸿，大开大合，重如泰山压顶，轻如紫燕穿林，身影甚是飘逸，青年斜手上撩，使的是地罡三十六式最后一招“天罡飓风”，轰的一声巨响，岩石四溅，竟将瀑布倒卷几丈，青年眼里精光大盛，气定神闲。

残阳如血，百鸟归林，青年倒提铁剑带着满脸的疑惑，显得很黑很黑，他不是感到体力的疲乏，而是困惑，这种困惑压挣着他，几乎使他崩溃，简直使他发疯，他抱膝坐在大石上，凝视着远方，他苦苦地思索，还是茫然不解，他一会儿觉得自己豪情万丈，顶天立地，一会儿又觉得万物面目狰狞，充满仇恨，这两种情感在他体内交替出现，困扰着他，纠缠着他，他心中忽地如洪水肆虐，忽地又如大海平静，悲天怜人，一正一邪的情感在他心中结下痛苦的果子，他站起来，狂舞着铁剑，卷起罡风，带着血腥和暴戾的杀气，深潭中的水被激起排排巨浪冲天而起，罡风带起巨石撞击山岩，他的身影忽而如饿狼扑食俯冲而下，忽而又如蜻蜓点水平飞而来，山水间到处晃动着他的身影。

“我是谁?!”他剑指苍天，声如龙吟虎啸，没有人回答他，“我——是——谁”的余音在山林里久久回荡。

这位青年就是柳天赐，寒来暑往，时光飞逝，他陪着师父白佛和黑魔历经五个寒暑，风霜岁月把他磨炼成一条铮铮的铁汉，每天白佛传授他“地罡三十六式”和行功运气之法，以及大丈夫做事为人的浩然正气，大丈夫应以国家兴衰为己任，有气节，一诺千金，疾恶如仇，光明磊落……然后黑魔又教他"天魔三十六式"，他的行为准则是自私和手段，为了达到自己的欲望和目的，可以使用一切手段，天地本就是充满残忍、血腥的天地，是适者生存的天地，宁可我负人，不可人负我……

柳天赐就是在这种环境下长大，虽然他身负绝顶武功，可以傲视天下武林，但他的心智又充满矛盾，痛苦一直陪伴着他。

每天他坐在东嬴山巅，看着远方的海天相接的地方，他有一种神往，总觉得在遥远的地方有一块沃土，可以温暖他，可以让他找到困扰自己答案的沃土，是的，他要离开这一成不变的东嬴山。

这天风和日丽，晴空万里，柳天赐坐在山巅极目远眺，他揉了揉了眼睛，怔怔的看着远方，不错，是一条大船，一条华丽的大船向这边驶来，船上彩旗飘飘，俨然是一只官船。

大船越驶越近，乘风破浪径直向东嬴山驶来，船舷上迎风站着五人，站在最前边的一个中年汉子身着黑色对襟大褂，绘着太阳和月亮，背负双手，在他的身后站着两个装束一模一样的人，身着黑衣劲装，抱拳而立，中年汉子的右边是一个拿着禅杖的和尚，披着红色的袈裟，左边是一个中年书生，一袭白衣，迎风飘动，五人肃立船边。

大船徐徐靠岸，从船上放下甲板，不一会儿，一些身着黑衣的汉子，抬着棺材，鱼贯而出。棺材似乎很重，压得甲板晃悠悠，走在最后的依次是和尚、书生、中年汉子和两个劲装汉子，两个劲装汉子分排左右，亦步亦趋。"一、二……"柳天赐一数，共有五具棺材。

走到山谷，两个劲装汉子用衣袖拂了拂一块石头，中年汉子席石而坐，劲装汉子分立左右，和尚和书生站在前面，身着黑衣的汉子停下棺材，一字摆开，气氛甚是肃穆。

"上官大人，不，日月教主，就在这里吧。"和尚上前一步，双拳一抱说，身态甚是恭敬，用手在嘴边扇了一下。

"嗯，天护法，上官大人已经死了，你眼中应该只有日月教主。"被称为大人和教主的中年汉子，不满意地向天护法一瞥。

“属下该死，称呼惯了一时难以改口。”天护法满脸歉疚。

“你们都应进入角色，江湖本就是一出戏，我们成就大事，更应该演什么像什么。”日月教主言辞冷峻，就事论事告诫其他人。

“万死不辞，振我神教，一统武林，四海归心。”黑衣汉猛然伏地，异口同声个个精力充沛，声如洪钟，宛如几百人在林中呐喊。

“好，大家动手。”日月教主对这些训练有素的教众感到满意。

黑衣汉子纷纷从棺材两边抽出铁锄，两人一组掘坑，不一会儿在日月教主面前并排掘出五个深坑，五具棺材被抬进深坑，众黑衣汉子将土添坑，上面还布满些花草，如果不细心，还真难发现这里突然被埋下了五口棺材。

日月教主站起来，背负着双手，高梳的黑发套了一墨绿的玉环向后披着，鼻直口阔，二目朗朗射出干练、果断、坚毅的眼光，由于隔得近，柳天赐还发现日月教主背负的手有一只手扼腕齐断，装上的是一只铁手。

“我看天色已晚，大家收拾东西，我们今晚就在这座山上过夜，明天一早就出发。”日月教主环视众人，接着说：“你们从现在起必须熟悉自己的身份背景，决不容许谁出现差错。”

一行人收拾妥当，在日月教主的带领下，踏着暮色，走出山林。

晚风吹拂，山林又归于一片寂静。

这人迹罕至的山林怎么突然之间涌出这么多人？又怎么都去了呢？他们从哪里来？为什么做些诡秘之事？

柳天赐被眼前的景象惊呆了，仿佛是一群天外来客。

他们风尘仆仆，肯定是远道而来，船体豪华，彩旗飘飘，似乎是官船，船头向南是从北方来……柳天赐想理出一个头绪，得出一个结论是：他们从北方远道而来。

那么他们怎么带着棺材？棺材里面又是什么？

柳天赐从悬崖飘然而下，从草丛中找出丢弃的锄头，不一会儿，棺材露出土面，是一具铜棺。

柳天赐用手扳了扳，铜棺纹丝不动，这棺盖是倒铸上的，浑成一体，但这难不倒柳天赐。

柳天赐集气于剑，气削而出，铜棺硬生生的切开一片，如法炮制，棺盖切开，有股恶臭迎面扑来。

柳天赐不由心惊肉跳。

铜棺里躺着一个和尚，一个赤身裸体的和尚，脸皮被揭，露出快要腐化的血肉。柳天赐为了印证他的感觉，又掘出一具铜棺，同样，这个铜棺睡着一个身材魁梧的中年汉子也是一丝不挂，被去的脸皮下突出恐惧的眼珠子。这是怎样的恐惧，使他死不瞑目？手，柳天赐注意到死尸的手，左手被扼腕斩断。

他生前肯定带有一铁手，柳天赐作出这样的推想。

“啊!”柳天赐猛地打了一个寒颤。

移花接木！偷梁换柱！

柳天赐不认识这躺在棺材里的死者，但他感觉到他见过这五人，刚才的日月教主、天护法还有另外三位，他们五人就是这五具尸的复制品，他还记得，日月教主以前叫“上官大人”。

他们为什么要这么做？

这里面肯定有个天大的阴谋，是什么阴谋，柳天赐好奇心大炽，他很想知道这一切，忙碌了一阵，柳天赐颓然坐在地上。

“要想人不知，除非己莫为。”他们以为东赢山是个无人的孤山，所以他们选择这里，不辞劳苦的运来铜棺，消尸匿迹，可偏偏让我柳天赐看到。

海浪有韵律地轻轻拍打着沙滩，月光如水，大海多么宁静。

一行人或躺或卧的睡熟了，柳天赐静静地坐在远处，默默地想着心思。

明天，他要离开这里，离开这块住了九年的土地，东赢山一草一木他多么熟悉，他撮土为香向东方拜了几拜，已经闭关修炼的白佛和黑魔，还有归入大海的十角麒麟都已给他很多恩惠。

柳天赐思潮起伏，心情久久不能平静。

一个黑衣喽罗迷迷糊糊地走到岸边的巨石下，解开裤子小便，柳天赐眼前一亮，何不以其人之道还治其人之身。

柳天赐如天鹰从山峰俯冲而下，还没弄清怎么回事，黑衣喽罗迷迷糊糊地撒尿又迷迷糊糊地死去，花了半天，柳天赐才装扮停当，掘了深坑埋下尸体，回到海滩，睡在他该睡的地方，谁也没想到，在这荒岛上有人采用同样的手段移花接木！

忙乎了半天，柳天赐才觉得有点困意，竟在海浪声中睡去……

天刚拂晓，大地慢慢出现生机。

柳天赐随着众喽罗踏上大船，细心的教主向天鹏清点完人数，大船扬帆，彩旗猎猎，向西驶去。

金秋八月，丹桂飘香，清风送爽，加上时值中秋佳节，这个普天同庆的日子与往日并没有什么不同，但经过凡夫俗子的渲染，似乎非要轰轰烈烈一番不可，杭州城，这临安首府更是热闹非凡，人们横肩接踵，盈神遮天，到处显现万民同乐的气氛。

当然天香山庄也不例外，大红灯笼高挂在华居豪会的飞檐之下，管家在吆五喝六，指挥着人们忙进忙出，张灯结彩，他们似乎并不是仅仅为一个节日而准备，而是举办一个大型宴会。

天香山庄坐落在杭州郊外的碧玉峰上，一条铺着青石板的林荫小道蜿蜒而伸，钱塘江流入东海，入海口就在碧玉峰的山底，站在天香山庄，钱塘江尽现眼底。

是的，天香山庄今晚将举行一个盛大宴会，宴请武林各派英豪，天香山庄每年中秋节都要铺张热闹一番。

但像今年这样盛况空前倒是天香山庄主白素娟所始料不及。

中秋的前三天，天香山庄就驷马高车，门限为宽……

这些武林豪杰来自五湖四海，三山五岳，东到海外七岛，南到巴蜀苗岭，西到塞外沙漠，北到辽东长白的各派高手。

他们一来是观摩每年中秋由于潮汐引起的钱塘大潮，习武之人都自诩胸怀坦荡，观潮看海本是人生一大快事，加上天香山庄院多庭广，庄主白素娟出手阔绰，大包大揽，各派英豪慕名而至，人们可以在这里谈些武林轶事，江湖风云，赏月交友。

当然，大家都有一个心照不宣的想法，那就是江湖上传闻天香山庄的素娟如何艳丽多姿，风情万种，媚态十足。

天香山庄的大厅里灯火通明，人头攒动，但负责接待的家人还在拿着拜帖唱诺：

“‘长白双虎’诸葛清、诸葛浊有请。”

“‘苗天山派’甘碧波、张勇有请。”

“……”

“‘日月神教’教主向天鹏，阴阳护法曲天成、顾敏，天地护法天僧和地虎有请！”

喧哗的大厅顿时鸦雀无声，人们怀疑自己的耳朵听错了。

“日月神教”是天下第一大教派，总坛设在秦岭，统领六个堂口——“青蛇堂”、“白象堂”、“玉马堂”、“赤龙堂”、“黑虎堂”、“绿麒堂”，堂下设有分堂，遍及中原。

“阴阳护法”曲天成和顾敏本是纵横江湖的两大魔头，后来被教主向天鹏收服感化，成了对教主忠心不二、形影不离的阴阳护法。

“天地护法”天僧和地虎，天僧原是少林寺达摩院主持，因为六根未尽被逐出少林寺投入日月神教，地虎是向天鹏尚未创教前的至交好友，武功也是非同凡响。

还有“青蛇堂”堂主“九尾银蛇”莫广化、“白象堂”堂主“风火雷”吴浩、“玉马堂”堂主“观音手”陈少雷、“赤龙堂”堂主“霸王鞭”田仕雄、“黑虎堂”堂主“千年钓客”袁苍海、“绿麒堂”堂主“大脚仙”鲍云威，都是武林中已扬名立万身怀绝技的一等一的高手。

日月神教的教众也都是一些身手不凡的绿林好汉，更难得的是，日月神教纪律严明，令出如山，教众誓死护教，以振兴神教为己任。

日月神教在各省各地都设有总堂和分舵，只要江湖稍有风吹草动，就用“蝴蝶令”向神教总坛通报信息，这是一个庞大的组织结构。

由向天鹏创立的“日月神教”在江湖上无人不知，无人不晓。

江湖第一大教、至高无上的首领、拥有大权的教主向天鹏怎么有闲情雅致率天、地、阴、阳护法到“天香山庄”赏月观潮？

大厅里的各派武林豪杰无不感到惊讶和愕然。

但他确是来了，五人在大厅门口一站，群豪顿觉一股威严之气逼来。

真是闻名不如见面，向天鹏久经风霜的脸上那么镇静、沉稳、自然。

“哎哟，向教主哪阵风把你吹到天香山庄，我白素娟不曾远迎，这里向你赔不是了。”天香山庄庄主白素娟人未到声先到。

白素娟的出现，群豪眼睛一花，随之又是一愣，这白素娟的确美艳，穿着一袭拽地红裙，薄施胭脂，星目流转，总是给人一种水灵灵、雾蒙蒙的感觉，然而你又觉脉脉含情，似乎稍不留心就会抛出一个媚眼，声音带油带腻。

这女人不仅媚艳，更显老练，这一点向天鹏是看得出来，微一躬身说道：“白庄主你这样说就抬举向某了，向某这次是专程拜访白庄主，不巧扫了各派英雄的雅兴。”

“向教主说这话就显见外了，想我区区一个女子，怎敢劳你大驾，来、来，快请上座。”白素娟面带桃花，扬眉浅笑，突然，白素娟的笑容僵在脸上，因为她拿着一只冷冰的铁手。

“怎么，白庄主，你不知道我向天鹏有‘铁手丹心’的贱号？”向天鹏并没缩回那只被白素娟牵着的铁手。

不管普通百姓，还是武林中人，谁也不愿意将自己的缺陷和弱点脱示别人，更何况在一位美艳天香的女人面前！

江湖上传闻日月神教教主是光明磊落的大丈夫，不近女色，果真不假，群豪不禁肃然起敬，向天鹏很满意自己制造出来的效果。

向天鹏、阴阳天地护法都被让到贵宾席的首座席，贵宾席全都是武林中一些名门旺派，连柳天赐一行喽罗都被安排在大厅入座，由于事出意外，大厅容不下这么多江湖人士，天香山庄就在山庄的后院临时搭了十几张桌子，坐些江湖未成名的三流角色和一些喽罗教众。

可见“日月神教”在江湖上何等声势！这已超出“向天鹏”的预计。

柳天赐从同行的喽罗知道自己是“玉马堂”的一个亲兵叫柳刚，死鬼正好与自己同姓柳，倒为柳天赐省去了不少露破绽的麻烦，同伴还以为柳刚性情变化是因为水土不服或其他的小毛病，倒也不以为意，慢慢地就习惯了。

江湖豪客聚集一堂，无非斛觥交错，猜拳行令，一醉方休，天香山庄似乎有出不完的美酒佳肴，几个壮丁托着酒坛穿梭在群豪之间，他们是负责专门换酒的。

突然，天际间传来滚滚的雷声。

“快，快去观潮。”有人叫道，群豪乘着酒兴蜂拥而出。

月挂当空，宛如一个银盘倒扣苍穹，皎洁的月光铺满群山峻岭，在遥远的天际人们看到一条灰线慢慢的滚来，越来越粗，又如蛟龙出海夹着滚滚的雷声，怒涛卷霜雪，气势磅礴的钱塘江潮卷起层层巨浪击在岩石，摔成碎片，真是惊天地，泣鬼神。

人在自然面前是多么渺小，群豪屏气凝声，仿佛时空凝固了。

不，并不是每个人都有这样的感想，背负着双手的“向天鹏”自有他的感慨，人生苦短而大海无涯，生生不息的大海蓄集一年的力量才现的壮举，就像撞击岩石的巨浪，宁愿粉身碎骨，也要惊天动地，人要么流芳百世，要么遗臭万年，我已经忍受了那么多年，就是名败身裂，我也要在江湖呼风唤雨，不管付出什么代价，这武林霸主我是当定了。

忽然，群豪在震耳欲聋的潮声中静止，一缕笛音，这笛音合着潮声忽而高亢，忽而低沉，忽而如一口银针刺入九霄，忽而又飘逝入海。

柳天赐凝视着狂澜的大潮，不由得思绪难平，兼有两种矛盾的思想，一明一暗，忽而觉得神情激荡，忽而又转入阴暗，体内无穷无尽的真气自丹田升起，穿任、督两脉，贯通身上的奇经八脉，不由得周身经脉贲张欲烈，他知道是海潮引动了他体内真气，他不由得仰天长啸，这啸声如龙吟，合着大潮的节拍时而高吭，时而低沉，忽而又如银针刺入九霄，忽而又如玉盘飘逝海底。

就在啸声方起，群豪听不到一缕笛音，余音袅袅，虽然没有啸声和潮声那么宏大，但十分清晰，仿佛从啸声和潮声的空隙中钻出来，配合着啸声如泣如诉，如醉如痴。

到后来说不上是啸声和着笛声，还是笛声和着啸声，互相缠绕，似乎是相识多年的老朋友。

柳天赐经脉倒转，他啸声一变，这啸声包含着无尽的杀气，满带血腥，听得人愁云惨雾，心寒欲裂，笛声戛然而止，余音带着幽幽的叹息。

群豪听着啸声和笛声的合奏，不觉精神亢奋，风光绮丽，如饮甘醇，个个都摇头晃脑如迷如幻，倏然，啸声笛音斗转甫歇，一股杀气铺天盖地笼罩群豪心头，群豪不觉心头一紧，武功不济的仆地而倒口吐白沫浑身抽搐。

向天鹏背负双手，聆听这摧人杀戳的啸声不由感到骇然。

这是何等的内力神功！环视当今之世能有几人。

向天鹏循声望去，更是大吃一惊，他发现自己手下一个穿黑衣的喽罗迎风站在巨石上，黑衣飘飘，仰天长啸。

自己有这等手下，居然没被发现，真是不可思议！

这唯一的解释是深藏不露。

但这样震古烁今的武林巨擘为什么甘愿在自己的军营中以一个下等

士卒而自居呢？这些黑衣喽罗都是“向天鹏”在军营里找相貌相近的士卒挑出来的。

唯一的解释是他有所图谋！

任何图谋对他“向天鹏”都是一种威胁，但“向天鹏”从不受制于人。

“向天鹏”铁手一挥，在空中划了一条弧线，蓦然，惨叫四起，早已占据四角的阴阳天地护法，挥剑抡杖一路向中心捕杀。

群豪一听柳天赐杀气腾腾的啸声，个个都目眦尽裂，满眼血红，杀心大炽，于是刀光剑影，血花四溅，可他们根本不是四大护法的对手。

这是一场失去人性的厮杀！

群豪们本是到天香山庄观潮赏月，一洗江湖风尘，谁想到惨遭横祸，命丧黄泉，他们仿佛失去理智。

只有两个人没有失去理智，一个是“向天鹏”，一个是柳天赐。

“向天鹏”看到群豪死伤过半，露出会心的微笑。

他需要这样的效果。

“兄弟，敢问你尊姓大名?”“向天鹏”背负双手踱上巨石，拍了拍柳天赐的肩膀。

“柳天赐。”柳天赐不带江湖客套，啸声一停，回答得简洁明了。

“哦，柳天赐，以柳兄这样的天地英才，可愿与向某共图大业?”“向天鹏”反问。

“我柳天赐孑然一身，逐水浮萍，全仰仗教主庇护，只要教主感召，赴汤蹈火在所不辞。”柳天赐双拳一抱，朗朗说道。

“好，哈哈，柳兄爽快，向某封你为‘日月神使’，今后只要我向某有饭吃，柳兄决不会喝粥。”“向天鹏”拉着柳天赐的手走下巨石。

“多谢教主。”柳天赐长揖。

柳天赐明知这一切是假的，是一个圈套，但他一点也不感到好笑，因为这戏演得太自然了。

明知山有虎，偏向虎山行，就是龙潭虎穴我柳天赐也要走一遭。

“自南宋以来，江湖群龙无首，我日月神教是天地大教，奉天承命，组织江湖各派英豪共图武林大业，但总有一些跳梁小丑、牛鬼蛇神出来逆天违命，我日月神教不会坐视不理。”顿了顿，“向天鹏”用冷静的眼光扫视群豪接着说：

“日月神教英才辈出，这位‘日月神使’柳天赐想必大家都见识了他的功力，在这场血战中，他为我日月神教立下大功，我打算将教主之位传给这位‘日月神使’。”“向天鹏”拉起柳天赐的手昭示众人。

血水在月光下流淌，暗红暗红，从断臂残腿渗出来让人惨不忍睹，群豪手提着兵器鲜血淋漓，呆若木鸡，恍惚从噩梦中醒来。

海风吹来，带着一股刺鼻的血腥味。

“向天鹏，老夫跟你拼了。”群豪间跌跌撞撞地冲出一中年道士，武当派的第二代弟子玉清，披头散发，似乎一个疯子向向天鹏嚎扑过来，一语惊醒梦中人，群豪面带激愤蜂拥扑来。

谁没有兄妹姻亲？谁没有师承渊源？

非死即伤的群豪中自有他们的亲情，他们怎能接受这个事实呢？

“向天鹏”背负着双手站在那里动也没动。

忽然响起一片惨叫声夹着兵器啷当落地声，柳天赐衣袖一挥，卷起一阵飓风将群雄横扫出去。

群豪跌在四五丈之外，爬起来，又像潮水般的扑过来，他们明知面前敌人功力与自己功力不可同日而语，但还是前仆后继，奋不顾身，大有鱼死网破之势。

接着又被柳天赐的劲风扫到几丈之外……

一而再，再而三，三而竭……

平台上只剩下呻吟声和叹息声，群豪躺在地上，面显沮丧，眼神灰暗。

他们已豪无斗志！这是一种深深的绝望！

“向天鹏，你这个魔头，你要称霸武林关我们屁事，你为什么对我们下如此毒手，朗朗乾坤，天理难容啊！向天鹏，老子变鬼也不会放……”玉清由于悲愤过度，一口气没接上来，鲜血狂喷，倒地而殁。

“哈，骂得好，骂得妙。”“向天鹏”抚掌大笑，肉掌拍在铁手上发出铁鸣声。

“这叫顺天者生，逆天者亡，识时务者为俊杰，我日月神教如日中天，还要荡平少林、华山，剿灭武当、终南，一统武林，现在我留你们一条狗命回去通报你们的掌门，要么归顺我日月神教，要么将遭灭宗之灾。”

群豪心里有数，此情此景，集他们的力量，也只是飞蛾扑火，俗语说，君子报仇，十年不晚。

群豪互相搀扶，或抬着尸体踩着碎碎的月光消失在林荫小道……

平台上还留下十具尸首，横竖交错，眼珠外凸，在月光下令人毛骨悚然。

“向天鹏”背负着手，遥望天地，脸色平静。

他在等一个人！

“哟，向教主，酒饱饭足，你也该收拾收拾这些脏血污体，这可扫了我‘天香山庄’的名誉哦。”

人未至，声先到，白素娟身穿一套红裙，袅袅而至。

“白庄主，你放心，人是我杀的，祸是我闯的，这担子就该我担，谁敢打‘天香山庄’的主意就是跟我向某过不去。”“向天鹏”似乎知道白素娟要来，头也不回。

“人说大树底下好乘凉，如今日月神教如日中天，何况向教主有庇护之心，我白素娟怎有不安之意！可人总得留个压箱底的保命钱，向教主一走，我天香山庄有个万一，你也是远水救不了近火。”向素娟一只玉手拿着轻罗小扇，侃侃而谈。

“那依你之见?” “向天鹏”捉摸不透眼前这个女人，只好改进为退。

“但有一个人可以使我白素娟放心百倍。”

“谁?”“向天鹏”这句话纯属多余，因为白素娟一双俏眼媚态十足地盯着他身边的柳天赐。

“要是我不答应呢?”“向天鹏”马上平静地问道。

“我白素娟可是一个喜欢张扬的骚货。”

“你在威胁我!”“向天鹏”有点愠怒。

“向教主，我一个弱女子，怎有威胁一说?我白素娟只是请求向教主身边的一个喽罗留下，就使向教主为难了吗?”白素娟在血迹斑斑、尸体横陈的平台上指指点点，尽兴而谈。

“这……这要问柳兄弟的意愿，我身为一教之主也不能强人所难。”“向天鹏”被白素娟步步紧逼，只好转向柳天赐。

“柳弟弟，天香山庄虽没有日月神教威风，但我认为柳兄弟在天香山庄更合适，不知柳兄弟……”白素娟算是媚也媚到家，牵着柳天赐的手痴痴地看着柳天赐。

柳天赐毕竟凡夫肉胎，热血男儿，在白素娟的秋波笼罩下竟不能自拔，他不禁想起了他日思夜想的仙女姐姐。

到现在柳天赐才明白，一直是仙女姐姐在召唤他，使他能熬住狗的痛苦，荒山野岭的孤独，仿佛他一生活着就是为了一个召唤。

柳天赐痴痴呆呆地站在那里，谁也不知道白素娟的一声弟弟竟牵动了他千丝万缕的思绪。

“姐姐，我喜欢留在你身边。”好半天，柳天赐痴痴地说。

向天鹏、白素娟在江湖呼风唤雨，地位显赫，居然都跟柳天赐称兄道弟，因为他们心里都知道柳天赐的分量，其实他就是一个筹码，押在赢面的一边。

但柳天赐对白素娟的表现倒使“向天鹏”感到悬在心头的石头落了大半，这小子不知获得什么天缘，空负满身技艺，原来也是一个贪姿好色的愣头青，这就使他放心了，可柳天赐是何方神圣？师承是谁？有何图谋？“向天鹏”还悬着半颗心放不下。

白素娟为什么要留下柳天赐？

显然白素娟一直站在旁边隔壁观火，唯一的理由，她需要柳天赐的保护，这显然是站不住脚的，因为白素娟足有能力保护自己！只能解释为她需要柳天赐，那么柳天赐除了身负绝顶神功，白素娟是不会留下的，说明白素娟要借柳天赐为她做些什么？到底为她做什么呢？

“向天鹏”是个善于用脑的武林高手！在他眼里，其他的武林高手都是莽夫，空有匹夫之勇。

但他这时还没有理出一个头绪。

我“向天鹏”岂能受制于人，为什么要让白素娟和柳天赐牵着自己的鼻子，我应该变被动为主动！“向天鹏”看着含情脉脉的白素娟和柳天赐，似乎下定决心，平静地说：

“柳兄弟你先过来，以你现在的身份是日月神教的日月神使，日月教的教规只有绝对服从，现在我任命你为日月神教的第二代教主。”“向天鹏”脱下对襟长褂，披在柳天赐的身上，从头上解下墨绿环束在柳天赐的头发上。

“柳兄弟，还不跪下行礼。”白素娟脆生生的声音提醒着神情漠然的柳天赐。

柳天赐依言跪下，不是面向“向天鹏”而是面向东方。

“生火。”“向天鹏”吩咐道。

“向天鹏”从怀中郑重地掏出一块玄铁的蝴蝶，漆黑发亮，但制作得栩栩如生，如一只真蝴蝶振翅欲飞，蝴蝶的翅膀上各写一“日”字和“月”字。

“向天鹏”用他的铁手抓着放在火里烧，扒开柳天赐的胸口，盖下去。

一阵刺鼻的轻烟生起，柳天赐痛得大汗淋漓。

柳天赐胸口赫然出现“日月”蝴蝶的图案。

“这是日月神教的信物，请教主妥善保管。”“向天鹏”扶起柳天赐一揖在地。

“四大护法”和余下的四个喽罗，虽然心存不解，但“向天鹏”的安排绝对错不了，于是都齐刷刷地跪下喊叫：“万死不辞，振我神教，一统武林，四海归心，愿教主神功盖世，寿比天齐。”

这仪式肃穆，这仪式滑稽。

白素娟在旁边吃吃地笑出声来。

这时圆月西沉，旭日东升，尽管旭日还没发出烈光，但人们还是感到新的一天已经开始了……

第四章 天香山庄

柳天赐初出江湖，竟莫名其妙、稀里糊涂地当上日月神教的第二代教主。

日月神教是江湖最大的，是最具实力最有威信的教派。

身为日月神教的教主，就意味着他要统领六个堂口和设在各省各地的总堂及分舵，他有绝对的权力处理教中的一切事情，因为他是日月神教的首领，至高无上的首领。

日月神教已建立起遍及中原的庞大基业，日月神教的兴衰成败就在柳天赐一身，他有这个实力挑起这副重担吗？

柳天赐“砰”的一声把攥在手里的一块石头捏个粉碎，他确信自己有这个能力，他身上有强盛不衰的内力，有天地精华的灵气。

但他为什么要接下这个担子，他明知道向天鹏、四大护法都不是真实的，那戴着面具的后面又是什么样的面孔？柳天赐恨不得揭下这层面具，虽说以他现在的功力可以做到，但那样太冒失了。

那真实的向天鹏又是什么样的人物呢？从江湖中传来，他是个一代之雄，一般的角色是不可能创下这样的基业，从武林人物对他尊敬的态度来看，日月神教肯定是一个名门正派，向天鹏更是一个刚正的领导，这么一个足智多谋的枭雄，怎么惨遭毒手呢？唯一的解释就是：别人比他更高一筹，还有一点就是，假的向天鹏肯定非常熟悉真的向天鹏，了如指掌，并做了大量的准备，才能如此以假乱真，毫无破绽……

既然是个圈套，为什么要往里钻呢？

不入虎穴，焉得虎子。

突然门“吱呀”一声被推开。

“怎么，柳兄弟个人独坐赏月是在想哪个红粉知己吧！”不见其人，先闻其声，白素娟擦了火准备点灯。

“我不喜欢灯光，白庄主。”柳天赐是坐在窗前的椅子上，凝视着挂在树梢上的圆月。

房间里没有灯，只有皎洁的月光从窗户斜射进来，房间干净豪华，阔床雕榻，锦裘华被，轻罗曼幄，古色古香的书桌和椅子，比得上丽春院里的高等厢房，月光照在柳天赐棱角分明的脸上，如刀刻斧削的一尊石雕，他是在想心事，但不是白素娟所说的什么红粉知己。

“哟，柳兄真是个性情中人，不喜孤灯偏好月，如此良辰美景，不如我俩喝一杯。”白素娟手里托着一个精致的银盘，两只玉杯和一壶酒，还有一些下酒的点心。

柳天赐移动了一下身子，这倒是他所想，这个时候，他确实需要一壶酒。

白素娟移了移桌子，坐在他的对面，摆好了酒杯，玉杯是琥珀色，在月光下发出晶莹的柔光。

酒是好酒，香气从杯中冉冉升起，带些锐度，却又不失含蓄，温和润泽。

柳天赐冷静地打量着白素娟，这是一张玉雕粉琢的脸，就像玉杯在月光下发出柔柔的光泽，也总挂着一种教人着迷的微笑，是一种习惯性的微笑，如月光朦朦胧胧，你不能不说她的笑不好，但总觉得似乎哪个地方不对，因为她眉目之间藏着忽隐忽现的忧思。

柳天赐心中有许多理不清楚的谜，这个近在咫尺的白素娟就是一个谜，他有一个想与白素娟倾心长谈的愿望，她是一个善解人意的女人。

“柳兄弟，你看不起姐姐。”到底还是白素娟先开口。

“姐姐一人支撑天香山庄这么大的家业，没有非凡的胆识和见识是不行的，我由衷地敬你。”柳天赐这是一句真心话。

“你不想知道我为什么要留你在天香山庄?”白素娟轻啜了一口酒。

“你有事要我帮忙?”

“那你愿意帮我吗?”

“愿意。”

“不管什么你都愿意吗?”

“对，我帮你是做事，而不是分辨事的好坏重不重要。”

“那你为什么要帮我?”

“因为你值得我帮。”柳天赐悠然地喝了一口美酒，柳天赐真正品尝到酒的韵味。

“这话怎讲?”白素娟脸带桃红，妙目一转盯着柳天赐。

“我相信姐姐以后也会帮我的。”柳天赐咂了一下嘴巴补充道：“姐姐，有什么事用得着我柳天赐?”

“这样吧，姐姐先给你讲个故事。”白素娟怔怔地望着窗外如水的月亮，流下了两行清泪。

白素娟本不是杭州人，而是山西人，父亲白秦川，江湖人称“白额虎”，一身内家功力可以折树裂石，从祖父手上接过“大同镖局”后，苦心经营，由于讲信誉，广交朋友，黑白两道都卖个面子，从未丢失过货物，所以找上门的生意特别多，可以说是生意兴隆达三江，这样“大同镖局”成了北方最大的一家镖局。

白素娟的童年是很幸福的，“大同镖局”的千金，要什么有什么，母亲燕紫薇是秦岭一带出了名的大美人，据说是父亲白秦川在擂台比武战胜各派豪杰，赢得母亲的芳心，一家人其乐融融，可是好景不长，由于母亲的漂亮竟使“大同镖局”惨遭横祸。

父亲一生行镖，由于生意太好，一些贵重的东西他非得自己亲自押镖，一年之中难得有时间呆在家里享受天伦之乐，就是回来，也是高朋满座，母亲为此发了好几次脾气，但父亲是个视老婆如衣服、朋友如手足的耿直血性汉子，依然外甥打灯笼——照旧，闹了几次，母亲也只好听之任之。

父亲由于生意扩大，就收罗了一些武林高手，父亲有个朋友叫郭震东，江湖人称“追魂剑”，武功卓绝，办事老辣，投身到大同镖局，很得父亲信任，有时父亲行镖远足，家里的大小事就交给郭震东打点，郭震东俨然是“大同镖局”的二当家。

不久，就有人说母亲与郭震东关系暖昧，这些传闻也到父亲的耳朵，但不知怎地，也许太相信朋友，父亲爽朗大笑，说这些都是小人之言。

可是事情终于发生了，一次父亲押镖到天津，来回足足要一个月，白素娟在母亲房里看到她不该看到的事，为了怕事情败露，郭震东和母亲燕紫薇就在大同镖局消失了，那年白素娟只有八岁。

其实父亲是很爱母亲的，只是这种爱比一般人来得深沉，失去了爱妻，父亲就一蹶不振。人说祸不单行，真正把父亲逼入绝境的是最后一次走镖。

就在郭震东带走母亲不久，一天有个穿着阔绰的老板找上大同镖局，说是有一批贵重的药材要运到杭州，开箱验货，确是名贵药材，价值万两黄金，这是一个令人咋舌的数字，相当于整个大同镖局的财产，画押签名，父亲组织一队精士人马前往杭州。

一路无事，轻车熟路，不几日就到了杭州，可刚走到乌山上，前面立着四个蒙面大汉，挡住了去路，四个蒙面大汉手里拿着戎刀也不答话，兜头就砍，父亲以为只是一般的山林劫匪，并不在意，没想到四个人武艺高强凶悍，父亲拼死才杀出一条血路逃回来，

父亲是在夜里回来的，他不是骑马回来，而是被马驮回来的，满身血迹刀伤，由于失血过多，父亲在路上昏死几次才被识途老马驮回来，已经气息奄奄……

白素娟含着泪沉浸在痛苦的回忆中，无边的月色照在她柔静的脸上，腮边滑落的泪珠就如两颗晶莹的露珠。

像她这样外表看似什么都不在乎的风尘女人，心里居然埋着巨大痛苦，柳天赐静静地听着，白素娟擦了擦眼泪接着说：

那批价值万两黄金失镖的后果是严重的，按照协议，大同镖局必须如数赔偿，父亲没顾得上养伤，就四处求朋告友，可那些小钱相对千万两黄金只是杯水车薪，父亲一夜之间头发都急白了，苦心经营的大同镖局就要落入他人之手，父亲多么的伤心和痛苦啊！

结果，大同镖局还是被人收买，这个人就是郭震东，就是现在已改名的震东镖局，父亲带着八岁的素娟是在一个冬天的早上离开大同镖局的……

“这是一个圈套！”柳天赐忍不住脱口而出。

“是的，这是一个圈套，父亲也知道这是一个圈套，因为震东镖局开业的那天，父亲看到一个额上带疤的人列座在震东镖局的首座，这个人父亲太熟悉了，他就是乌山蒙面大汉中的一个，这个刀疤跟别的刀疤不一样，是砍在眉毛上，疤痕取代一眉毛，上面稀疏地长出几根毛，因为父亲和这个带刀疤的蒙面人打了几个照面，所以印象特别深刻。”

“父亲把我安置在一个朋友家里，当晚他准备到震东镖局查个水落石出，父亲越过后院潜入母亲的房间，父亲自有他的想法，以为一日夫妻百日恩，也许母亲会告诉他一点什么，母亲看到父亲从天而降，大吃一惊，见父亲没有加害她的意思，也就平静下来，说我给你到楼上沏一壶茶。”

“父亲等来的是郭震东带领的四个彪形大汉，父亲心如死灰，将生死置之度外，虽然杀死两个汉子，但还是寡不敌众，被郭振东穿胸一剑……”

白素娟缓了一口气接着说：

“当晚我明白父亲的用意，所以一直尾随着父亲到震东镖局，这些都是我亲眼看到的，我亲眼看到父亲被郭震东杀死。

“我冲进去扑在父亲身上，父亲说了一句‘爹对不起你’就永远离开了我，我放声大哭，郭震东捂住我的嘴巴将我提起来说，这小孽种都看见了。他想杀我灭口或者说叫斩草除根，但又觉得当我母亲面杀我，也太残忍，就把我堵上嘴巴关在镖局后面的暗室里。

“晚上还是燕紫薇放我出来的，这女人把我送到后门口，我在她手臂上狠狠地咬了一口，咬下了一块肉，这女人都没哼一声……”

白素娟给柳天赐斟了一杯酒，见柳天赐木木地坐着，突然说：“你没经过痛苦是不会明白的。”

柳天赐的痛苦又有谁经历过，当他是条狗的时候，不也是把玉煞的手咬掉一块，他虽然遭受巨大的痛苦，可似乎还找不到制造痛苦的根源，当他听到白素娟的讲述，以前的遭遇历历在目，仿佛又在心里重新经历一次。

“我怎么不明白?”柳天赐这句话像是对自己说的，顿了顿，柳天赐问道：“那以后呢?”

在无边的夜色，我逃出了震东镖局，我想到了死，这个世上已没有亲人，在悬崖边我犹豫了很久，想到疼我爱我的父亲，一生耿直忠义，却落个妻离子散惨遭横祸，他唯一的女儿竟如此懦弱，父仇谁报?这想法打消了跳下去的念头，我要逃离这个地方，逃得远远的，但我终究会回来的，一定会回来的……

于是，我沿路乞讨到了杭州，天香山庄的前庄主收留了我作义女，不幸的是庄主因疾而终，我就挑起重振天香山庄的担子，在这几年我悟出了一个道理，一个漂亮的女人是很容易获得成功的，但背后必须有一个很大的靠山，所以我就抱着醒时对人笑、梦中全忘了的态度度过来。

白素娟讲完了她的故事，长长地叹了一口气，摇了摇头，好像从多年的积闷中解脱出来。

“你觉得日月神教的靠山稳不稳?”柳天赐不切主题地问道。

“至少他是目前江湖上最大的门派。”白素娟似乎想起了什么自言自语地说：“我似乎又觉得有什么地方不大对头。”

“哪些地方？”柳天赐坐正了一下自己的身体。

“‘日月神教’教主向天鹏在江湖是个顶天立地的汉子，所创的‘日月神教’也是一个名门正派，他的眼神不应是那般变幻莫测，更不会对其他门派下如此毒手，这似乎违背了‘日月神教’的原则。”

“你以前见过向天鹏？”

“见过！”白素娟似乎对向天鹏有一种神往。

“那是在秋风萧瑟的秋天，我刚到天香山庄，我们都在平台上玩耍，突然看到一个虎背熊腰的汉子怀里抱着一个年轻的女子，甩开大步从山背飞奔而来，后面一行追来四个人，身手甚是敏捷，眨眼之间就到平台，身材魁梧高大的汉子将怀里的女子放在平台的巨石上，然后转身，瞪着如电的双目盯着四人，这四人仪表不坏，个个都相貌堂堂，四人怔了怔，其中一个拿着鱼骨剑说：‘你怕是活得不耐烦了，敢踩我‘四大花侠’这趟浑水，本少爷剑不杀无名之鬼，快给大爷报个名来。’”

“老子坐不改姓，行不改名，日月神教向天鹏，呸！‘四大色魔’什么时候改成‘四大花侠’，光天化日之下欺侮一个女流，真是禽兽不如。”向天鹏穿着对襟的黑色大褂，喏，就是你穿的这件大褂，白素娟用手指了指柳天赐的衣服，伟岸的身材散发出一股凛然正气，不怒自威。

“你有什么能耐教训老子，想英雄救美，又不称称自己的分量，老子先杀了你。”四人一齐向向天鹏扑来。

四个人杀气腾腾，八眼通红，恨不得将向天鹏剁成肉泥，向天鹏没有兵器，腰身一挫，一双肉掌竟穿梭在刀光剑影中，“四大色魔”都是江湖成名的淫魔，四人联手进退有序，攻防有略，配合甚是默契，向天鹏左打右挑，身体翻旋有如一只大雕，拳掌带风破空有响，刚猛有力的四人渐渐不支，而向天鹏越斗越猛，一个擒拿手竟将玉骨剑压下来掷在地上。

“四大色魔”没想到向天鹏如此神勇，竟乱了阵脚，突然，被夺了玉骨剑的色魔飞身一掠，扑到平台的巨石上，“嘶”的一声竟把受了重伤的女子胸前的衣服给撕开了一块，露出雪白的胸脯，女子又惊又羞，突然横身一跃，巨石下面就是万丈深渊，眼看女子就要香消玉殒，好一个向天鹏，一鹤冲天，双手刚好扒在巨石上，用脚勾住女子下落的身体，真是千钧一发，可又一持刀的色魔跟身而上，一刀向他手砍去。

向天鹏只要一个翻滚就可以避开这一刀，但是他没动，火星四溅，向天鹏的左手齐腕砍下，血如泉涌，他没哼一声，而是双脚上刷，将女子凌空抛起，跟着一个大鹏展翅，如巨鸟入林，将女子抄在手中，右手凌空一拳，拿刀的色魔像一只断线的纸鸢横飞出去，撞在巨石上脑浆迸裂。

向天鹏将女子横抱在胸，鲜血滴在地上，满脸浩然之气，朗声说道：“色字头上一把刀，身为武林中人，我劝你们好自为之，下次再不要让我向天鹏撞见，滚！”“三大色魔”转身逃得无影无踪。

向天鹏怀抱着女子，满脸踌躇，刚好义父从朋友家赴宴回来，义父与向天鹏相交已久，只是从未谋面，赶快让进庄里，止血疗伤。

“庄主，还是先给她治伤吧，我不碍事。”

“向教主你放心，我叫下人都安排好了，向夫人只是受了惊吓，休息一下就好了。”义父给他上了些金创粉止住了血。

“庄主，你误会了，我还没成家呢。”向天鹏脸一红，简单地把经过一说。

原来向天鹏在杭州办完事途经碧玉峰下，突然听到撕斗声，急忙赶过去，“四大色魔”正擒住一女子，准备非礼，向天鹏最看不惯这些奸淫杀掳之徒，就结下这一梁子，到现在他还不知道那女子的姓名。

也许是英雄惜英雄，义父与向天鹏就是在这间房里，也是在这张桌子旁把酒畅谈到天明。

经过一夜休息，女子起床向向天鹏道谢救命之恩，那女子自称叫上官英，长得确是标致，如花照水，楚楚动人。

自古美女爱英雄，上官英似乎对向天鹏一见钟情。

“那向天鹏娶了上官英没有？”柳天赐看到白素娟心驰神往，似乎自己也被感染了，关切地问道。

“我也不知道，反正上官英是与向天鹏一道离开天香山庄的，说是同路，我昨天正想问向教主这件事，可又没这种气氛，像他这样的伟男子……”白素娟赶紧刹住话头，她感觉不应在柳天赐面前大赞特赞另外一个男人。

“什么样的人才能称得上伟男子？”柳天赐差点脱口而出说向天鹏是假的，赶紧话题一转。

“伟男子有两种，一种是能忍大辱，图大业的枭雄，一种是在危难之时敢于挺身而出，敢于面对人生的硬汉。”

“照你这么讲，向天鹏属于哪一类伟男子呢？”柳天赐觉得白素娟的见解独到，不一般。

“应该这么说，我所见到以前的向天鹏是后一种硬汉，而昨天的向天鹏是前一种枭雄。”白素娟若有所思地道。

“这么说，是两个向天鹏。”柳天赐上身倾了倾。

“人总是会变的。”白素娟似乎也找不出什么合情合理的答案，而更使白素娟感到疑惑的是坐在她对面的柳天赐。

“你不是日月神教的人。”白素娟盯着柳天赐的眼睛说。

“你很精明。”柳天赐心里也是这么想的，但白素娟再精明，也不会想到真正的向天鹏，她所崇拜的向天鹏已被埋在东赢山，她是怎么也想不到的。

“日月神教正在用人之际，你神功盖世，而地位又是一个喽罗，一个对日月神教一无所知的喽罗。”白素娟笑了笑。

“向天鹏也会这样看吗？”

“他肯定会的。”

“假如是你，你会不会把一个势力庞大、如日中天的组织全权忽然交给一个你不认识的人呢？”

“不会！”

“那为什么向天鹏会这么做呢？”

“他比我俩想得要远。”

“想得要远？”柳天赐自言自语道。

“说了半天，你要我怎么帮你？”

“以其人之道还治其人之身。”

“我听你的！”柳天赐笑了笑，他感到和白素娟谈话有一种不腻不燥的感觉，很是投机，他想把自己所见所想的全都和盘托出，但又觉得不合时宜，说穿了他目前还是有点不相信白素娟。

“你要达到什么样的目的？”柳天赐提了提酒壶，是个空壶。

“你所做的结果就是我的目的。”白素娟把自己面前的半杯酒递给柳天赐。

“我会把震东镖局换成大同镖局的招牌，杀了郭震东……”

“谢谢你，今晚太晚了，我俩改天再聊。”白素娟收拾起东西。

“你不打算这几天动身？”

“我还得处理好天香山庄的一些事，你很急于想回到日月神教？”白素娟没等柳天赐回答接着说：“你先在天香山庄住几天，开开心心地住几天，这就叫敌静我动，敌动我静，你好好休息。”白素娟回眸一笑，走出去了。

月亮偏西，已三更了，柳天赐躺在床上翻来覆去，怎么也睡不着，干脆披衣踱到床前，窗外夜深露重，如水的月光在树林里、石丛中流淌，多么宁静的夜晚。

突然，柳天赐听到一缕笛音袅袅升起，如一缕轻烟，若有若无，但又异常清晰，仿佛就在耳边，多么熟悉的笛音，柳天赐感到自己体内的真气掺和在血液里在缓缓地流动，头脑空白，浑身舒泰，柳天赐怔怔地站在窗前不由得痴了。

这笛音抑扬顿挫，恰到好处，与自己体内汹涌奔腾的真气丝丝入扣，好像牵引着自己体力的真气穿走在全身的七经八脉。这笛音听起来清婉，但穿透力是如此之强，能在潮声中和柳天赐的啸声相和，非登峰造极的高手是不可能做到的。

夜深人静，这吹笛的人是谁？

柳天赐身形一起，手在窗棂上一按，借势已上屋顶，柳天赐循着笛音一路来到天香山庄的后院，这后院是依着山势建起来的围墙，围墙中间是一块菜地，菜地的两边各建了一排平房，用来放柴和农具之类的搁房，但装饰十分清雅，笛声是从最东边的一间小房里传出来的。

柳天赐不懂音律，但这曲子似乎表达了男女之间一种缠绵悱恻的相思，柳天赐伏在对面的屋顶上，凝神倾听，竟如醉如痴趴在那里一动不动，露湿衣襟而毫无察觉。

随着一声轻轻的叹息，笛声戛然而止，柳天赐听到关窗户的声音，才从梦中醒来，只看柳天赐身形一矮，如一片落叶贴在对面的屋脊上。柳天赐内功博大，能在黑暗中视物如同白昼，更何况有莹莹的月光倾洒在菜园里。

对面的小房里窗户开着，可以看到雾气缭绕，窗前坐着一个女子，披着长发，光洁的额头，如星的双目含着淡淡的忧思，一双玉手有节奏地在竹笛上跳跃，红唇轻吻在笛孔上，那么圣洁端庄，柳天赐身上一颤，差点从屋脊上掉下来，他揉揉眼睛，没错，这近在咫尺和他心息相通的少女就是他魂牵梦绕的仙女姐姐！柳天赐差点惊呼出来。

突然，笛声戛然而止，就像苍穹滑落一颗流星！

“朋友，夜深露重，何必趴在那里鬼鬼祟祟。”从仙女姐姐红唇里流出来的话也这般好听。

柳天赐正想从屋脊上跳下来，谁知有个人比他还快，从围墙上一个雁落平沙，身体轻盈地落在仙女姐姐的窗前。

柳天赐稳了稳身子，睁大眼睛屏息而视，飞身而下的青年约摸二十三四岁，玉树临风，穿着丝织锦袍，头发都湿漉漉的搭在前额，显然已趴在围墙上很久了，双拳一抱说道：“我卓一凡打扰上官红妹子的雅兴，这里向你赔罪。”

柳天赐心里道：“原来仙女姐姐叫上官红，几年不见，仙女姐姐更显得超凡脱俗。”他想起仙女姐姐站在他的小木床前，一声‘弟弟，你还痛吗?’温暖了他五年，冥冥中，他一直觉得有人在记挂着他，在关心他，他一直为这种关心而感动不已，同时坚信这份感觉绝对不会错，尽管他不通音律，但仙女姐姐的笛音已同自己心息相通，这种感觉只能意会不能言传，仙女姐姐一定会记得他的！柳天赐贴在屋脊上不能自已，思绪翩翩，露湿衣襟而浑然不觉。

“原来是卓公子，要不要进屋喝杯茶暖暖身子。”上官红道。

原来是熟人，惹得我虚惊一场，柳天赐心想道。

“不了，我有件事情和上官妹子说一下就走，本来我早就来了，又怕打扰妹子的雅兴，就一直蹲在围墙上，谁知还是打扰了妹子。”卓一凡脸上神色之间似乎确有什么重要的事要讲，但有避讳之嫌，又一句纯粹是掩耳盗铃的解释，蹲在墙上也不用蹲这么大半夜。

“卓公子深夜造访，倒真出上官红的意料。”上官红用眼睛照了照卓一凡接着说：“不知有什么要紧的事烦卓公子相告。”

“上官妹子，我要走了。”卓一凡补充道：“我……我要离开天香山庄，是来向你告别的。”

“离开天香山庄?！大家不是相处得好好的，何况姐姐待我们不薄……”上官红似乎不解，柳天赐心想道：原来仙女姐姐还有一个姐姐。

“是庄主下午叫我们收拾东西，意思好像要遣散我们。”柳天赐想起那天在绍兴围攻金玉双煞的是有卓一凡和其他十来人，不知“我们”

是不是指这些人。

“姐姐有这样的意思？难道天香山庄有什么变故？卓公子。”上官红满脸关切之色，柳天赐心想，这就奇了，白素娟竟是仙女姐姐的姐姐，一时不解，又听见卓一凡柔声道：“上官妹子不用担心，我想庄主是因昨天中秋的事而作出这番打算。”卓一凡见上官红面露急切神色，竟出言安慰。

“中秋，中秋发生了什么事？”上官红满脸惊讶，不明所以，更急切地道：“卓公子，快进屋坐坐。”上官红把房门打开，窈窕娉婷的身影出现在月光下，卓一凡咽喉动了两下，微一怔，急忙摇手道：“不，上官妹子，我说完就走。”

“卓公子，你进来跟我说，怎么我一点也不知道。”上官红伸手拉了拉卓一凡的衣袖，卓一凡似乎极不情愿，迫不得已地走进房里。

“上官妹子，天香山庄将于中秋节那天露面，到时各门各派的武林人士挤在一堂，真是轰动武林。”卓一凡像个书场的说书先生，不紧不慢，制造悬念，似乎在吊上官红的胃口，顿了顿说道：“上官妹子，我感到很凉。”上官红从床上拿出一块围巾递给他说：“你先将就的披一下，卓公子，轰动武林，谁来了？”这小子纯粹心怀鬼胎，还说什么事说完就走，照你这么说，非说到天亮不可，柳天赐心里酸酸地想道：

“妹子，你这围巾好香啊！”卓一凡吸了一口气心猿意马地说。“快点说，是谁吗？”上官红没理会卓一凡的挑逗，一味地催他快说，言辞甚是急切，卓一凡似乎喜欢看到上官红急切的样子，慢条斯理地说：“你猜猜是谁？”上官红说道：“我猜不来，你快说。”“这人就是轰动武林、江湖第一大教日月神教教主向天鹏也来了。”“每年不都有许多武林人士来捧场吗，向天鹏来了又怎么样？”上官红身体向后靠了靠。“这个向天鹏来了关系大着呢，你想想日月神教高手如云，人多势重，大老远从秦岭到咱天香山庄会干些什么事？”卓一凡向前移了移椅子，脸上表情丰富之极。“听姐姐说向教主与前任庄主交情不错，想必不会做什么对天香山庄不利的事来。”上官红眼光“刷”地一下扫到卓一凡脸上，卓一凡心想：“这美人难道看出什么端倪?”赶紧身子后倾，说道：“那个自然，但这个向天鹏手下四大护法厉害得紧，在咱天香山庄杀了不少的人，血流成河，个个眼珠突出，有的耳朵被割下来，有的被劈成两半，有的……”卓一凡不着边际添油加醋地形容惨状，后面似乎还有更惨的被上官红打断了，“你说他杀了天香山庄的人，那姐姐呢?”上官红倒不关心卓一凡所说的血腥场面，而关心白素娟。“幸亏庄主嘱咐我们不要出去，倒没伤着我们天香山庄的人。”卓一凡心想讲一讲恐怖的场面把上官红吓得花容失色扑进自己的怀里，然后顺其自然，谁知上官红置若罔闻，叫他好生失望。

突然，上官红站起身来说：“走，我找姐姐去。”卓一凡赶忙拦住上官红说：“妹子，庄主正在和日月神教的教主商量要事，你可不要冒失跑去。”上官红果然回到椅子上坐下说：“向天鹏还在我们天香山庄?”上官红满脸诧异。

柳天赐站在屋脊上听着卓一凡不怀好意一搭不搭的告诉上官红昨天发生的事，而上官红好像对昨天的事一无所知，真想下去抽卓一凡两个耳光，一想又觉得太冒失，退一步讲凭功力，卓一凡想图谋不轨还是枉然，加上卓一凡正说到自己，于是柳天赐一动不动地伏着凝神倾听。

果然卓一凡说：“不是向教主，而是日月神教的新教主，叫什么柳——天赐，这小子不知祖坟葬在哪个龙山宝地，竟凭一声长啸和挥几下袖子就当上了天下第一大派的教主。”卓一凡似乎认为拣这个天大便宜的人应该是他。“一声长啸，你是说昨天发出啸声的那个人。”上官红一下子激动起来，连声道：“他在哪里，他在哪里?”卓一凡看到上官红激动的神情，不禁有点恼怒，阴恻恻地说道：“他在厢房里与庄主一起对酒赏月，那小厮还称庄主为姐姐，庄主还称他为弟弟。”柳天赐吓了一跳，这卓一凡会不会偷听他与白素娟的谈话，只听到上官红说：“这么说那位柳教主年龄在姐姐之下，是个青年少侠，那不可能，这年纪不应该有这般功力，天下不可能有这么高深的内功。”上官红兀自摇头接着说：“你说他和姐姐在厢房里，那我过去看看。”

上官红站起来又要出去。

“庄主此时只怕和姓柳的正在风流快活，我来的时候看见庄主就这样躺在姓柳的怀里说‘弟弟，抱紧我。’那姓柳的解开庄主的衣服用手这样……”卓一凡满脸轻薄之相，作势往上官红怀里倒去，并伸手去摸上官红的胸脯。

柳天赐没想到卓一凡如此无赖，竟胡说八道起来，还轻薄他的仙女姐姐，他捏起一片瓦，正要向卓一凡后脑弹去，突然听到“啪”一声脆响，上官红在他脸上结结实实地给了一巴掌，卓一凡顺势抓住上官红的手往自己脸上抽打，嘴里说：“妹妹，你打得我真舒服。”卓一凡竟有撕破脸皮、干脆孤注一掷的势头，他猛的抱住上官红的腰，上官红又羞又急，叉开两指向卓一凡的眼睛戳去，卓一凡正闭着眼睛满脸醉相，突然“啊”的一声便倒在地上，眼前一片漆黑，他眼睛竟活生生的被上官红戳瞎了。

上官红怔了怔，又觉得过意不去，平时卓一凡对自己也不坏，这个时候也许乱了性子，但不致于戳瞎他的眼睛，但又找不到合适的话，忽然已伏在地上的卓一凡横着一扑竟死死的抱住上官红的双脚，嘴里嚷道：“你好狠心，妹子，从第一天见到你，我就不能自拔，而你却视而不见，我……”卓一凡呜呜地哭起来，放肆地大哭起来，这哭声在静夜里听起来有一种恐怖的感觉。

上官红不知如何是好，僵住了，突然听到一个孩童的声音：“弯路射人针。”两根牛毛银针成弧线射向卓一凡的太阳穴，卓一凡身体扭动一下，把上官红双脚一紧，竟死了，这声音和牛毛银针都是从菜园中央的水井里发出的。

第五章　不老童圣

子菜园里种着一垄垄的蔬菜，菜地的中间修了一口井，圆形的井口一个辘滚吊着一个打水用的桶，显然是用来灌溉这块菜地而修的井，趴在屋脊的柳天赐俯视能看到井里荡起两圈细小的涟漪，两个细小的牛毛银针是从这里破空而出，发射暗器的人肯定是躲在水下面，所以他所处的位置比卓一凡的位置低得多，奇就奇在，这牛毛银针如此细小，要不是柳天赐，别人是不会觉察到的，柳天赐看到银针从井里劲射上升，达到窗台的高度弧线下落刚好插在卓一凡的太阳穴上，认穴之准真是旷古绝今，因为发暗器时只是凭卓一凡的哭声判断方位，还要隔着窗户认穴，柳天赐自忖自己也还没这个把握。还有这人怎能住在井里，也就是怎能住在水下，在水下能发出声音，虽然低沉但特别清晰，这是一个内力极深的人排除水的干扰所发出的声音。

柳天赐更关心的还是仙女姐姐，只见上官红挣脱卓一凡的双手，见卓一凡气绝身亡，一点也不害怕，竟喃喃地说："死了！"

突然，一个鹤发童颜的老人从井里冲天而出，带起一根水柱，身体斜飞，穿过窗户，坐在上官红对面的椅子上。这时天已五更，阴阳交替，月色变得昏暗，但柳天赐还能一清二楚地看到老人的容貌，老人稀疏的几根银发在后脑缠起一个鬏，脸色红润，如八九岁的孩童，脸上刮得干干净净，表情甚是滑稽幽默，柳天赐一下倒猜不出他真实年龄，他上身竟穿着一件红布的衣服，只见仙女姐姐满脸露出欣喜之色，走上前抚着老者的手摇着，撒娇地说：“不老童圣，你，虽然他……可……”

“哈哈，师父厉害吧？我这手暗器使得怎么样？我给取了一个名字叫‘弯路射人针’，可惜手法重了一点。”老人似乎遗憾满腹地摇了摇头。

柳天赐心想道：“难怪姐姐吹笛子内功这么纯厚，原来还有这么一个师父。”

上官红听了扑哧一笑说道：“‘童圣’你笑好了吗？嗯，这名字虽然不好听，但还形象，可是怎么讲也不能……”上官红撅起嘴巴说。

老头听到上官红称赞自己名字还不禁眉开眼笑说：“我这不是挺好吧，嗯，是不该，大大的不该，哎，这娃子命苦，我‘不老童圣’向你赔罪。”对于“不老童圣”，柳天赐虽然初出江湖，阅历不深，但江湖人称“一尊三圣四怪六魔”几位武林前辈泰斗还是晓得，这个“不老童圣”就是人称三圣的三圣之首，原来三圣之首就是这般人物，柳天赐忽见“不老童圣”纳头向卓一凡的尸体拜去。

江湖的名号都有一定的渊源，“不老童圣”真的顽皮如孩童，听上官红的口气，似乎他还受了伤，柳天赐心中疑窦丛生，仙女姐姐被卓一凡等人抢去，怎么都在天香山庄？仙女姐姐怎么称白素娟为姐姐？从语气讲，似乎两人姐妹情深，仙女姐姐怎么有“不老童圣”这么高的师父，难道仙女姐姐是天香山庄老庄主的女儿，那也不会住在菜园的平房里……柳天赐百思不得其解，忽听上官红说道：“姐姐要来了怎么办?”“不老童圣”抓耳挠腮说道：“那也是，不能让那丫头知道。”突然，伸手抓起卓一凡的尸体夺门而出，越过围墙，眨眼间消失在树林里，倏忽，人影一闪，“不老童圣”又已背负着双手站在上官红的面前，神情甚是得意地说：“师父我已把那苦命娃吊在树上，别人还以为他有什么事想不开上吊自尽呢。”上官红又好气又好笑地说道：“上吊自尽也不该披着我的围巾。”“那是那是，嗯，老虎也有打盹的时候，是我糊涂。”说完又风驰而去，眨眼又电掣回来，手里拿着一条围巾，递给上官红道："我把他舌头从嘴里拉出来，这样。"说着吐出自己的舌头，上官红似乎没有从纷乱中醒悟过来，这老头把她思绪搅得一塌糊涂，忧思满腹地望着窗外，"不老童圣"见上官红不理他，站着也没趣，说道："我去练一下'弯路射人针'，保证下次不会杀死人的。"说完身形一起跃入井中，井水激起一片水花，不老童圣消失得无影无踪。

柳天赐天赐奇遇，武功已登峰造极，但还没与真正的高手较量，所以心里还没个底儿，见"不老童圣"如此身手，不由趴在那里惊得张开嘴半天合不拢。

上官红亭亭玉立地站在窗前，似乎在回想刚才发生的一切，柳天赐完全屏住呼吸，菜园的两头传来几声鸡叫，更显得一片寂静，柳天赐似乎听到上官红心跳的声音，他多么想下去叫她一声"姐姐"，但已相隔五六年，她还认得我吗？突然出现会吓着她的，柳天赐犹豫不决，只听见上官红轻轻叹息一声，坐在椅子上自言自语的念道："柳——天——赐。"这声音听得柳天赐血脉贲张，如饮甘醇，竟痴痴地说道："姐姐在叫我，姐姐在叫我。"

柳天赐回到房间，天已微明，才发觉背部已被露水湿透了，从床头找件长衫换下来，这长衫不大不小，好像是量体裁衣做的，穿着十分得体，躺在床上可睡意全无，又是兴奋又是迷惑，兴奋的是终于看到心中一直呼唤的仙女姐姐，想不到的是在天香山庄，可没勇气相见。

待会儿问白素娟，事情不就有了眉目，再去见仙女姐姐，柳天赐打定了主意，觉得心里一阵踏实，打了个哈欠，慢慢地睡着了。

醒来已是正午，柳天赐觉得四周静悄悄的，睁开眼一看，只见白素娟坐在床边，笑盈盈地望着自己说："柳弟弟，你醒了。"

柳天赐坐起来，见白素娟白皙的脸庞微带着涩涩的红晕，神态之间甚是忸怩，不觉俊脸一红说："姐姐，你来多久了？"

"我已在这里坐了两个时辰，见你睡得正香，没叫醒你。"白素娟说道："你睡的真香，还叫……"然后满脸通红，欲言又止。

柳天赐愕然心想：“我该不会说了一些什么梦话吧。”就问道：“我叫什么来着？”“也没叫什么，姐姐高兴，来，我们一起去吃午饭，大家都在等你呢。”白素娟甚是欢快地拉起柳天赐往外走，似乎又想起什么问道：“嘿，你昨晚一夜没睡，跑到哪里去了？”“我……我昨天晚上不是睡的好好的吗？”柳天赐心想她怎么知道我一夜没睡，白素娟嗔道：“别在姐姐面前耍滑头，你屁股被露水打湿，上面脏兮兮的，姐姐也给你洗了，晾在前面。”柳天赐觉得心头一松，笑道：“姐姐，我昨天晚上拉肚子，跑到外面蹲了半夜。”“拉肚子，你不舒服？”白素娟停下脚步伸手摸了摸柳天赐额头，柳天赐笑道：“姐姐你神手一摸，我天赐就好了。”白素娟伸手在他额头一点嗔道：“你这小滑头，吓姐姐一跳。”

柳天赐见白素娟这么关心自己，不由觉得歉然，话题一转说：“姐姐，你刚才说谁在等我？”“哦，是天香山庄的一家大小，我见你正在睡觉，吩咐他们别吵。我俩快走，也许他们等得不耐烦了。”白素娟心情特别好，拉着柳天赐的手快步走过回廊到了大厅。

大厅里已坐了七八十人，桌上摆满菜肴，好像举办什么酒席，大家都神情木然地坐着，没有一点声响，见白素娟牵着柳天赐的手从二楼下来，都纷纷站起来，只见有个家人模样的人跑过来说：“庄主，卓大侠不见了。”白素娟微微一笑：“你去找找看。”她今天心情的确很好，忽然觉得在大庭广众之下拉着日月神教教主的手不大妥当，脸一红赶紧松开。那家人说：“庄主，我们都找过，没见到卓大侠。”白素娟咦了一声说：“他知道要散也不应这么急着走啊！你派人到庄外喊喊看。”

柳天赐怕别人看到自己神色不定，问道“白——姐姐，今天是什么日子还摆酒席？”白素娟没有直接回答柳天赐，正了正脸色说：“各位在天香山庄都已有些时日，在大家同舟共济下，天香山庄已挣下一笔不菲的家业，我白素娟这里先谢谢大家了。”白素娟抱拳向四座照了照，接着说：“但由于白素娟身有要事，不能和大家共同发扬天香山庄，也是为大家考虑，所以我打算分送每位一点心意，以报答各位给天香山庄的贡献。”白素娟刚说完，就有两个家人抬出两只箱子，从两人走路的神态看，这箱子很重，打开箱子一看，竟是两满箱银子，一封封的摆在上面写着姓名，显然是早就准备好了分发众人。

柳天赐昨夜就知道这件事，倒不觉得这件事来得突然，反而佩服白素娟做事干脆磊落，毫不含糊，他游目四顾，可厅上密密坐着的七八十人就是不见仙女姐姐，仙女姐姐称白素娟为姐姐，关系自不是一般，而天香山庄举行散伙酒席，仙女姐姐怎么不来呢？

突然听到一个如击鼓的声音：“庄主，想我雷震云在云南作案，要不是庄主重金赎我，早就和师弟一齐做了刀下鬼，我雷震云岂是忘恩负义之辈，庄主你无故遣散我们，是不是天香山庄有什么难处，只要我雷震云有一口气在……”雷震云话还没说完马上引起大家的共鸣，于是大家都七嘴八舌，信誓旦旦，只听一个娇滴滴的声音说道：“庄主这样做定有她的深意，还是听庄主的说法，大家静一静。”众人都知道是花仙子所说，于是喧哗的大厅片刻就静下来，白素娟说：“实不相瞒，因为中秋那日日月神教杀了一些武林人士，江湖早就传闻天香山庄与日月神教交情不错，因此这笔账或多或少地会算到天香山庄的头上，再说我有些私事非解决不可，所以不必招惹这些不必要的麻烦来连累大家……”

突然，刚出去找卓一凡的两个家人抬着卓一凡的尸体跑进来嚷道：“庄主，卓大侠在后院的山林里上吊自尽了。”白素娟一惊，围了过去，卓一凡躺在地上，两眼带血已被戳瞎，舌头伸出，颈上胡乱的挂着一根草绳，柳天赐想起“不老童圣”昨晚忙进忙出居然还是弄出这样的“杰作”，不禁好笑。众人有的看到柳天赐带着古怪的微笑，不由得怒目而视，他们大都以前在江湖上杀人越货，都被白素娟或用钱财或用功夫救到天香山庄，虽然都是武林草莽，但个个都义字当头，所以都很敬重白素娟，要不是白素娟与柳天赐称兄道弟，早就不顾柳天赐武功盖世，挥刀就杀。

“这不是上吊自尽，而是被别人所杀，吊在树上，难道他们这么快就找上门了。”白素娟自言自语道。那些绿林草莽赶快围拢来高声叫骂：“操他妈，天香山庄的饭拿去喂狗，拿去喂王八，吃完饭喝完酒，嘴一抹，竟还想拿咱们天香山庄开刀。”一个满脸铜须的大汉“啪”的一声竟将手上拿的碗捏碎了。“呸，什么名门正派，全是他妈的下三滥的勾当，鬼鬼祟祟跑到天香山庄暗算，这算什么鸟人，有种的就冲老子来。”一个满脸横肉的中年汉子把胸拍的砰砰响。

柳天赐看到这些人吵吵嚷嚷，也不知道要到什么时候，蹲下身子把卓一凡的头看了看，说道：“这位卓兄是被一种极细的暗器致命的。”众人一看，果然在卓一凡的太阳穴上有两个小洞，不仔细看还真不会看到，柳天赐朗声说道：“人死不能复生，为了避免出现同样的悲剧，我看大家还是按照姐姐的意见去做。”众人没动，但有的脸上显出犹豫之色。

白素娟一直没说话，站在那里陷入深思，嘴里喃喃的念道：“后院，后院。”突然说：“你两人把卓一凡抬出去葬了。”两个家人抬着卓一凡的尸体快步走出去，白素娟脸色一正说：“大家既然都不愿离开天香山庄，那就都留下来把。”说完拉着柳天赐的手入座吃饭，柳天赐捧起碗狼吞虎咽，白素娟胃口很好，边吃边往柳天赐的碗里夹菜，而其他人却被她的决定搞得糊里糊涂，怔怔的坐着不动碗筷。

白素娟吃完饭，微笑着道：“弟弟，你可吃好了？”“不吃好，怎可杀敌。”柳天赐报以会心的微笑，原来白素娟和柳天赐功力高出其他人许多，听到山脚下隐隐约约地传来的呐喊声，至少有几百人攻上天香山庄，不一会儿众人也听到人声鼎沸的声音，便纷纷操起家伙。

白素娟领着众人走出大厅，只见四五百人从碧玉峰四周涌上天香山庄，白素娟突然“咦”了声说道：“奇怪，这些人头上扎着头巾，似乎是四川巴蜀吴孔四象门的人。”柳天赐凝目一望，从正面的青石小路飞步而上的果然是断了手臂的吴龙、吴虎，他们武功好像精进了不少，走在最前面，踏着石板飞掠而来。

柳天赐心想：吴孔四象门竟然有这么多弟子，忽听白素娟说："不对，左边那支有昆仑派和峨嵋派，右边也有华山派和终南派。"白素娟和她的天香山庄虽不是什么武林大派，但庄主白素娟对江湖各门各派里的武功招数和渊源了如指掌，因此和江湖各大门派的关系都很不错，天香山庄也因此名声鹊起，成了各派武林豪客的落脚点，江湖只要有什么风吹草动，天香山庄就马上有消息传出，所以天香山庄又被人称为"江湖客栈"，因此白素娟能依据各派上山的身手和装束叫出各派的名号。

不多时，四百多人已将天香山庄围个水泄不通，时值晌午，虽说中秋已过，太阳光还是热辣辣的，一行人手里操着兵器，有规律地站在一起，把白素娟、柳天赐一行围在核心，屠刀霍霍，明晃晃的刀剑在阳光下发出耀眼的白光。

吴龙、吴虎、吴鸾站在前面，皆穿着孝服，吴龙、吴虎看上去比实际年龄苍老，像个中年汉子，两人吊着空荡荡的袖子，一个左手拿剑，另一个右手拿剑，脸上都带着沧桑之色，柳天赐心想：真是巧哉，我还想到什么吴孔四象门去报变狗之仇，真是山不转路转，竟然送到天香山庄！可柳天赐游目一匝，却不见蒙着面的吴凤的影子。

"白庄主，今天我吴孔四象门来到贵庄有两个事，这两个事都与白庄主无关。"谁知吴虎不是想象中的杀气腾腾，而是很平静地说道，只有觉得胜券在握，胸有成竹的人才有这样的口气。

白素娟站在中间袅袅婷婷，没有一丝慌乱，俏目一转，很自然地就满面春风说道："想必这位大哥就是无孔四象门的大师兄吴龙吧，为了两件小事，吴兄似乎不应该抬出这么多武林高手来压我。"

吴龙用剑支在地上，对白素娟用"抬"字并不在意，迎着白素娟的眼光说道："这两件事说小也小，说大也大，就看白庄主给不给吴某这个薄面。"柳天赐回想到丽春院的"巴蜀四杰"年轻气盛的样子，吴龙显然老成多了，不紧不慢，有如说一笔买卖，其实白素娟心里也清楚，这种局面比走来就杀要难应付得多，但她依然笑盈盈地说道："不知是两件什么可大可小的事?”吴龙的眼光看似平淡，但是一种仇恨到了极点的平淡，只听他冷冷地说：“我要找的两个人住在贵庄，一个是上官敏，一个是日月神教的教主柳天赐。”因为柳天赐换了日月神教教主的衣，穿着一袭长衫，所以人们都没注意到他。

柳天赐大吃一惊，怎么有这么多姓上官的人，难道天香山庄还住着一个叫上官敏的人。找我肯定是为了那部什么《夺魂心经》，可他们并不知道我吞了那颗蓝珍珠，难道是为了报断臂之仇？柳天赐心想还是静观其变。

白素娟夸张地满脸露出惊讶之色：“日月神教的教主柳天赐倒在我这里。”用手拉了拉柳天赐接着说：“可并没有什么上官敏，不知柳教主和贵门有什么过节?”

“哥，别跟这狐狸精哆里哆嗦，有什么过节关她屁事，这狐狸精在故意拖时间，我们把天香山庄翻个面，也要把两人找出来!”吴鸾一身孝服好像做大了，加上从四川到杭州，一路风尘仆仆，白色的孝衣变成灰色，看起来像个披风披在肩上，咬牙切齿地道，群情共愤，被邀来助战的武林同道早就耐不住性子，作势要冲进天香山庄，天香山庄弟子纷纷拔出兵器，剑拔弩张。突然听到一个低沉的声音说：“谁要把天香山庄翻个面，还没问我柳天赐同不同意!”柳天赐往前一站，本来柳天赐的奇遇，吞了蓝、绿、红三颗宝珠后，筋骨就比一般人粗大，往前一站威风凛凛，更显得身材高大雄伟，他横眉冷对，眼睛含着咄咄逼人的威严，他说话声音低沉，但听在众人耳里嗡嗡作响，有如龙吟，围着的四百多高手竟给震住了。

柳天赐的出现使吴龙目眦尽裂，吴龙怒视着柳天赐，觉得这个不共戴天的仇人好生面熟，事隔五六年，他只有个模糊的印象，冷笑地说道：“你日月神教自以为是名门大派，就可以杀掳武林，今天我们就是拼死也要讨个天理。”白素娟在旁说道：“中秋节那天，无孔四象门的人可没到我天香山庄，再说柳兄弟也没对那些人下过杀手。”“废话，还是什么中秋节，就是在昨天，我们一行人帮助吴老前辈在杭州找上官敏那小人，上官敏那禽兽不如的小人偷了吴老前辈的武功秘笈，还砍了吴大哥的手，把吴凤妹子的容貌给毁了，后来谁知竟藏在天香山庄，吴老前辈领我们到天香山庄，谁知在路上惨遭日月神教四大护法的毒手……”说话的是一个峨嵋派弟子，是个初出江湖的青年，只觉得气愤，但又不知道哪些话当讲，哪些话不当讲，竹筒倒豆子般的知无不言，言无不尽。

柳天赐和白素娟对望了一眼，四大护法还没回到日月教的总坛，柳天赐想，这四个假护法留在杭州城干什么，显然是留下来监视我，他们既然能杀无孔四象门的掌门人，一样可以在江湖四处树敌，想到这里柳天赐不由得冷汗一流，好阴险的借刀杀人。

吴氏三兄妹用眼搜视，不见上官敏，在他们心目中，上官敏一直是这件事的罪魁祸首，要不是上官敏骗取蓝珍珠，巴蜀四杰也不会断臂毁家，爹爹也不会尸寒异地，现在日月神教的教主倒是出现了，上官敏藏在哪里呢？

谁知柳天赐傲气说道：“是我日月神教杀了你们当家的又怎么样，你们无孔四象门的人心狠手辣，即使你们不送上门来，我也要找上门报仇。”柳天赐只觉得有一个阴谋像一张无边的网已将他套住，加上以往做狗的耻辱浮在脑海中那么清晰，柳天赐身上热血一涌，杀心大盛，反正自己已是武林的公认的仇敌，杀一个人和杀一百人也没什么区别，一声长啸如一只巨鸟向吴龙扑去。

吴龙本是用剑拄在地上，赶忙回剑上撩，同时吴虎和吴鸾以侧翼攻来，无孔四象阵本是江湖成名剑法，后来吴孔又根据八卦五行相克又自创了“无孔四象剑阵”，联手杀敌更是威力无穷，所以上官红砍断吴龙、吴虎的手臂，吴凤因毁容出走，他们觉得学艺不精，回到巴蜀苦练剑术，虽说只有三人，经过五年的苦练，已是今非昔比了，上撩的长剑已被柳天赐空手夺去，但吴虎和吴鸾两柄剑已刺到他的肩井和百会穴，柳天赐已是何等功力，身向后倒，使了天魔剑的一招“天魔重世”，劲透剑背，左右分刺竟将吴虎和吴鸾的长剑震断。

群豪大哗，他们以前没见过柳天赐，只听说武林出来一个极厉害的武林后辈，今天一看也只是一个十八九岁的青年，心想这般年纪，再厉害也不会怎样，哪想到如此神勇，仅在一招之间就把吴龙的长剑夺下，吴虎和吴凤的长剑震断，真是匪夷所思。

柳天赐揉身直上，一把抓住吴龙的胸脯运劲向外掷出，吴龙根本毫无反抗，庞大的身躯竟从众人的头顶飞出去，柳天赐似乎疯了一般，脸上肌肉牵动，圆睁双眼，头也不回，身形后移，如鬼魅一般冲进人群之中，竟如入无人之境，双手擒拿点拍，只听见兵器纷纷落地声不绝入耳，眨眼间，群豪手里的兵器悉数被夺，什么狼牙棒、刀、枪、剑、戟……散落一地。

群豪本是斗志昂扬，信心百倍地登上天香山庄，没想到一个柳天赐眨眼间就使他们溃不成军，东倒西歪，不由得呆若木鸡，只听柳天赐仰天大笑，说道：“如此不济想报父仇，我柳天赐留你们一条生路，回去历练历练，再来找我柳天赐！”笑声响彻云霄，震得群豪耳鼓欲聋。

群豪中有许多是吴孔四象门在江湖交的一些朋友，见无孔四象门突发横祸，纷纷出来助阵，眼见柳天赐如此功高盖世，都有退却之意。

吴虎怔在当地，见今日之事已成定局，还在武林同道中丧尽颜面，不由得一阵心寒，从地上捡起断剑向脖子上抹去。

突然“呛啷”一声，吴虎的断剑被一颗石子打落在地，只听见一个孩童的声音叫道：“弯路射人针”，两枚牛毛细针向柳天赐百阳穴劲射而来，柳天赐大惊，身子斜掠，可还是迟了，两枚牛毛银针扎进了少商穴，顿时，整条手臂酸麻，长剑落地。

“哈哈，成功了，成功了，我的‘弯路射人针’没射死人。”众人抬头一看，只见天香山庄前厅的屋脊上坐着一个鹤发童颜的老人，正在手舞足蹈，高兴地大呼小叫，柳天赐刚才的神勇众人都看见了，谁想到坐在屋顶上的这位老者竟高他一筹，都想自己这些三脚猫的功夫，不仅又是神往，又是惭愧。

准备一死了之的吴虎这时候才大梦方醒，纳头便拜，“谢谢老前辈救命之恩。”“嘿嘿，那可不敢当，是你自己要杀自己的，我可没救你。”“不老童圣”双手连摇，像害怕吴虎马上要还他一个人情，然后用好奇的眼光看着柳天赐，说道：“我不老童圣倒要会会你这黑魔的弟子。”

说着“不老童圣”身形飞掠而下，欺声两掌已向柳天赐头顶拍去。

群豪一听老人自报家门“不老童圣”更是一凛，“不老童圣”位列“一尊三圣四怪六魔”的“三圣”之首，是个神龙不见首的武林宿辈，只听江湖传闻说其武功已是神玄之至，今天有幸一睹，更何况与当今江湖闻风丧胆的巨魔——黑魔的徒弟过招，真是不虚此行，竟都忘记了自己到天香山庄的目的，不由得个个都屏声敛气，凝目观望。

柳天赐更是大惊，这“不老童圣”只凭自己一招天魔剑法就知道自己的师承来历，赶紧举掌上迎，砰的一声，柳天赐被震退几步，不老童叟“咦”了一声，心想：“这娃儿的内力好怪，似乎是脉象混乱，劲力刚正但又有阴煞之气，人不能有如此亦正亦邪的功力，让我再试试。”心随意转，“不老童圣”借势往上急翻，已转到柳天赐身后，柳天赐自被蓝珍珠和天地精华的绿红佛珠伏体后，身上已聚龙尊毕生的功力和天地精气，应该来说功力已是天下无双，但由于龙尊本就是一个介于正邪之间的武林怪杰，后来到了晚年功夫日渐刚纯，纯粹是一股天地内力，不带任何正邪成分，他把这身空前绝后的武学修为集华山九巅之灵气融于一颗蓝珍珠，这颗蓝珍珠蕴藏着一种无上的武学秘笈，以为是刻在里面，又怕不是，被打破后毁了这颗武林奇宝，所以留着作为吴氏镇家之宝传到吴孔身上，而被柳天赐吞下去，又经白佛、黑魔红、绿佛珠的感化，使柳天赐自得一身惊世骇俗的功力，可经过白佛、黑魔一正一邪的内力导入，使他原本刚正醇厚的功力在体内形成两股互相冲突的内力，这两股互相冲突的功力不相上下，把柳天赐的心境扰乱，只觉得自己一时暴戾，一时又浑身充满凛然正气，反复无常，所以“不老童圣”大感诧异，还以为是柳天赐练功走火入魔所致。

柳天赐驳杂的内力发出虽然威力极大，但不纯正，心烦意乱，所以功力大大打折，加上地罡功和天魔剑分别是极正和极邪两种剑法，他身上含有亦正亦邪的内力，更不能领会两种剑法的精要，对付一般的高手绰绰有余，但对付像“不老童圣”这样的武学大家就破绽百出。高手比斗，重在心神，竟三元相守合一，不能有丝毫心绪混乱。

柳天赐初出江湖，临敌经验很少，今天碰到“不老童圣”这样的顶尖高手，更是心绪不宁，忽而觉得刚正之气自丹田上升，忽而又被一股阴柔之气压下去，但还是威猛无比，见“不老童圣”的双掌向后拍来，急忙腰身一挫，双堂游手一匝向后扫来，柳天赐后背户门大开，只见“不老童圣”人在空中，身子像一根柳条，刷的一下弯成一条弧线，双脚竟已踢在柳天赐的后肩，顿时，柳天赐收势不住，人向前扑去，“不老童圣”人仍在空中平飞向前，啪的一掌正中柳天赐的后心，柳天赐只觉得胸口热血上涌，“哇”地吐出一口鲜血，便倒在地上。“不老童圣”站在地上拍掌大笑道：“如此不济想报父仇，我‘不老童圣’留你一条生路，回去历练历练，再来找我‘不老童圣’。”说的竟是刚才柳天赐对群豪所说的话，忽然身形一闪人上屋脊说道：“不好玩，不好玩。”几个起落已消失得无影无踪。

柳天赐躺在地上已是昏死过去，一动不动，众人都惊诧不已，柳天赐刚才还出入如入无人之境，一身神勇令他们瞠目结舌，“不老童圣”武功再高也不能几招就把他打得口吐鲜血而死。

其实，“不老童圣”在柳天赐背上所拍一掌是凌空而发，只用了一成功力，根本不会使柳天赐吐血，单凭柳天赐身上的内力已比“不老童圣”高出一筹，但由于分成正邪两股内力，相互克制，加上柳天赐身受大敌，竭尽全力而斗，调动两股真气，所以吐出一口鲜血就昏过去了，旁人不知情，还以为“不老童圣”掌毙了柳天赐。

白素娟突然见跑出一个疯疯癫癫的老头，不知是敌是友和柳天赐斗上了，几招之内就把柳天赐打倒在地，心里大急，赶快跑过去，一探柳天赐鼻息，竟已绝气，分明是死去了，不由得神伤不已，想到柳天赐与自己谈话甚是投机，早就情有所属，加上柳天赐在睡着时还喊姐姐，更是使自己情窦大开，自己幼年家遭变故，受尽苦难，虽说在天香山庄穿梭于江湖豪客之间，但这些人只把她当作一个精明的风尘女子，打心眼里瞧她不起，只有柳天赐看得起她，所以她不由得黯然神伤，眼泪像断线的珍珠滴在柳天赐的脸上。

群豪一看这情形，八成柳天赐这小子已死了，吴龙从地上爬起来，捡起长剑身形斜起，一剑向柳天赐脖子砍去，由于白素娟正搂着柳天赐的头，这一剑就由砍变成平削，向柳天赐面门削去，白素娟正伤心落泪，根本没注意到吴龙的袭击，等抬头一看，剑的凛风已掠过来，招架已来不及，只得把柳天赐一拉，抱在自己怀里，吴龙没想到白素娟竟然不顾自己性命，但剑还是收势不住，“嘶”的一声把白素娟的背膀划了一道血口。

柳天赐经白素娟一搂，胸脯一紧，体内真气上冲，“哇”的一声又吐出一口鲜血，睁开眼睛一看，自己正搂在白素娟的怀里，白素娟泪光点点，不由得心头一热叫道：“姐姐!”声音细小但白素娟觉得自己耳膜震破一般，浑然忘了自己身上的剑伤，眼睛大放异彩，手稍一松露出柳天赐的脸庞，四目相对，白素娟满脸绯红，因为柳天赐正搂在自己的怀里，脸庞贴在自己的胸脯，嘴角微微含着笑意，她的胸脯感到热烘烘的，突然看到柳天赐睁着眼睛笑看着她，不由得一阵羞涩。

吴龙一剑没削去柳天赐脑袋，而把白素娟背膀划了一道血口，鲜血长流，而懊丧不已，见白素娟浑然而不觉，一看，突然看到柳天赐笑盈盈地望着白素娟，白素娟正搂着柳天赐双颊绯红，不由得大吃一惊，心想：这小子是假死，但又忌惮柳天赐武功了得，剑停在头上怔住了。

群豪见柳天赐被“不老童圣”一掌拍死，天香山庄少了一个劲敌，吴龙一剑砍出，群豪便向天香山庄厮杀过来，于是四百多人蜂拥而上把天香山庄的草莽群豪冲得七零八落。

天香山庄里的雷震云、柳青、夏刚、花仙子……都是江湖上杀人越货的角色，功力自是不弱，但却难以一挡十，不多时已倒下五六个，火爆脾气的雷震云挥舞着熟铜棍，虎虎生风，大骂道：“你们这些狗娘养的，乘人之危算什么好汉，老子操你十八代祖宗。”舞着一根熟铜棍左冲右突，将无孔四象门的几个弟子打得脑浆迸裂，顿时间，惨叫不断，血肉横飞。

吴凤见大哥剑停在半空惊疑不动，大叫道：“哥哥，还不把那小子剁成肉酱替爹爹报仇。”吴龙身上一震，心想：这可是杀父仇人，不管有多厉害，就是三头六臂也要……想着便长剑已从白素娟肩膀上穿了出去，吴龙黑髯戟张，脸上肌肉扭曲，眼珠外突，脸上血迹斑斑，神情甚是可怖，叫道：“白庄主，既然你这么护着那王八羔子，就别怪我吴某了。”说着，抽出长剑，顿时，血如泉涌。

白素娟的鲜血喷了柳天赐一脸，柳天赐挣扎着站起来，让白素娟靠在自己的胸口，他试着一提真气，哪知丹田空荡荡的，只觉得胸口一闷喉咙一热，一口鲜血又要喷出来，柳天赐赶紧一咽，把热血吞下去了，只觉得浑身无力，与一般常人无异，但还是威风凛凛地站起。

这时，日影偏西，已是傍晚了，秋天的傍晚有点凉意，柳天赐心也凉了。

吴氏三兄妹看到柳天赐站起来，都吓得退了一步，惊疑不定，毕境对柳天赐还是心存惧意，不敢贸然进攻，在一旁虎视眈眈，想瞧出什么端倪来。

白素娟被柳天赐揽在怀里，一股热流从柳天赐胸脯传到自己身上，还有柳天赐身上特有的男人的气味沁人心脾，感到幸福极了，不由心驰神往起来。

群豪已将天香山庄的人杀得所剩无几，只有雷震云、柳青、夏刚和花仙子四人背靠着背苦苦支撑，四人身上伤痕累累，险象环生。

突然传来清脆的竹笛声，从天香山庄的大厅里袅袅婷婷地走出一个吹笛的白衣少女，宛如天仙下凡，光彩照人，一张恬静的脸上带着圣洁光环，清澈见底的眼神望着众人。

这笛声清和淡雅，叫人听得心头舒畅温和如沐春风，正在厮杀的群豪突然觉得倦怠，都垂下了手中的兵器，跟着笛音的节奏，摇头晃脑，顿时，如青光乍泻，人们都忘记了厮杀，沉浸在柔和宁静的笛音中。

柳天赐只觉得体内一股真气随着笛音游走，身上的七经八脉，贯穿任、督两穴，归于丹田，不觉浑身舒泰，这股真气被笛音牵引从丹田上升，通经活脉，散布全身，柳天赐不由得一声长啸，如龙吟大海，虎啸百川。

突然“啊”的一声惨叫，站在柳天赐面前的吴龙扑倒在地，众人从笛声中清醒过来，不明所以，以为是柳天赐发出什么暗器将吴龙暗算了，可柳天赐怀抱着白素娟动也没动。

少女放下竹笛，可余音还回响在众人身旁，穿过呆立的人群，白衣少女径直跑到柳天赐身边扶住了白素娟。

柳天赐觉得体内有一股至纯至醇的真气在体内激荡，把插入少商穴的两根牛毛银针激射而出，带着凌厉之势穿进吴龙的左眼。

白素娟由于失血过多昏迷了，白衣少女伸手点了她的穴道止住流血，叫道：“姐姐，姐姐。”白素娟睁开眼睛，露出微笑说道：“妹妹，你恨姐姐吗?”白衣少女摇着头说：“姐姐，都是小妹不好才……”白素娟突然脸色一怔说道：“妹妹，你还不回去!”白衣少女脸色惨白似乎伤心之至说：“姐姐，你……”白素娟说：“快，不然会来不及了。”白素娟推了她一把，由于用力过猛，牵动了手臂上的伤口，“啊”的一声又昏了过去。

白衣少女转身向大厅走去，蓦地听到一声“姐姐”，这声音那么熟悉，虽然五年了，但五年中没有一刻她不在记挂这个声音，祝福他……

柳天赐只觉得与仙女姐姐隔的那么近，仿佛又回到了丽春院的小木床上，少年的记忆那么深刻，情不自禁地叫了一声“姐姐”，白衣少女回过头看着柳天赐，她认出来了，柳天赐额头上有一颗若豆大的红痣，还有那倔强的神情，嘴里喃喃地说道：“弟弟，你好吗？”竟流下了两行清泪。

突然，吴虎用剑指着白衣少女叫道：“上官敏，你这个女扮男装的妖精，拿命来！”身子一挺，向白衣少女胸前刺来。

白衣少女的出场，吴氏兄妹就觉得面熟，越看越像，脸形没变，白衣少女就是女扮男装到家里盗得蓝珍珠自称上官敏的人，仇人相见分外眼红，吴氏兄妹已和上官红动过招，那时上官红心高气傲，“巴蜀四杰”用“无孔四象剑阵”联手才打败上官红，经过五年苦练，他们的功力都精进了不少，吴虎这一剑又是拼命刺出，带着风声，上官红侧身一避，吴虎的长剑贴着胸脯而过，吴虎手腕一翻，剑刃平削，上官红纤腰一弯，长剑又落空。

突然，雷震云又提着一根熟铜棍急扑过来，挡住吴虎的长剑，急叫道：“上官妹子，快回去。”雷震云身上伤痕累累，已受伤不轻，吴虎长剑下压，顺着棍身平削出去，“啊”的一声，雷震云的左手三指已被齐刷刷地切落，撇开雷震云，吴虎径直向上官红刺去，谁知雷震云用鲜血长流的左手抓住长剑叫道：“上官妹子，快走！”

上官红一撇柳天赐，身形一起，向后院纵去，柳天赐扶着白素娟茫然不解，他们为什么都叫仙女姐姐回去呢，好像不回去就会大祸临头一样，回到哪里去呢？

容不得他多想，眼前必须解决的是吴孔四象门的围攻，柳天赐带着白素娟凌空一抓，抓住吴虎的头一扭竟将吴虎的脖子扭断，吴虎当场气绝身亡，用手一探，已抓起雷震云落在地上的熟铜棍，向人群中挥手一掷，五个围住花仙子的人顿时血肉横飞，已有七八个人毙命，身子一晃，欺将过去，拍拍两声轻响，手掌到处，两名无孔四象门弟子哼也不哼一声，便即毙命，其余的人骇然惊叫，纷纷向山下逃去，吴鸾托起吴龙也向山下飞掠而去……

夜幕降临，平台上横七竖八的留下一百多具尸体，柳天赐自己也感到骇然。

诺大的天香山庄变得静悄悄的，空荡荡的，柳天赐安置好白素娟，走到大厅，见剩下的夏刚、花仙子和雷震云坐在大厅门口，凝望着无边的暮色，柳天赐悄悄走过去默默坐下，三人也没回头，他们知道柳天赐过来。

“柳教主，庄主怎么样?”花仙子问道。

“姐姐已经醒了。”

“大家坐一会儿，我去给你们做饭。”花仙子说着向后院走去。

“花仙子，我们都不饿，不要到后院去。”雷震云说。

“雷大哥，我和花仙子一起去，我想到后院看看上官姐姐。”柳天赐想知道一切，他真的想知道有关仙女姐姐的一切!

“哎，你去看看也好。”雷震云长叹一声。

穿过大厅，在走廊上柳天赐急切地问道：“花仙子，上官姐姐她……”

“你知不知道‘化骨散’?”花仙子问道。

“化骨散?!”柳天赐大吃一惊，以前听师父黑魔说过，这是江湖上最厉害的一种毒器，这种毒是喂在细小的暗器上的，被打中的人起初十天没什么感觉，后每隔十天化掉人身上的一根骨头，直到化完人身上的骨头，变成一堆水。相传世上只有一颗“千毒神珠”能解此毒，可谁也不知道这颗神珠在哪里。

花仙子接着说：“上官妹子身上就中了‘化骨散’!”“怎么中的，怎么中的?”柳天赐几乎不相信自己的耳朵，仙女姐姐怎么中了这武林最歹毒的暗器，花仙子叹了口气说：“这应该是五年前的事，江湖上传得沸沸扬扬，说是上官妹子得到一颗武林至宝的蓝珍珠，这颗蓝珍珠藏着一本武林最高的武学秘笈《夺魂心经》，于是武林各门各派都在到处找上官妹子，一天金童玉煞背着一个布袋到天香山庄，庄主热情地接待二人，在庄上吃饭的武林人士都惊异地看着，但金玉双煞的名头大家都知道，都不敢抢，忽然听到上官妹子叫道：‘我想起来了，《夺魂心经》的第五部……’金玉双煞顿时脸色大变。

“晚上我端水送过去，走到窗前，忽然听到一个年青少女的声音，我想难道是两个魔鬼又抓了哪个少女吃人心，一好奇，我戳了一个小洞，看到金玉双煞虔诚地坐在一个美如天仙的少女面前，正在全神贯注听少女讲什么，我侧目细听，原来那少女就是武林中人到处抢夺的上官红，她正在讲《夺魂心经》的第三部，金玉双煞似乎有许多不明白的地方，问得上官红极不耐烦，发了几次脾气，金玉双煞又给她端茶，又是捶背，大献殷情，上官妹子又给他们讲了几句，他们依样摆着希奇古怪的招式，我大吃一惊，这少女能通晓《夺魂心经》，怪不得两大嗜血魔头对她如此恭敬，我和庄主说了这件事，庄主毕竟是个武林中人，很感兴趣，于是我们天香山庄的兄弟和我，杀进了金玉双煞的房间，可那金玉双煞的武功确是高超，竟带着上官妹子逃了出去，我们一路追到绍兴。”

这时已走到走廊的尽头，前面是一条通道，花仙子停了停说，“由于她的腿被别人砍了一条，一瘸一跛的走得很慢。

柳天赐关心的只是仙女姐姐怎么中毒的，说道：“上官红被抓到天香山庄后怎么样中毒的?”毕竟是日月神教的教主，不好在一个陌生的女人面前称姐姐，在绍兴仙女姐姐怎样被天香山庄抢回，柳天赐心里清楚，柳天赐怕花仙子提到那只黑狗。

“上官妹子长的真美，也许美女惜美女，庄主竟与她姐妹相称，两人形影不离，经常促膝长谈，我们才知道上官妹子没有一刻安宁，他们千方百计地抢夺上官妹子，一般的武林中人我们都打发走了，上官妹子说要离开天香山庄，可庄主说江湖都在追杀你，做姐姐的不保护你，谁来保护你，说什么也要把她留下来，并安排住在后院的厢房里。可有一天来了两个怪里怪气的老头，两个人长得一模一样，连身上穿的衣服、说话的声调都一模一样，身上的衣服从上到下有一百多个小口袋，庄主认为这两老头就是江湖人称‘一尊三圣四怪六魔’的四怪中的‘千毒怪’、‘千毒不毒怪’。他两人本是孪生兄弟，两人在下毒和除毒上一直比较高下，‘千毒怪’拼命的研究各种奇门怪毒。‘千毒不毒怪’专门想些解药，就这样两人在江湖上形影不离，一个到处下毒，一个跟在后面解毒，不知消息怎样传到他俩耳朵里，寻到天香山庄找上官妹子，‘千毒怪’甚是霸道，一进门一句话不说，从身上的口袋中掏出各式各样的药丸和粉末弹入我们的口中，我们有的马上奇痒无比，有的当时七窍流血——‘千毒不毒怪’从衣服口袋中掏出差不多的东西，弹入我们的口中，我们又都好了，庄主被迫吞下一颗‘千毒怪’的毒丸竟鬼使神差，眉开眼笑地把两个怪物带到上官妹子的住处，谁知上官妹子见了两个怪物一点也不害怕。”

柳天赐看到了那片菜地，而花仙子正不厌其烦地讲着，还没听到仙女姐姐是怎么样中毒的，就说：“花仙子，歇一歇吧。”看着花仙子走路也颇为辛苦。

第六章　再会伊人

花仙子坐在甬道尽头的栏杆上接着说："上官妹子嘻嘻一笑说道：'哦，两位前辈是来要《夺魂心经》的吧？可来晚了一步。''千毒怪'和'千毒不毒怪'嘿嘿一笑说：'小姑娘，我们两个糟老头可不好糊弄。'两人嘴巴一模一样地一张一合，一粒毒丸弹入上官妹子嘴里吞下，'千毒怪'问道：'蓝珍珠你放在哪里？'上官妹子像庄主一样眉开眼笑回答：'在我枕头底下。''千毒怪'一翻枕头里面果然有十一颗蓝珍珠。'千毒怪'郑重地从胸脯中间的口袋里掏出一粒紫色的毒丸，这粒紫色的药丸发出紫色的光说道：'弟弟，我这颗'化骨散'你能解吗？''千毒不毒怪'满脸惊异地说：'你什么时候炼出来的？''千毒怪'中指一弹，那颗紫色的药丸应声落在上官妹子的嘴里，'千毒不毒怪'似乎很伤脑筋，抓耳挠腮又无计可施，'千毒怪'笑笑说：'你什么时候想到解药，《夺魂心经》就什么时候归你。'说完哈哈一笑把枕头底下的蓝珍珠悉数卷起，'千毒不毒怪'连忙从怀中摸出一条身上透体透亮的蚕说道：'看来只有牺牲我这只千年冰川雪蚕了，小姑娘，我这条冰川雪蚕可是通灵的，只要感到半个时辰房子里没有人就会死去，只要你天天住在这所房子里，闻到它的气息，化骨散就不会产生毒性，你千万不要离开房间啊！'说完，两个怪物就离去了，为了确保上官妹子的安全，上官妹子的所用和饮食都是我们送过去，没想到今天上官妹子还是出来了，可也是奇怪，上官妹子的内力似乎达到一种高深莫测的境界。"

花仙子说完满脸不解，而柳天赐又不屑与她谈仙女姐姐有个武功盖世的师父，柳天赐想到的是另外一件事，问道："花仙子，这'化骨散'不是说有一颗千毒神珠可以解的吗？"花仙子摇摇头说道："庄主也是这么说，东海是有这么一颗千毒神珠，能化解天下所有的毒，我们也托许多江湖朋友到东海七岛去找过，可那是大海捞针。"

"东海七岛？千毒神珠？"柳天赐喃喃的念道，猛然跳起来，高兴得大叫："仙女姐姐有救了！仙女姐姐有救了！"

花仙子诧异地望着他，心想：这小子有点邪门，人正邪难分，武功忽高忽低，忽喜忽忧，莫不是疯了？果然，柳天赐似乎又想起了什么，又颓废的坐下来叹了一口气自言自语地说道："可……我已把它吞下去了，怎么办？"

柳天赐陷入沉思，他想起他在东嬴山的石洞里吞了一串长彩珠，其中就有一颗紫色千毒神珠，可已把它吞了下去，怎么能救仙女姐姐呢？

花仙子见柳天赐痴痴地站着说："走，我俩去看看上官妹子。"柳天赐怔怔地随着花仙子，走到上官红的房前，上官红急切地跑出来拉着花仙子的手不放说："姐姐，姐姐没事吧！大家都没事吧！"

"庄主没事，大伙也没事，我和柳教主来看你来了。"花仙子不由打了一个寒颤，这房子太冷了，就像掉进了冰窟里。

上官红看到柳天赐不由得俏脸一红说道："弟弟……"竟没说出话来，五年前上官红那时只是一个十五岁的少女，柳天赐才是个十一二岁的少年，如今都是俊男靓女的青年。

"你们俩认识？"花仙子见柳天赐和上官红的神态之间流露出那微妙的表情，问道。

"姐姐，你敢喝我的血吗？"柳天赐不理会花仙子的惊奇，莫名其妙地问道。

柳天赐记起他东嬴山学艺的时候，和黑魔对练剑，黑魔一剑刺进他的胸膛，流了好多的血，后来白佛给他止住血，还叫他把自己流出的血喝下去，因为他身上的血液已经掺和了天地灵气和许多功效，是宝血，就想自己已吞了“千毒神珠”，自己的血里面一定溶有“千毒神珠”的化毒功效，仙女姐姐喝了自己的血，不就等于间接的吞了“千毒神珠”吗？由于心情太急切，就脱口而出问出来，看到上官红和花仙子两人满脸愕然，才发觉这话太唐突了，就把自己的想法说了出来。

上官红和花仙子都惊得合不拢嘴，世上仅有的一颗“千毒神珠”被柳天赐吞了。

“如果这样能化掉上官妹妹身上的毒，真是太好了。”花仙子也为柳天赐这一想法感到激动。

“不要紧的，弟弟，我只要不出门就行了，那样会伤你身体的。”

突然“嗖”的一声，一条白线飞射到柳天赐的手上，一条通体透亮的“冰川雪蚕”趴在柳天赐的手臂上，柳天赐只感到一阵刺骨的寒冷袭到全身各个经脉，可以看到一条血液流入雪蚕身内。

柳天赐本想一掌拍死这只雪蚕，但想到自己的血能不能化解仙女姐姐的毒，还不得而知，万一不能化解，雪蚕被拍死，仙女姐姐的毒怎么办？想到这里，他就直挺挺地站着让“冰川雪蚕”在手上尽情地吸血。

上官红和花仙子都静静地站着不敢妄动，只见“冰川雪蚕”肚子红得晶莹发亮，胀得圆鼓鼓的，三人大气也不敢出，好像只要稍稍发出声响，就会把“冰川雪蚕”吓跑一样。

“冰川雪蚕”吸饱了鲜血，抬起头扬了扬，“嗖”的一声，又跑到上官红的手臂上，上官红正要甩掉，只听见耳边传来一个极细小的声音：“姐姐别动，这蚕有灵性。”抬头看见柳天赐微笑着望着自己，知道是柳天赐怕惊吓到“冰川雪蚕”，用上乘内力传音告诉自己，依言连忙一动不动地站着。

只见“冰川雪蚕”咬住上官红的手臂，鲜血一缕缕流出来，上官红只感到一股寒流传到全身，如虫爬蛇行在身体内游走，慢慢的“冰川雪蚕”又变得晶亮透明。“嗖”的一声又飞到柳天赐手背上吸满血，然后又飞到上官红手背将血注入她体内，来来去去已四五次了。

柳天赐心想：这“冰川雪蚕”是大冰川上生长的千年雪蚕，肯定极有灵性，因为我身上已含有“千毒神珠”被它感觉到，而“化骨散”号称天下第一毒物，“冰川雪蚕”每天必须消耗大量的体力来与这种剧毒抗衡，凭它的灵性，可以把自已身上的血抽到仙女姐姐身上。

其实柳天赐只知其一，不知其二，这“冰川雪蚕”实为极为嗜毒的一种动物，它吸柳天赐身上的“千毒神珠”，目的是想把上官红身上的“化骨散”的巨毒逼出来，然后自己吸取。

果然“冰川雪蚕”第十次趴在上官红手臂上，上官红只感到五脏六腑一阵搅动，一股腥臭无比的黑血从鼻孔冒出来，“冰川雪蚕”“翟”的一声想跃到上官红的人中上吸取“化骨散”，忽然，一只红袖一卷，将跃在空中的“雪蚕”卷下，三人往外一看，门口站着白素娟、雷震云和夏刚，白素娟苍白的脸上带着微笑说：“妹妹，真是天凑奇缘，把柳兄弟送到我们天香山庄解了‘化骨散’的毒，姐姐真为你高兴。”说完，走到房里把“冰川雪蚕”放在罐子里，用盖盖住，转过身，见柳天赐高大的身躯向地上倒去，连忙赶过来扶住，由于失血过多，柳天赐感到一阵晕眩。

上官红心里慢慢平静下来，觉得有一股真气从体内丹田升起，进入全身经脉，不由得浑身舒泰，脸上泛起一阵潮红，还以为“化骨散”从体内逼出来的后果，殊不知，她现在至少增长了五十年的功力，也就是说上官红身上蕴藏的内力已达到武林一流的境界，这些都是柳天赐通过“冰川雪蚕”传给她的。

柳天赐被白素娟和上官红扶到厢房躺下，两人坐在床边，白素娟见上官红满脸焦急，神情甚是关切，笑道：“很心疼是不是？不要伤心，他只是由于失血过多而昏迷，等会儿就会醒过来的。”上官红满脸绯红，急忙说：“姐姐，你不要取笑我，我俩以前就认识的。”于是就把她怎样和柳天赐认识讲给白素娟听，白素娟说道：“哦，怪不得柳弟有这么高的内力，听人说有缘千里来相会，虽然没有肌肤相亲，可你身上流着弟弟的血呢，不如我来作个媒……”

上官红更是满脸娇羞，用拳头捶着白素娟道：“姐姐，你坏，寻我开心。”似乎又突然想起什么说道：“你说怪不怪，我和弟弟分开五年，似乎心里总给他留了一个位置，有事没事都想到他，很想得到他的消息，不知道他会不会这么想？”

柳天赐差点说，我也是这么想的，其实柳天赐昏迷了一下早就醒了，正听见白素娟和上官红在谈自己，就索性闭着眼睛装睡。

上官红毕竟情窦初开，满腔的情怀心思不知向谁倾诉，又是兴奋又是幸福，白素娟看到眼前这个美貌可人的妹子星眸闪动，双颊生霞，不由得痴了，只听得上官红又幽幽地说道：“弟弟身上有一股惊世骇俗的内力，但似乎驳杂不纯正，有时候与我息息相通，有时又反向而行，我担心这样对他身体不利！”

白素娟见上官红满脸忧色，“扑哧”一笑道：“你与柳弟的心早就息息相通，真是美女英雄心有灵犀一点通。”上官红意识到自己失言，连忙辩道：“我可没说心有灵犀一点通。”接着又说：“我是说我的笛音和他的啸声，互为感染，互和节拍，但又觉得拗不过他。”

白素娟笑道：“这叫夫唱妇……”忽然脸色一正，问道：“妹妹，我问你身上的内力和身法是谁教你的？你的笛音可显出你深厚的内力，还有你今天避开吴虎的剑法身法很是怪异。”

上官红笑道：“是我徒弟传给我的。”白素娟惊道：“什么？你徒弟！”上官红满是得意之色地说：“对，我徒弟‘不老童圣’！”白素娟一想到“不老童圣”那疯疯癫癫的样子不由得“扑哧”笑了出来，他称上官红为师父倒也不奇怪。问道：“你是怎么遇到‘不老童圣’的？”上官红说：“是‘不老童圣’找到我的。”接着就把这段经历说了出来。

上官红被困在后院，只好成天吹笛解忧，上个月，突然疯疯癫癫地跑进一个老头，说要把上官红赶出去，他要住这个平房，上官红问他你怎么这么不讲理，老头说这房子本来就是他的，他爷爷以前就在这里住，还在这间房子里养了一条“冰川雪蚕”是不是，爷爷的房子孙子住最有道理，姑娘你是爷爷的什么人？上官红又好气又好笑，那条“冰川雪蚕”明明是“千毒不毒怪”留下来的，怎么是他爷爷养的，就对他说：“我是你爷爷的养蚕师父，那条‘冰川雪蚕’我叫它走，它就飞走，叫它死，它就死。”疯老头满脸沮丧地说：“养蚕师父，你可千万不要叫它走，叫它飞。”上官红说：“那你以后还赶不赶我走？”疯老头连忙说：“你真是我的恩师，徒弟不敢。”

后来，上官红才知道疯老头是江湖上大名鼎鼎的“三圣”之一“不老童圣”，由于贪玩中了“寒冰派”的毒掌，由于武功太高，闻到天香山庄发出的“冰川雪蚕”气息，就循气跑来以毒攻毒，这“不老童圣”每天到房里来闻两次气，然后到井里闭气，井里的井水全都变黑，如此循环往复，要四十九天才能把身上的毒全部逼出来，于是我说：“这‘冰川雪蚕’是我养大的，你吸一次气就必须教我一招武功。”

上官红讲完，白素娟想到自己庄里还有这么一个武林宿星，不由得暗暗称奇。忽然，柳天赐猛然坐起来说话道：“今天你不孝的徒弟跑出来差点要了我的命。”

白素娟和上官红一惊，马上都满脸通红地低下头，白素娟嗔道：“你没睡着，偷听我和妹妹的谈话，你坏。”

柳天赐笑道：“我可没偷听，是你和姐姐说的话钻到我的耳朵里。”见两人不好意思地低着头，又岔开说：“‘不老童圣’那招‘弯路射人针’教给你没有？”

上官红说：“我是应该学来治治你。”柳天赐说：“我可没得罪你啊！再说我俩是心有灵犀一点通，你用‘弯路射人针’射我，我就会先知道的。”一句话把两人说得更是娇羞无比，上官红拉着白素娟的手说：“姐姐，他全听到了，还说不是偷听。”言语却甚是喜悦。

白素娟“哎哟”一声，上官红拉住她的手牵动了手臂的剑伤，柳天赐心想：要不是姐姐拼死相救，十个柳天赐也被砍成肉泥，不由觉得一阵温暖，说道："姐姐，我俩什么时候动身去山西？"

"你俩到山西去，丢下我一个人？"上官红撅着嘴叫起来。

柳天赐笑道："我和姐姐一起去，把你留在家里看门，不然天香山庄被人偷了怎么办？"

上官红眼圈一红说道："谁稀罕去，反正我一个人寂寞惯了。"

柳天赐见上官红真的伤心了，心想：她一个人孤单地在后院住了五年，应该让她开心才对，说道："我们三人从此同甘共苦，就是天涯海角也不分开。"其实这也不是柳天赐为了哄上官红开心所说，这是他有感而发。

白素娟和上官红都觉得这话说得甜蜜，不由得都露出微笑，白素娟笑道："只怕你当上日月神教的教主，就高高在上，把我俩忘记得影迹无踪。"

柳天赐不由觉得心往下一沉，是啊！自己已被人牢牢的套在圈套内，前路生死未卜……神情落寞地说："就怕我柳天赐以后要连累两位姐姐！"

白素娟和上官红沉浸在幸福中，没有理会这句话的深义。

白素娟说道："我们三人可以顺路先送柳大教主到秦岭日月神教上任，群龙不可一日无主，然后再一起到山西，明天一早，我们就把天香山庄烧掉出发。"

"把天香山庄烧了？那我们以后到哪里住？"上官红不解地问道。

"我俩跟着柳大教主，还怕没地方住。"白素娟和上官红相对一笑，接着说："即使我们不烧天香山庄也是要被别人烧了，江湖各大门派已对我们天香山庄虎视眈眈，与其让他们抄了，不如自己烧了省事，这次只有破釜沉舟，背水一战。"白素娟不由觉得有些怅然，天香山庄凝聚了她的心血，但又想到复仇的计划能得以实现倒不觉得怎么遗憾，一时竟百感交集。

柳天赐一拍大腿叫道："对！破釜沉舟，背水一战！"人变得意气风发起来，他是结合自己多时的心境说的。

于是三人讨论怎样上路。白素娟提议，为了避免路上碰到不必要的麻烦，三个人都易容乔装而行，柳天赐把日月神教的信物都打在包袱里，化装成一个富家公子，白素娟和上官红就化装成两个书生。

上官红笑道："不要，不要，两个书生怎么和一个富家公子在一起呢？弟弟年纪最小，应该化装成我和姐姐的书僮。"

柳天赐故作沉思自言自语地说："那也太惹眼了。"

白素娟问道："什么太惹眼？"

柳天赐笑说道："我是说我化装成一富家公子模样，骑着高头大马，带着两个爱妻一路游山玩水，可两个爱妻长得太漂亮，行走在路上岂不惹眼？"

白素娟和上官红领悟过来，擂了柳天赐一拳说道："没正经，油嘴滑舌。"

柳天赐说道："明天我们就化装成一般的江湖中人，不要露出什么破绽就可以了。"

三个人又商量了半天，聊着聊着，不知不觉夜已三更了，三人还竟犹未尽，但还有许多的事要准备，上官红以前在后院里担惊受怕地呆了五年，今天心无顾忌地和自己喜欢的人在一起，感到分外兴奋，吵着要和白素娟睡在一起……

第二天，天香山庄吞没在一片火海中，火光映在六人脸上红彤彤的，白素娟感到自己的过去连同天香山庄在这把大火中随火飘逝，她要开始她新的选择和新的生活……

上官红感到一切都变了，变得美好起来。

六个人怀着不同的心情依依道别，柳天赐三人骑在马上看到雷震云、花仙子、夏刚的身影不见了，才缓缓地向西走去……

一轮朝阳从天际冉冉升起，大地又充满了生机。

秋高气爽，碧空如洗，大雁南飞。

柳天赐一行三人一路纵马西行，离开繁华的杭城，沿途到处都是兵荒马乱、民不聊生的景象，三人虽然打扮成一般江湖中人的模样，但毕竟是人中龙凤，赤铜色的脸还是吐出逼人的英气，惹得路上行人连连侧目。但乱世年间，佩剑骑马的豪客多的是，也就不感到怎么奇怪，三人迤逦而行，白素娟和上官红都是心有所属，一路更是神采飞扬，看什么什么顺眼，谈谈笑笑，不觉已到九江。

据史书记载：古代，曾有蚌江、乌江、嘉靡江等九条江水汇流于此，因此从秦朝开始，这里就得名九江，虽然世道萧条，但九江渡口还是热闹非凡。

柳天赐三人到达九江已是傍晚，就在渡口边找了一家旅馆住下。这家旅馆叫“浔阳楼客栈”，据店家讲是百年老字号，唐朝的大诗人白居易的长诗《琵琶行》就在他家的三楼写的呢。

白素娟笑道：“柳教主，我们三人何不一块儿独上高楼，对饮几杯，不妨等到夜深人静的时候，也许到那时，会有楚楚动人的琵琶女轻移莲步走出江边的小船，抱着琵琶，为你弹奏一曲。”

柳天赐见白素娟头戴葛巾摇头晃脑笑道：“我柳某爱兄弟不爱美人，只要有二位兄弟长伴身边，此一生足矣，不过，我们上楼边吃饭边欣赏夜景也好。”

上官红打趣道：“柳兄不爱美人爱兄弟，我上官某可是爱美人不爱兄弟，我们上楼去边吃饭边等琵琶女也好。”

上官红把柳天赐的神态和语调学得活灵活现，引得白素娟和柳天赐哈哈大笑。

三人说说笑笑已上三楼。三楼是个大客厅，里面摆了七八张桌子，临江的桌子已被客人坐满了，只剩下中央的一张桌子，上官红说：“坐在中央，就是琵琶女来了也看不见，我们换个地方算了。”小二连忙说：

“嗨，三位爷慢走，我给你腾出一张桌子。”然后又满脸堆笑的地到临窗的桌子边，那张大桌子摆满菜，可桌前只坐着一个人喝酒，那个人显然已经独喝了好久。

柳天赐凝望那大汉，见对方满脸虬须，几乎遮住了整个脸，似乎跟眉毛连在一起，分不出哪是胡须和眉毛，圆眼，塌鼻，大嘴，整个形象给人一个粗犷的感觉，下巴的钢须上挂着酒珠，一个人旁若无人大大咧咧地夹菜喝酒。

小二点头哈腰地走到大汉桌前说：“大爷，你已经喝了一整天，可不可以添三双筷子挤一下。”

那大汉停下筷子圆眼一瞪说：“怎么，我钱小，他们三人钱大，这张桌子我包下来爱喝多长时间就喝多长时间，关你屁事，要你在旁边啰里啰嗦。”

小二腰哈得更低说：“这……这，对，对，不打扰你喝酒。”

白素娟俏脸一怒，准备破口大骂，柳天赐赶紧拉着她的手笑道：“我们不能看到琵琶女，可以坐到中间听她弹琵琶。”说完拉着上官红的手三人入座，邻座的几人听得不明所以，哪有什么琵琶女弹琵琶，他们什么都不知道，都待目而视，只有那大汉眼睛盯着酒杯兀自喝酒，似乎其他人都不存在。

柳天赐叫小二点了几盘菜和一大壶酒，小二正要去端菜，猛听到那大汉叫道：“再给我打一坛酒来。”众人吓了一跳，因为大汉的桌下东倒西歪地放了五个空酒坛，再打一坛少说也有二十斤的酒，真是海量，人还是怕恶人，小二看到柳天赐似乎要好说话些，堆笑脸说：“三位爷稍等，我先去提酒。”说完“噔噔”跑下楼去。

上官红和白素娟正要发作，却见柳天赐使了个眼色，只好坐下，一会儿菜酒端上来，三人边吃边谈笑，大厅里又热闹活跃起来。

柳天赐游目四顾，大厅里的八张桌子，除了钢须大汉一个独坐一桌，其余的六张桌子都坐得满满的，左边靠窗的桌子坐着六个人，一个穿青衫的老者坐在正中，其余的五个似是弟子模样的人正在眉飞色舞，高声谈论。

其中一个年纪最小、看起来像十七八岁的少年，皮肤白净，脆声说道：“可惜中秋那天我没到天香山庄去看看热闹。”

柳天赐三人听到“天香山庄”四个字不由得心一震，留心听他们谈话。

“凭你那三脚猫的功夫，到天香山庄去，向天鹏不把你撕成两半才怪。”

少年边坐着一个年纪略大的青年，双颊无肉，脸色有点蜡黄，身体倒满健壮，神情满是睥睨。

“我就不相信向天鹏那么厉害，四个人就把各门各派的人打得无还手之力。”少年气呼呼地说。

“古大哥，日月神教的向教主我们都见过，可是一个光明磊落的大丈夫，说起来还救过我一命呢，再说日月神教在江湖也是威信颇高，能在武林说一不二，主持公道，惩恶扬善，这可是在江湖上有口皆碑的，怎么会在天香山庄杀戳武林，涂血江湖？要不是你亲眼所见，我还真不相信。”坐在少年对面的是个中年汉子，骨架粗大，身上每个部位似乎都比常人大，说话翁声翁气，脸上满是不解的神情，对着他左边的叫“古大哥”的人说。

被称为“古大哥”的人，个子矮小精悍，赤铜色的脸划了一道长口的刀疤说道：“我也是这么想，但那天确出大家意料，向教主倒没动手，但手下的四大护法可出手凶残狠毒，武功又高深莫测，招招见血。”古大哥的人似乎还心有余悸，摸了摸脸上的刀疤接着说：“说起来，还有更使你吃惊的呢，日月神教有一个小喽罗兵，站在巨石上一声长啸，那内力真是骇人，当场有许多同道被震昏过去，袖子一挥，把我及数十个剩下准备以死相拼的武林同道给震飞到十丈之外，凌空一拳把玄清道长给震成碎片，手、足、头四处横飞，真是没见过，后被向教主封为什么‘日月神使’。后来听说向教主已传他日月神教第二代教主。”

被称为“古大哥”的人绘声绘色地讲着，柳天赐心里不由觉得好笑，自己最多也只把他们震飞四五丈之外，也不可能把他们震飞十丈开外，玄清也是受伤后气闷吐血而死，我又怎么凌空一拳把他震成碎片，手、足、头四处横飞，连他自己也吓了一大跳。

在座的人都惊得合不拢嘴，连坐在中间的老者也侧脸倾身，神情甚是关注。

“世上有这样的武林后辈?！不知是谁调教的徒弟？古大哥，那青年叫什么来着?”翁声翁气的声音大露诧异。

“要不是我亲眼所见，哪相信天底下会有这等人物，后来还听说‘无孔四象门’的人，带了七八百武林同道到天香山庄报仇，被他一人杀得一个不留，据说天香山庄淌下的血把钱塘江都染红了。”那姓古的汉子见众人都张口结舌，凝神倾听，不觉越说越起劲。

柳天赐心想：这人看起来似乎很忠厚的样子，原来是个牛皮大王，不知他还会吹出什么事情来，上官红和白素娟也朝他挤眉弄眼，抿嘴而笑。

姓古的汉子看到大手大脚的汉子满脸疑问的神情，意识到还要回答别人的问题呢，就“哦”了一声说：“我听向教主称呼他叫柳天赐，至于师承来历就不得而知，肯定是一位世外高人。”

“我看古大哥是言过其实，即使有那么厉害，想称霸武林，也要以德服武林，日月神教现在是江湖一大魔教，杀戳武林同道，像向天鹏、柳天赐这样丧心病狂的魔头，人人得而诛之……”一个头发蓬乱、满身污垢的中年汉子猛地站起来，一拍桌子，大声说道。

“‘向天鹏’是你说的吗？我看你倒像个魔头。”独自喝酒的汉子吼道，大厅里震得嗡嗡作响，说完抓过酒坛向头发蓬乱的汉子劲射过来，乱发汉子侧身想避开，但已来不及，酒坛挟着风声已抵面门，只好用手臂一挡，只听见“哗”的一声大响，坛子撞破，酒水泼了一桌，飞溅到相邻的几张桌子，乱发汉子被坛子的余力撞得向后翻了几个跟头，扒在地上，起不来，显然手臂撞断了。

少年和双颊无肉的青年赶快抢上去扶起乱发汉子，乱发汉子痛得龇牙咧嘴，大厅里一下子静下来，大家都齐刷刷地看着钢须大汉。

“有什么好看的！”钢须大汉余怒未消，喝道，大厅里的人马上又低下头吃饭，胆小的人匆匆的扒了几口，赶紧付了银子，围在门口，偷偷地向里看。

柳天赐想：“那六个人是什么角色倒不知道，但这个钢须大汉倒是日月神教的人或朋友。”柳天赐不由得兴趣大增，静观其变，把酒菜端到最北边的桌子上，使中间腾出一块空地。

果然，骨骼粗大、说话翁声翁气的汉子抄起身后的椅子，向钢须汉子砸去，这一掷力道甚大，挟着骇人的风声，钢须大汉伸出筷子头也不抬，竟把椅子夹住，放在桌上。

五人见钢须大汉如此了得，呼啸一声，抽出兵器，把钢须汉子围在中间。

穿青衫的老者身形一拔，飞掠到五人前面，用手挡住五人说道：“这位兄台，大家都是在这里喝酒聊天，冒犯你了，请多海涵，请兄台留过万儿。”

钢须汉子见五人围上来，仍坐在那里，神情甚是不屑，见老者说话才站起来，双眼一瞪，把洒在钢须上的酒水一抹说道：“我日月神教可是你们拿来喝酒谈天的，真是屁话连篇，要我留下姓名，老子就是日月神教‘白象堂’堂主吴浩，江湖人称‘风火雷’，现在我在你们面前，你们来得而诛之，嗯。”话一说完又坐下来，从酒壶中倒一杯酒喝下。

青衣老者双手抱拳道：“久仰，久仰，吴堂主，我们有眼不识泰山，冒犯虎威，今日一见，我‘九龙帮’弟子真是三生有幸，不知吴堂主在这里等人还是有事？”

吴浩也感到奇怪，这老头彬彬有礼的客套半天不知是什么用意，

“九龙帮”是九江口岸的一个大帮倒听说过。

青衣老者补充道：“哦，吴堂主不要误会，我们江湖中人，谁不知道你的威名，要是堂主不等人或没事，我们想请吴堂主到敝帮小喝几杯，我们‘九龙帮’帮主‘九江龙’很喜欢贪怀交友，我们一定奉上最好的美酒佳酿，让吴堂主一醉方休。”青衣老者用余光窥视着吴浩。

白素娟附在柳天赐耳边说：“这老头是个老滑头，狡猾得很，不怀好意，吴堂主要上钩的。”

柳天赐看到吴浩说是日月神教“白象堂”的堂主，又如此神勇，为了日月神教的声誉敢站出来对着干，想道：这日月神教果然藏龙卧虎，实力雄厚。看到吴浩喝得豪放，说话不加掩饰，似乎很合自己的脾胃。

果然，吴浩听到青衣老者说有上等好酒喝，果然为之动心，嘴唇启动，差点要问什么好酒，却大笑道：“哈哈，那我倒要拜访拜访帮主。”笑得激越飞扬。

青衣老者身子一躬道：“吴堂主果是爽快豪勇！”然后又转头吩咐道：“张斌，刘超，快先行回去通知帮主，说今晚有贵客到，请帮主把他那瓶皇宫御酒拿出来待客。”向少年和双颊无肉的青年使了两个眼色，两人飞奔而去。

这些坐在窗边的柳天赐三人看得清清楚楚，白素娟小声说：“‘九龙帮’是长江沿岸的一个大帮，帮主‘九江龙’阮星霸，原是鹰爪门的帮主，后来势力扩大，吞并了‘九龙帮’自立帮主，为人阴狠毒辣，看来老头要耍什么花招？我们跟在后面，这位吴堂主艺高人胆大，但也太老实了，以后你这个教主要好好管教管教。”

柳天赐只见老者领着吴浩沿江边飞奔而去，怕吴浩功力太高发现自己，只得远远地跟在后面。走到湖流口边一拐，柳天赐看到一个大水寨，水寨大门敞开，一柱大旗上写着“九龙寨”，灯火通明，青衣老者停下来说道：“吴堂主，请。”

吴浩昂首阔步地走进去，从里面快步走出一个中年人，穿着锦袍，显得富态十足，走到吴浩的面前双手一拱说道：“想必这位就是吴堂主，刚才听到手下通报，我阮星霸好高兴，走，里面请！久闻吴堂主嗜酒如命，我给你引见几位朋友，其中一位可使你大吃一惊，我们不醉不休。”说完引着吴浩走进大厅。

“九龙堂”大厅就像其他帮派的大厅，上书着一个大“义”字，墙壁上点满油灯，把大厅里照得如同白昼，大厅的左右摆开两条桌，上面摆满酒菜。

柳天赐躲在寨外的一棵树上，大厅的两边坐着八个人，这八个人有三个倒使柳天赐大吃一惊，金玉双煞和绿鹦！其余的几位都不认识，更使三人大吃一惊的是，坐在大厅正中的一个青年，身穿着黑色的对襟大褂，左边一个白色的圆圈写个“日”字，右边的一个白色的圆圈写个“月”字，头发上束着一墨绿玉环，那青年风度翩翩，脸带冷色，坐在正中正襟危坐。

柳天赐一拉上官红和白素娟的手从树上飞掠到江边的一艘空船上，三人几乎是异口同声地说：“我们的包袱被偷了。”

白素娟紧锁双眉，说道：“这‘九龙帮’不简单，应该说我们一到九江就被他们盯住了，或者说我们在杭城就已经被盯上，不露声色地把放在客房里的包袱提走了。”

柳天赐补充说：“那浔阳楼青衣老者演的一曲戏真是太妙了，他们就知道吴堂主在浔阳楼喝酒，故意用语言激怒吴堂主自露身份，引吴堂主和假日月神教主相见。”

上官红说：“那个假教主是谁？阮星霸为什么请那么多的武林高手？”

白素娟说的八个人不仅是武林高手，除了“无影怪”的女儿绿鹦，其他七人都是江湖上臭名鼎鼎的大魔头，一个是专食少男少女心的“金童玉煞”，其他五个人是被江湖人称“西天五杀”五个师兄弟，老大“追魂剑”王少杰，老二“夺命刀”李冲，老三“残杀”侯海平，他只废掉人的手足或其他部位，而不置人于死地，老四“一点喉”钱冷，他是用剑的，往往要剑刺人的咽喉而杀人，老五“绝杀”顾人灭，因其杀人手段毒辣，赶尽杀绝故叫绝杀。

上官红不认识绿鹦，说道：“穿着绿衫的少女不是大魔头？”

白素娟说：“穿绿衫的少女叫绿鹦，是江湖人称‘一尊三圣四怪六魔’中的‘四怪’‘无影怪’的女儿，听说这女孩任性刁钻，古怪，颇得其父宠爱，就在去年，‘无影怪’还到天香山庄找他女儿，说是女儿和他为一匹黑狗闹别扭跑出来的，现在不认他了，没想到在这里。”

柳天赐和上官红不得不佩服白素娟对江湖中人如此了解，只要稍有成名的前辈或后辈，她都能说出该人的外号和姓名，擅长什么武功，使用什么兵器，甚至连脾气性格都了如指掌！

上官红道：“这个叫‘九龙帮’的聚集了这么多黑道魔头，想必也不是什么好东西。”

白素娟说：“‘九龙帮’号称水上第一大帮，在江湖上也是赫赫有名，应该避讳，不与这些黑道魔头交往，可……”白素娟用手指敲了敲了脑袋，似乎恍然大悟说：“既然他们不同道的人能聚在一起，一定有某一个共同的利益捆住他们，哦，吴堂主会不会有危险？”

柳天赐一直在旁边没吱声，听上官红和白素娟的谈话，突然在小船里踱着步说：“我们不妨作出这样的设想，就是当我们离开天香山庄时就被人跟踪上了，一到九江，那个秘密跟踪者就通知阮星霸，阮星霸就上演浔阳酒楼的一曲好戏，偷得我的包袱，然后……我们不认得那个假扮日月神教教主的人是？”柳天赐的思维一下中断了。

白素娟说：“我们先撇开这个人不谈，我们先得想个办法进去……”

突然，柳天赐“嘘”了一声，白素娟和上官红果然听到江边走来两个人。

柳天赐看到走来的是两个干瘦如柴的老者，其中一个老者戴着一顶吊外帽，穿着乡村土财主的绣花锦袍，油光满面，满脸和善，像一个员外，另一个满脸呈猪肝色鼻头红红的，双手抄在袖笼里，背上背着一把大刀。

“十大哥，阮星霸帮主下帖邀请我们到‘九龙寨’说是共谋大事，不知是什么大事?”背刀的老者看起来要比员外老者老得多。

“哼哼，听说他还邀请了‘西天五杀’和‘金童玉煞’等许多武林同道，连‘日月神教’的新教主柳天赐也到了，今晚自是个大场面。”员外老者说话时眼睛眯成一条缝，一副笑眯眯的样子。

“那阮星霸怎么攀上‘日月神教’的?听说日月神教想统一武林，实力已遍及中原，前两天还把武当派给抄了，气得武林正派人士火冒三丈，联合中原武林各门各派围攻日月神教，此教可真长了我们黑道志气。”背刀的老者激动得使原本猪肝色的脸变成紫色。

“‘日月神教’原来可是江湖最大的名门正教，为我们黑道所不容，为了取得武林盟主，看来还是要依靠我们黑道势力，我们黑道中人能群策群力，也要扬眉吐气，据说，这日月神教的第二代教主柳天赐，武功盖世，比向教主更心狠手辣，哈哈，日月神教怎么先把武当派给抄了，不知‘玉霞真人’那死老头死没死，哈哈，真痛快。”这员外老者讲话，似乎与“玉霞真人”有极深的过结。

第七章　洞庭遇险

不一会儿，两个老者已走到柳天赐三人藏身的船边，“扑通”两个老者双双扑倒。

柳天赐点了两个老者的睡穴，把两个人提到船里面，为难地说：“这只有两个老头，我们有三个人怎么办?”

白素娟嫣然道：“亏你也想得出来，这两个瘦老头只有我和红妹扮才像，你身材魁梧，只好留在船上。”

好半天，上官红才明白怎么回事，恍然大悟道：“姐姐，我知道你易容术高妙，可这猪肝色的……”

这倒真有点使白素娟为难，此刻人在江边的船上，一时半刻又找不到什么颜色相同的调料，柳天赐一笑，纵身从岸边抓起一把黑泥，用力在员外模样的人的手上割了一道口子，把黑泥拌了拌，倒真有点像猪肝色说道：“姐姐，可委曲你了。“

上官红虽然老大的不情愿，但想到有点滑稽诡秘，就和白素娟到后舱易容去了。

柳天赐等了一会儿，从船舱走出两个老者和地上躺着两个老者一模一样，不由感到愕然，笑道：“两位老丈，柳天赐这厢有礼了，请受我一拜!”说着长揖。

“两个老者”不觉莞尔，可惜看不到脸上的表情，柳天赐一想到肯定是花枝乱颤，“员外模样的老者”说道：“我现在就是江湖人称‘善面阎王'的朴易知，为人表面和善，但杀人如阎王，不知多少江湖好汉死在我的判官笔下。"白素娟拿着一对判官笔，亮了几招。

上官红叫道："我是谁？姐姐。"白素娟走过去拍了拍她肩膀说："这位老兄就是江湖人称'断魂刀'葛友奎，一柄鬼头刀纵横武林，没想到我俩今天全栽在这姓柳的后辈手上，真是气人，叫我俩的老脸往哪里搁。"一下子把柳天赐逗乐了。

"唉，我有办法，让柳弟也进去喝几杯。"白素娟看了看柳天赐的脸型说道："唉，可惜黑道人物没有谁长出这样的俊面孔，只有经我朴易知给你整形成一个刚出道的黑道后辈，反正阮星霸邀请的都是清一色的黑道大枭，想必也不会将你这个黑道后辈赶出来，何不进去喝几杯美酒。"

不一会儿，经白素娟一糊弄，柳天赐变成了一个满脸横肉、长着两颗獠牙的丑汉。

上官红笑道："来，让我给你起个名字，就叫……嗯，就叫'暴牙鬼'阮二霸。"

柳天赐从朴易知和葛友奎身上摸出请柬，三人向水寨走去……

阮星霸迎出来满面喜风地说道："十兄和葛兄怎么这么凑巧，一起到来，这位是……"阮星霸不认识满脸横肉、长着两颗獠牙的柳天赐。

但柳天赐分明看到阮星霸脸上一闪而逝的阴笑，柳天赐心中的一惊，暗想：难道他已看出什么破绽？

白素娟满脸露出和善的笑容说道："这位是江湖上人称'暴牙鬼'阮二霸。"

阮星霸一愣笑道："英雄出少年，请，三位请。"

吴浩正站在大厅的中间，似乎对坐在上方的日月教主惊疑不定，他只接到教里传来的消息，说向教主已任命一个新教主——柳天赐，当时教里各位兄弟也感到大惑不解，向教主正当壮年，日月神教又好生兴旺，没理由一下子退出日月神教，即使选定教主也不可能选到一个喽罗身上，吴浩对眼前这个青年教主表示怀疑，他们不相信这个新教主真有人们传说的那惊世骇俗的武功，可教主日月服和生死环都在他身上。

坐在大厅的虎皮交椅上的新教主似乎看到吴浩不信任的眼神，从怀里掏出一只栩栩如生的黑蝴蝶，说道："吴堂主，你认得这块'蝴蝶令'?!"

"扑通"一声，吴浩直挺挺地跪在地上说道："'日月神教'的'白象堂'堂主吴浩参见教主，愿教主福体安康。""蝴蝶令"，日月神教主的象征，见令如见教主，所以吴浩不假思索地跪下来。

坐在大厅中央的教主，肤色如同少女似的面白颊红，长得挺儒雅的，在座的都是刀口上舔血的大魔头，哪个脸上不带一些风霜之色，眼睛不含一丝世故之神，打心眼里都有点怀疑，他就是在江湖上搅得昏天黑地的日月神教的新教主。

新教主落落大方地站起来，神色颇为傲然地说道："在下柳天赐，身为日月神教的第二代教主，各位前辈都是日月神教的老朋友，今天请各位前辈到'九龙寨'是想与在座的各位武林同道共图大业，消灭那些道貌岸然、自翊为武林正派的人，今天我还要告诉大家一件喜事。"柳天赐环视了一下全场，接着说："'九龙帮'阮帮主有意归属我日月神教，我相信日月神教更是羽翼大振，统一武林，更是指日可待，现在，我柳天赐任阮星霸为'九龙堂'堂主，这种入教的仪式本应在我日月神教的总坛举行，但我们不应拘于江湖虚礼，就在我日月神教的分堂'九龙堂'举行接纳仪式。"

"向大……教主，我们接纳新的教派，任命堂主也要和教里各堂主和弟兄商量再作定夺，何况我日月神教在武林惩恶扬善，威誉齐天，怎可能与这些……"日月神教不论地位高低，一律以兄弟相称，吴浩以往称向天鹏为向大哥，可面前这位年纪轻轻的教主，称柳大哥也不合适，只好称教主。

"吴堂主，你在教柳某该怎样做教主!""柳天赐"冷冷地说。

“属下不敢，不过我以为这样……不妥。”吴浩以往和向天鹏生死与共，加上本人脾气火爆，所以在教中敢直言忠言，有时还和向天鹏当面锣对面鼓，拍桌子骂娘，向天鹏事后还向他赔礼道歉，所以在各位堂主中最有威望。

“天下武林群龙无首，互相杀戳，我日月神教应担起统一武林的重任，断天下纷争的局面，此时正是我们吸纳贤才、广交豪杰之时，阮帮主有意加盟我日月神教，有何不妥？吴堂主你先入座喝酒。”

柳天赐三人坐在“金玉双煞”一边，吴浩极不情愿，气呼呼地坐在“西天五杀”的一边，心想道：想必江湖传闻说向大哥传教主之位于柳天赐，果有此事，唉，向大哥也不跟各位兄弟商量，看来这柳天赐自有过人之处。

跟着，四个喽罗摆上香案，将九龙寨换成‘九龙堂’，铜鼎香炉插上三根香，烟雾缭绕，阮星霸一拂长袍，跪倒在地，说道：“日月神教‘九龙堂’堂主‘九江龙’阮星霸参见柳教主，愿教主福体安康!”

“阮堂主，请起，从今后阮堂主就负责长江沿岸事务，希望阮帮主以后禀承其职，尽忠职守。”“柳天赐”白面红颊尽管显得有些不自然，但颇为熟练。

吴浩大奇道：这新帮主怎么搞的，仪式这么简单，滴血为盟，传规起誓应该是有的。

只听阮星霸朗声说道：“教主，我阮星霸自当万死不辞，与众堂主一起共振我日月神教，这里我还有个提议，我日月神教统一武林，求贤若渴，不知在座诸位愿不愿意加入我日月神教共图大业?”说完，双拳向四周一抱。

在座的魔头都是过着无牵无挂的忘命江湖，自由自在地生活，怎肯受制于人，但日月神教可又不是好得罪的，群魔从没见过柳天赐，只听得江湖传闻说得神乎其神，但与以往令他们恨之入骨、又敬又畏的向天鹏相比，似有天壤之别，以往他们曾连手杀向天鹏，如今却坐在一起举杯把盏，不由都觉得愕然。

“阮帮主，我日月神教就是再求贤若渴，也不能鱼目混珠，接纳这些牛魔鬼怪，不齿之徒，岂不是贻笑江湖。”吴浩愤然作色，钢须一张大声吼道。

吴浩“白象堂”堂主，本是到九江解决日月神教的九江分舵与“九龙帮”的纷争，而向大哥带着四大护法到汴京与上官雄讨论举兵里应外合攻打蒙古军，可又听到江湖闻说向大哥在天香山庄屠杀武林豪杰，简直不相信自己的耳朵，向大哥做事一向沉稳刚毅，怎么无缘无故杀戳武林，还以为是江湖人以讹传讹，毁谤向大哥，可消息越传越实，还说日月神教的新教主柳天赐将无孔四象门邀请的四百豪杰杀得所剩无几，日月神教围攻武当，把武当给抄了……看来无风不起浪，虽然有点夸大，但应有其事，吴浩大惑不解又心情忧闷，所以一个人坐在“浔阳楼”喝闷酒。

阮星霸一怔，脸色一冷说：“吴堂主，你敢犯上作乱，我的提议可是教主的意见，你胆敢违抗教主的旨意，好大的胆子。”

吴浩仰头“哈哈”大笑说：“你阮星霸什么东西，我和向大哥为日月神教出生入死的时候，你在哪里？跟老子说什么犯上作乱，我吴某再不是也轮不到你说！”

“吴堂主，你以为你在日月神教一点小功，就可以托大吗？在座的各位哪个不是义薄云天的豪雄，有心投入我日月神教，容得你这么无礼。”“柳天赐”白面红颊一阴，说道：“给我拿下！”

阮星霸从腰间解下长鞭，一吐便向吴浩卷去，吴浩一声虎吼“来的好！”伸手一探，竟抓住了鞭头，阮星霸大骇，钢鞭倒卷，横向吴浩的腰，大厅上顿时只听得钢鞭的呼啸声大作，阮星霸竟招招致命向吴浩狂风暴雨卷来。

柳天赐三人坐在那里，不知道阮星霸和“柳天赐”在耍什么把戏，又不好贸然出手，柳天赐心想：“这个假扮我的人不知是何方神圣，有什么企图。”从场面上看，似乎要置吴堂主于死地，而从六个魔头的神色来看，好像也是对此事一无所知，也是在静观其变。

忽然听到身边的“金煞”讨好地说道：“绿鹦，这姓吴的骂我们是牛鬼蛇神，骂我们不要紧，连你也骂了，要不要我们收拾他？”“金煞”佝偻着背，眯着细小的眼睛，满脸讨好的样子，对着绿鹦倾过身子。

柳天赐想起了破庙里，扎着羊角小辫、露出两个小酒窝搂着自己脖子抱头痛哭的绿鹦，现在已长得亭亭玉立，还是扎着羊角小辫，脸庞白皙而柔和，黑白分明的眼满含怪异的神色，对吴浩和阮星霸的打斗不屑一顾，看到“金煞”伸长脖子跟自己说话，不耐烦地说：“谁说他骂我，他是骂想加入日月神教的人不齿之徒，我又不想加入什么日月神教，又长着牙齿，怎么是骂我？”

“玉煞”满脸浓浓的脂粉味，头上插着满满的菊花，脸上搽粉太厚，像糊了一层石灰，因为嘴里一颗牙也没有，嘴瘪得很凹，听到绿鹦说什么“无齿之辈”不觉眉头一皱，但转而又嘴角一牵，触目惊心地笑道：“金郎，你闭上嘴巴不说话，没人把你当哑巴，又惹绿鹦生气。”

柳天赐三人莫不感到诧异，“金玉双煞”两个吃人心的魔头怎会对一个年纪轻轻的绿衫少女如此唯唯诺诺，只知道“无影怪”的女儿刁钻古怪，武功怪异，没想到怪的“金玉双煞”收拾到如此服帖。

吴浩穿梭在万条鞭影中，边打边叫道：“教主，我要看看你身上的‘日月蝴蝶印’，我可要得罪了。”说着人已踏着阮星霸的鞭头，向坐在正位的“柳天赐”欺过去，右手成爪向“柳天赐”的胸脯抓去，似要撕开“柳天赐”胸前的衣服，手法快如闪电，眼看手指已触到“柳天赐”的胸口。

“柳天赐”含胸收腹，并拢五指，随意一点，这一点似是孩童用手指轻轻一戳，众人都看到他手指是缓缓伸出。

突然，“嗵”的一声，吴浩高大的身躯竟轰然倒下，白素娟和上官红两人和七个魔头无不感到震惊，以前只听说柳天赐武功如何惊世骇俗，没想到达到如此这般境界，缓缓的一指竟将神勇无比的“白象堂”堂主点倒！

而柳天赐感到更为吃惊，因为他看到“柳天赐”刚刚缓缓的一戳竟使用的是师父“黑魔”所使的“天魔”剑里的第六招“魔剑藏针”，只不过改指为剑使了一个“刺”的字诀，柳天赐知道这一招看似平淡，但能以看似无懈可击的招式中找到一个突破口，从意想不到的方位刺出，实则为阴毒至极的一招，但以前并没听说师父“白佛”、“黑魔”收了什么弟子，以后在东瀛山闭关修炼，更不可能收什么弟子，那眼前“柳天赐”这一招是谁教的呢？

吴浩已被点中幽门穴，躺在地上用惊疑的目光看着“柳天赐”说：“你……你……”竟动弹不得。

“柳天赐”还是白面红颊，显得中气不足地说道：“阮堂主，给我拿下。”阮星霸目露凶光走上前去，提起吴浩的肩，猛地用力想把吴浩的双臂卸下来，突然，一道白光一闪，吴浩的右臂给砍了下来，坐在左侧的“西天五杀”老四阴恻恻的笑道：“吴堂主，三年前你在西凤岭可是用你那只右臂砍了我的耳朵。”

柳天赐一看，“一点喉”钱冷果然没耳，两颊光秃秃的，吴浩怒睁双目，钢须倒竖，断臂上血溅了一身，他不理会钱冷，叫道：“向大哥，兄弟吴浩跟随你出生入死，竟落得这般下场，我日月神教竟出这样的教主，真叫兄弟吴浩心寒啊！”

“恶贼，找死！”阮星霸提起右掌向吴浩的天灵盖拍去，同时，一支竹筷缓缓地、悄无声息地击在阮星霸的合谷穴上，阮星霸觉得手劲一软就坐在地上，人一怔，抓起钢鞭向绿鹗卷来，“哗”的一声竟将绿鹗面前的方桌打个粉碎，绿鹗身体斜飞，已冲到大厅的屋梁上，“无影怪”以一身绝顶的轻功“登天幻影”独步武林，人们只看到绿影飘上，阮星霸尽管鞭影霍霍，没有沾到绿鹗的半点衣角，还时不时被绿鹗抽了一掌，不由得惊羞成怒，自己号称水帮第一大帮帮主，竟被年纪轻轻的绿鹦戏弄，不由将钢鞭舞得虎虎生风，在厅上追着绿衫的身影猛打，上窜下跳。

柳天赐感到大惑不解，怎么武功那么高的“柳天赐”坐在虎皮交椅上无动于衷？

绿鹦凭一身“登天幻影”轻功，身形在大厅飘忽不定，但由于功力不深，拍在阮星霸身上的掌力一拍即离，也没给阮星霸带来什么威胁。阮星霸随着绿影到处奔跑，一张富态脸上，不竟汗珠直冒，他就干脆不动站在当地，把一根钢鞭，使得密不透风来个以静制动，绿鹦明白阮星霸的用意，也坐在大厅的横梁上不动，看着阮星霸在拼命的舞着钢鞭，却不发什么“随形暗器”，笑吟吟地看着阮星霸像耍猴般。

柳天赐在头脑中理出个头绪，想到：在整个事件的背后肯定有一个极为厉害、势力极大的人在操纵整个事件的发生、发展和结束，这个人先杀死向天鹏，然后又装扮成向天鹏，借刀杀人，在天香山庄杀戳群豪，激起武林公愤，使日月神教成为众矢之敌，然后看到自己武功太高，或者其他的什么目的，把自己推到日月神教教主的地位，而他却躲在一个暗处隐蔽起来，操纵这一切，结果会是武林各派联合围攻日月神教，他就坐收渔人之利，不管自己怎样乔装改扮，这个躲在背后的人对他的行动了如指掌，而自己对他一无所知，这个人既然处心积虑地把自己变成替罪羊，那为什么又选出一个“柳天赐”，如果自己不放弃日月神教主之位，那么幕后操纵者就失算了，被选出来的“柳天赐”又是他的一枚新的棋子，照目前的形势看，自己已经钻入了他所设计的圈套，因为自己毕竟到“九龙寨”来了，既然来了，又怎能坐视不管呢？

那这个幕后操纵者，是借我的手杀掉“柳天赐”，那我就多了黑道的敌人，如果借“柳天赐”杀掉我的话，那黑道魔头就会与日月神捆在一起，共同对付各门派的围攻，如果自己和“柳天赐”同时存在，那日月神教面临的是内哄和外敌，这个人是希望什么样的局面呢？

柳天赐有一点敢肯定，这个阮星霸和“柳天赐”绝对与他看不见的幕后操纵者有关系，于是柳天赐向白素娟和上官红使了一个眼色，使了一招“地罡”剑的第五式“地狱擒魔”向“柳天赐”咽喉抓去，同时，白素娟和上官红斜声一掠，两剑刺阮星霸的肩井穴。

坐在虎皮交椅上的假天赐忽见一人双手抓来，如法炮制，手指并拢，缓缓刺出一招“魔剑藏针”刺向来敌手臂的少海穴，柳天赐赶紧回护，一招“天狗吃日”掌斩其左手，假天赐右手又缓缓刺出，竟是同一招“魔剑藏针”反复使用，柳天赐大奇，难道他只会使用这一招？见其手指戳来，用了一招克他的“地剑封喉”。这可是两败俱伤的打法，“柳天赐”如果刺中柳天赐，那么他的咽喉就要被柳天赐手掌斩断。

这套“天魔”和“地罡”剑是白佛和黑魔不知演练了多少遍，代表正义和邪恶最高的剑法，但互相克制，白佛的“地剑封喉”正是克黑魔的“魔剑藏针”这招，所以假天赐为求自保，只好硬生生地缩回来，柳天赐跟着一招“地动山摇”拍向他的百会穴。

突然，“哗”的一声从大厅地下钻出一根根铁剑，像一道栅栏，挡在“柳天赐”面前，把柳天赐隔开，跟着一张大网从天而降，把柳天赐和绿鹦罩个严严实实，绿鹦是从屋顶的横梁被网带下来的。

白素娟和上官红双剑齐出，本可一招得逞，上官红已悉数学了“不老童圣”的武功，本是江湖顶尖高手，突然大网罩住了意中人，顿时双双飞身想投身入网，柳天赐见自己不能冲出去，双掌一挥，卷起一阵罡风，把上官红和白素娟扫出五丈之外，网已把柳天赐和绿鹦捆住。

“哈哈，想逃！”阮星霸挥着钢鞭，“八步起蟾”向白素娟和上官红的背影打击，同时“西天五杀”飞身跃起，五条人影挡住了大厅门口。

几人之中，白素娟武功最弱，阮星霸一人用鞭影裹住了她，上官红虽然武功了得，但五大魔头围攻之下，个个出手狠毒，不多时已险象环生。

柳天赐被困在网中，越挣扎网束得越紧，见两个心爱的红颜知己已香汗淋漓，甚是着急。

白素娟和上官红脸上淌下一条条稀泥，慢慢地露出女儿家的真面目。“金童双煞”正焦急地注视着网中的绿鹦，不知这个小邪神在想些什么稀奇古怪的东西，而绿鹦呆在网中一直看着两个糟老头子，心中打着主意，忽然她见两个老头竟变成了两个少女，好奇心大起，目不转睛地看着，“金玉双煞”顺着她的目光回头一看，突然“咦”了一声，竟然也呆了。

他俩看到了上官红！“金玉双煞”为了寻找上官红可吃尽了苦头。

“金玉双煞”自从丽春院抓了上官红，上官红胡编乱造给他俩讲了前四部《夺魂心经》。上官红也是纯粹的胡编乱造，她以前在她爹上官雄的指示下读了不少的武功秘笈，加上记忆奇好，删枝剪叶，七拼八凑的讲给“金玉双煞”听，“金玉双煞”对这些乱七八糟的武功见所未见，闻所未闻，依样练习，与往日的感觉不大一样，似乎武功长进了不少，更觉得《夺魂心经》不愧为天下第一的武学秘笈，博大精深，长期练下去，肯定武功天下第一，可惜只练到第四部，上官红就被天香山庄给抢去了。

逃到破庙里，白佛和黑魔把绿鹦的黑虎带走，绿鹦武功肯定不及白佛和黑魔，只好迁怒于“金玉双煞”，非要“金玉双煞”赔她的“黑虎”。说来也对，这绿鹦硬是他俩的克星，神不知、鬼不觉地跟在他俩的后面，冷不防地使上“随形暗器”点了他俩的穴道，然后，用手把玉煞的鲜花全撒落，脸上的粉用水冲去，拳打脚踢打金煞的驼背。

“金玉双煞”本来就十分恩爱，彼此心痛不已，加上玉煞极爱漂亮，绿鹦把她弄得披头散发，如剜了她眼睛一样，可又打不过绿鹦，只好求饶，带着她到处找黑虎，后来“无影怪”重出江湖，四处查找女儿的下落，有好几次差点被“无影怪”抓到。

绿鹦生怕被爹爹“无影怪”抓回去，就想到一个办法，她让玉煞用袋子装着自己，两人轮番背着自己满天下的跑，去找黑虎，她坐在袋子里拿着针抵着金煞或玉煞的后背。

但“金童玉煞”念念不忘的还是《夺魂心经》，借找黑虎的名义四处追寻上官红，有好几次潜伏到天香山庄，但每次都被卓一凡等人赶出来，于是，两人就背着绿鹦在天香山庄附近转悠，等待时机。可上个月，天香山庄无端端地被一股大火烧了，有人说是白小姐自己烧的，有的说是那个武林高手烧的，还有的说是天火，总之上官红已经不在天香山庄，于是他们背着绿鹦逛到九江。

就在九江码头，突然有一个青衣老者给了他俩一张请柬，约他俩到“九龙寨”共图大业，他俩平时与阮星霸素无来往，可一想到共图大业，颇感好奇，就背着绿鄂到了“九龙水寨”。

没想到在这里看到了上官红！

见上官红在“西天五杀”五人的围攻下，还不现什么败迹，心想：这丫头背地里肯定练了《夺魂心经》，不然武功不会如此了得，不由得一阵狂喜，真是天助我也，小邪神又被围在网中。

上官红见心上人被围，不由得芳心大乱，突然听到一种极细的声音传到耳朵：“姐姐，用‘霹雷珠’，快走，我不要紧。”

“轰”的一声巨响，大厅里顿时烟雾弥漫，上官红一拉白素娟的手，身子向外弹去，突然白素娟眼前一黑被装在袋中，“金玉双煞”收取袋口，飞奔而去，像抢到了一个宝物。

“金玉双煞”见爆出一声巨响，他俩识得“霹雷珠”的厉害，爆炸之后，上官红就会在烟雾中逃走，所以先下手为强，玉煞张开袋口向上官红头上罩去，谁知阮星霸正好一鞭横扫过来，上官红拉着白素娟的手一带，带到自己的右边，踩到阮星霸的鞭头，借势一跃，人已飞出了大厅。

白素娟被莫名其妙地装在袋中，“金玉双煞”如获至宝，抬着袋子没命地奔跑……

上官红身子已越过大栅栏，沿着江边飞掠而去，等发现“西天五杀”没有追来，停下脚步，才发觉白素娟不见了。

上官红一个人踌躇而行，江风吹着她打了一个寒颤，蓦地，无边的寂寞袭上心头。

她想到和柳天赐、白素娟三人说说笑笑那段快乐的时光，顷刻之间就不见了，柳天赐，已占据了她的整颗心，仿佛一刻也离不开他，离开犹如有一种巨大的失落感，她恨那张网没把自己也罩进去，只要和柳天赐在一起，不要说在网中，就是在地狱里，她也愿意。

我一定要把弟弟救出来。上官红想转身回“九龙寨”走去，突然脚下一麻，“足之里”已被点中，人就跪了下来。

“嘿嘿”从小船里走出朴易知和葛友奎，原本两人被柳天赐点了穴道，丢在船舱里，在里面闹了半天，两人的穴道就慢慢地被冲开，正准备出去，见上官红从“九龙寨”飞掠而出，吓了一跳，赶快躲在小船里，没想到上官红又走回来，两人就依葫芦画瓢，点了上官红的穴道。

两人把上官红拖进了船舱，岸上的灯光倒映在江水中，泛出一道道白光，上官红看到朴易知和葛友奎的脸也是一明一暗地，两人仔细地端详着她。

上官红穿着葛友奎的衣服，梳着他的发式，可脸上满是汗水冲的污泥，隐约可见白皙的脸蛋，斑驳陆离。

“葛老弟，你看着，我去舀点水来。”朴易知和蔼可亲地说道。

不一会儿，朴易知用瓦盆端进了一盆水放在上官红的面前，慢慢细心地洗去她脸上的污泥，解开头发披在肩上，顿时显出一个艳丽无比的上官红，船舱生辉，朴易知端详着上官红说道：“葛老弟，你说这女娃美不美，你以前是不是从没见过这么美的脸蛋?”

葛友奎一想：这老头子怎么这般风流，老大不小，当着一个女孩子的面说出这种话。嘴里却说：“朴大哥，我以前却是没见过这么美的女孩子，连她一半美的女孩子都没见过，嘿嘿……朴大哥莫非……”说着，露出诡异的笑声。

朴易知不在意葛友奎的阴腔滑调，接着说："那葛老弟就看在我的薄面，不要跟这女孩计较了，就让我带走。"

"既然朴大哥有如此雅兴，我怎会与她计较呢？我葛友奎对女人从不感兴趣，哪怕是天仙下凡，我祝朴大哥梅开二度。"说着发出阴晦的笑声。

"葛老弟，你的情我领了。"说着夹着上官红沿着江边纵跃而去，消失在黑幕之中，葛友奎摇摇头觉得好笑：人说英雄难过美人关，可葛友奎又感到奇怪，以前江湖上没听说"善面阎王"如此好色成性。

上官红见朴易知满脸横肉，为自己洗脸，解头发，更是吓得魂飞魄散，心惊肉跳，心想："我上官红这下可完了，宁可死，也不能让老头羞辱我。"可朴易知只是挟着他一路狂奔，倒没有对她有什么行动。

淡月亮星，上官红看到一片无垠的湖水，深秋，草木枯黄，湖水白雾茫茫，湖边的枯枝上掉下的露水滴在湖中，荡起一圈圈涟漪。转过一片稻田，在两峰的峡谷中有一座茅舍，朴易知把上官红放在地上，用手轻轻地叩了几下扉门，叫道："朴易知拜见师父。"只听里面传来一个年轻女子的声音，轻轻地说道："我要你找的人找到吗？"朴易知笑容可掬地说道："这次我给你带来一个，你肯定满意！徒儿以前从没见过这样美丽的女孩。"那轻脆的声音说道："哦？带进来！"

上官红大奇，心想：这朴易知年龄至少在五六十岁，人称"善面阎罗"，在江湖上还是响当当的角色，怎么有一个年轻的师父？要是姐姐在我身边，她肯定知道这女人的来历。

朴易知拎着上官红推门而入，从门口泻出昏暗的灯光，上官红看到一间陈设极为简陋但收拾得极为干净的房子，在里屋摆着一张黑色的石桌，两个石椅，房子的东壁挂着一个带剑的女人像，那像画得太逼真了，像一个有血有肉的活人，吸引上官红的是画像上的少女。

少女的面颊白里透红，脖子颀长，最美的是那双眼睛，迷迷蒙蒙的，泛发着狐样的光芒，深不可测，鼻子看起来很生动，仿若会说话，只要轻轻一动，就像千呼万唤万语千言一般，天啊！天下竟有这样的美人，上官红也是个实实在在的大美人，连她都感到惊羡的美人，可以想象画像中的人有多美！

画像的两旁站着两个石头少女，手里拿着两柄短剑，互相指着对方，上官红虽然见过不少的剑法秘笈，但这种招式还是没见过，一阵凉风带着田野的气息从支撑的小木窗吹进来，靠窗边有一张长方形的石桌，一个少女模样的女人坐在窗前，上官红只能看到她的背影，那是一个身段姣好的优美的背影，她正出神地望着窗外，而窗外什么都没有，只是大雪茫茫。

少女微微的转过身，上官红惊呆了，这不就是画上的少女么，一模一样，像是从画中走下来的，只是面前的少女脸上带着冷色，一种傲然物外的冷色。少女仔细地打量上官红，从上到下，眼光停留在上官红的脸上，像欣赏一件什么爱物珍宝，上官红从没被人这么仔细地看，不觉脸红起来。

少女轻轻地启动嘴唇说道："嗯，真的很美。"说完从袖子里掏出一颗红色的药丸，凌空一弹，落入朴易知的手里，朴易知接过药丸，"咚咚咚"在地上叩了三个响头，几乎把额头叩出血来，少女瞧也没瞧他，说道："好了，这件事办得我很满意，你去吧。"朴易知欣喜若狂，退了出去。

少女腾空而起，手指一戳，解了上官红的穴道，上官红惊呼一声，原来看到了少女双脚已没有了，只有上半身，这跟她惊人的美貌多不相称。

少女身影一晃又回到椅子上，手掌拍了两下，挂着的画像"吱呀"一声洞开，原来画像是一扇大门，从里面走出两个紫衣少女，两个紫衣少女都是花容月貌，上官红大惊，怎么都是如此美丽的少女！

"快，领着这位新来妹子去沐浴更衣，看来她也累了，让她好好休息一晚。"少女脸上一点表情都没有。

“遵命。”两个紫衫少女扶着上官红走进了木门，跨进门沿着向下的台阶，竟然是一条密道，上官红不禁毛骨悚然，密道她可在自家的后院走过，结果酿成弥天大祸，她穴道已解，想凭自己的武功将这两个紫衣少女打昏逃出去，其中一个稍年长的紫衣少女道：“姐姐，你试着运一下你丹田之气看有什么异样。”上官红依言运气，大骇，原来体内的真气上涌，但达到全身经脉，感到痛楚难当。

“姐姐，能到我们‘美姬派’真是你的福气，从今天起，你就要在这里住一辈子了！因为你身上已埋入了‘女宫纱’。”另一个紫衣少女说道。

“‘女宫纱’？什么叫‘女宫纱’？”上官红惊问道。

“‘女宫纱’是一种薄薄的寒冰，当你运气使用其他派的武功，你就会感到疼痛无比，只有练成我‘美姬派’的‘美女剑法’才会达到消除体内‘女宫纱’。可到目前为止，我们没有谁练成了这套‘美女剑法’，只要你身上有‘女宫纱’，就永远是我们‘美姬派’的人了，以后你就叫我阿香，她叫阿翠。”年纪稍长的少女“嘻嘻”笑道，神色甚是和善。

“‘美姬派’？我永远是美姬派的人了?!”上官红感到难以置信。

“妹妹，你叫什么来着，你可是我们这里最美的姐妹，以后你就会知道的。”阿翠脾气直爽。

“我叫上官红。”上官红一想，现在反正又不出去，既来之则安之，随着阿香和阿翠沿着五六米宽的密道向前走去。密道曲曲折折，转过几道弯，竟露出昏暗的亮光和淡淡的花香，身子不觉一暖。

眼前的景色令上官红叹为观止，心旷神怡。走出密道，竟是一个天然的大花园，这里的气温像春天的感觉，沿着小路各种叫不出名的花沐浴在露水中，青草无涯，花园的中心是一个水榭，假山栈道，两条飞瀑垂挂而下，一切都那样清翠、鲜嫩，哪来深秋的肃敛，上官红呼吸着新鲜的空气想道：“要是我和柳弟住在这里多好啊！”见到阿香和阿翠看着她，不觉脸红了。

“上官妹子，是不是在想心上人？你这辈子没指望了，我们‘美女剑法’练成之后，是不能男女之情的，不然的话就会走火入魔，经脉自断。我俩带你到‘香妃溪’沐浴。”阿香说完牵着上官红的手走过花坛，穿过柳林，一条清澈的小溪潺潺流着。

阿香边替上官红解衣边说道：“这条溪叫‘香妃溪’，你闻闻，是不是有一种沁人的香味？用这洗澡，皮肤会变得光滑嫩白。”其实上官红早就闻到这令人说不出舒服的香气，只是被别人脱得一丝不挂，挺不自在。

上官红说道：“两位姐姐，还是我自己来吧。”

阿翠笑道：“嘻嘻，还害羞，好吧，你自己洗。”

上官红踏进溪中，踩在鹅卵石上，水是温的，浇在身上，又感觉一阵清凉，香气仿佛从皮肤上往里直钻，这“香妃溪”的水怎么这么怪，上官红觉得浑身舒泰。

在“香妃溪”的对岸，有一间大的竹房，房间里的陈设都是用竹子做的，竹椅、竹床……阿香说：“这一张床是用‘香妃竹’做成的，据说这些竹子是王昭君变的，王昭君也称‘香妃’，故称此竹为‘香妃竹’。”

上官红躺在竹床上，先是感到有点凉意，不一会儿，就有一丝暖气升起来，带着暖暖的香气，上官红不由一阵困乏，在袅袅的香气中睡去了。

第二天早上醒来，上官红见自己穿着紫衫，才想起昨天晚上，真是恍若在梦中，走出竹房，真是一个世外桃源。

上官红发现自己置身在一个大谷中，昨晚所见的花园就是一个瓮底被四面陡峭的万丈悬崖包围着，露出一线天，对面肯定是个秋高气爽的艳阳天，一抹阳光从山口中射下，在谷底洒下一条光带，鸟儿在欢快的歌唱，各种花儿在这里竞相开放。

由此看来，要想走出这山谷，插翅也飞不出去，除非从那条密道返回，难道自己真要在这里呆一辈子吗？

忽见一条人影从头上飞过，飘然落在上官红前面，是上官红昨晚见到的那个美得令她吃惊的少女，少女冷冷地看着她，说道：“小姑娘，你昨晚是不是睡得很香？”

上官红没有回答，她昨天晚上是睡得很香，但面前这个缺腿的少女跟自己年纪相仿，即使大点，也大不了几岁，怎么称自己为小姑娘呢？

少女没等到上官红的回答，突然欺过来，向上官红一掌拍过来，上官红赶快身体一侧，反手一扣，使的是少林寺的擒拿手，少女根本无视上官红这一招，上官红已扣住了她的合谷穴，猛觉一种滑腻，手指滑到一边，少女的手已抵至她的少海穴，上官红大急，赶忙运了“不老童圣”传给她的“三变掌斩肩”，化出三个掌影拍向少女的肩井穴，谁知掌刚拍到她身上又滑到一边，少女回身一看，稳稳地坐在竹杆上，而上官红则感到身上如蚁爬蛇咬，又痒又痛，霎时脸色苍白。

“嗯，不错，内力已是武林一等一的高手，武功倒是蛮杂的，兼有少林、武当和华山，还有不老童圣的怪手法。”少女用她好看的美目望着上官红，突然像想起了什么，“咦”了一声，脸色一肃，眼睛射出怨毒的光芒，厉声说道：“你是龙尊什么人？”

上官红一直处在稀里糊涂中，这个少女居然称“不老童圣”为不老童，听起来年纪似乎比“不老童圣”还大，从一两招就可以报出自己的武功家底，武功之高之怪简直出乎想象，上官红只听说七海龙尊被排为武林至尊，江湖人称“一尊三圣四怪六魔”，可与龙尊没有一点关系，只听柳弟讲他是龙尊的徒孙。

第八章　美姬剑法

慢慢地，上官红身上的痛楚感消失了，少女见她怔怔地站着，又问道："你身上怎么有龙尊的夺魂内力？这是不可能的，不可能的……"少女像是在极力思索一件事，一件揪心的往事，独个儿自言自语。

上官红也感到奇怪，近段时间自己身上似乎蓄聚了一股博大的内力，难道是柳弟吞了那颗蓝珍珠，参悟了龙尊的毕生武学，后来通过冰蚕将这股内力又分给了自己，使自己内力陡增。原来武林浴血争夺的那《夺魂心经》根本不是什么武功秘笈，而只是一颗采集黄山九顶灵气，揉合龙尊盖世武学的一颗神珠，是用来吞的，再由自己的悟性，把其转化成自己的功力，而这种盖世神功被柳天赐和她共同拥有了。

其实上官红只知其一，柳天赐体内的血流入她体内，主要是冰蚕吸出的"千毒神珠"来逼出上官红身上的"化骨散"，而得到的龙尊的盖世神功只是很少的一部分，但这很少的功力还是被少女察觉到了。

上官红看到少女痴痴癫癫的样子，顿时有了主意，拿出她的老法宝——到关键的时候赌一把，笑了笑，说道："怎么不可能？龙尊是我师父，我就是龙尊最后一个关门弟子。"

果然，少女的眼睛闪着惊异的光芒，"白佛和黑魔是他的徒弟，他一生只收这两个徒弟，你是他的关门弟子？"

"我是一个孤女，被师父带到东嬴山，传了我《夺魂心经》和天魔、地罡两种剑法，我不是他徒弟，是谁的徒弟？"上官红听到柳天赐讲的关于龙尊的片甲鳞爪，就凑合的用上了。

“那他给你说到我没有？”少女有点半信半疑了。

“当然说过了，他跟我说姐姐是天下第一的美人，功夫又好人又乖。”上官红心想夸你漂亮总没错，按年龄算，少女只能算龙尊的孙女儿，所以上官红才想出个“乖”字来称赞。

“嗯！亏他还想起我。”少女脸上出现了一抹难得的红晕，上官红感到奇怪，那是少女特有的羞红，难道这少女爱龙尊，上官红简直不可思议，少女脸色柔和了不少说道：“小姑娘，你叫我姐姐？你知道我今年多大了？”

上官红说道：“姐姐肯定是跟我差不多的。”

“我跟你师父同年同月生的，只是你师父比我大三天，没想到我伤他的心伤得那么深，可我自断双脚，也应对得起他，他不应这样恨我，从不到美姬谷来看我，难道让我‘毒牡丹’向他叩头认错!”“毒牡丹”像是和上官红谈心般地说。

上官红不由得目瞪口呆，和龙尊同年同月那应该有一百五六十岁，一百五六十岁有这么花容月貌，像这个年纪与自己容貌相仿的妙龄少女，难道她不会老吗？但上官红嘴里却说：“哦，你就是师父经常说起的‘毒……’美姬谷谷主，上官红拜见师母。”

“我可没福气做你师母。”上官红被一股力托起，竟揖不下去，“毒牡丹”语气里倒不怎么责备，“想我当年也是太任性了，太好强了，两人争来斗去，谁也不服谁，我以为是天下第一美人，而他对我不冷不热，还在江湖上惹得别人为我争风吃醋，可我还是深爱……爱着他，他也深爱着我，只是我俩谁也不愿先表白出来，他见我这样，劝了我好几次，我还以为他来嘲笑我，就说了几句令他心碎的话，没想到他就一去不复返了……”

“毒牡丹”充满自责的话，像一记重捶敲在上官红心上，她想：自己和柳天赐之间不正是这样吗，两个人都很自负，都不愿先迈出那一步……哎，下次再和他在一起，我就要告诉他我是多么爱他，可一个女孩家……还不知道他喜不喜欢我呢？……

“毒牡丹”见上官红听了她的话一怔一痴，犹豫不决，以为她在认真倾听自己的谈话，问道：“你师父这样对我公平吗？”

上官红说道：“我师父他怎么知道你深爱着他？”

“毒牡丹”厉喝道：“除非他是瞎子，瞎子也看得出来！”

上官红说道：“那我给你讲个故事，说是一只蝴蝶很喜欢一朵牡丹花，经常停在牡丹花的枝头，牡丹也很喜欢和这只蝴蝶交谈，但这朵牡丹觉得这只蝴蝶与众不同，和他在一起又患得患失，她多么想这只蝴蝶拜倒在她的石榴裙下，可这只蝴蝶始终是若即若离地飞在她的身边，牡丹花就用她的芳香招引别的蝴蝶，来向那只她深爱的蝴蝶表明，没有你我照样活得开心，那蝴蝶看到牡丹花成天快乐无比的样子，伤心透了，心想原来她并不爱我，就要离开她，后来这只蝴蝶作蛹，花儿飘落，居然看到蝶蛹还留着自己的花粉，她后悔极了。”

“毒牡丹”认真地听着上官红的讲话，嘴里喃喃地说：“‘化蝶成蛹’，他也讲了这个故事给我听！他也是这么讲的，可我那时名声太坏了，江湖上都称我‘淫毒牡丹’，我玩弄着别的男人，然后杀了他，可他居然离开了我，离开了‘美姬谷’，可他难道没有一点错，这一切都是他引起的……”

上官红见“毒牡丹”一百多岁的人了，还像一个为情所困的少女，在自叹自艾，不由感到一种怜悯，随口吟道：“问世间情为何物，直教人生死相许。”

“毒牡丹”怔怔地望着她，说道：“他也念过这首诗，他也念……”

上官红笑道：“这些都是我师父教的。”

“毒牡丹”问道：“他还教了你‘龙尊剑法’和《夺魂心经》是不是？”

上官红一时不明白“毒牡丹”问话的意思，就试探地说：“师父说天底下你和他的武功才称得不差上下，我不喜欢那刚猛的招式，所以尽管想全部教给我，我也不大想学。”上官红根本不会什么“龙尊剑法”和《夺魂心经》，怕露出破绽，只好说自己不想学。

“胡说！‘龙尊剑法’和《夺魂心经》是天下最高的武学，是他从师父的‘美女剑法’和《夺魂心经》里面参悟出来，但我要彻底打垮他，天下武功第一我要争过来，于是我终于悟通了师父留下的‘美女剑法’和《夺魂心经》，但我想，我和龙尊只是参透了它的一部分。”

上官红感到骇异，只是参透了一部分就能独霸武林，要是全部参透，那还得了。

“你想怎样打垮我师父？”上官红好奇地问道。

“我叫朴易知代我去找天下最美的少女，为此我还传了他一招‘美女剑法‘所以他叫我师父。”

上官红想起朴易知的员外像，居然有这样世外高人的师父，问道：“朴易知能进来？”

“他是进不来的，是我把他领进来的，我那天要到湖边采气，正逢朴易知要强奸他师妹，师妹不肯，我觉得这样的男人才是真正的男人，敢爱就敢做，我把那女的杀了，教了他一招，然后给他吞了一颗‘女宫纱’，去给我找美女过来，找了十来个，我都不满意，都杀了，你是我最满意的一个，所以也是我‘毒牡丹’唯一的弟子。”“毒牡丹”美目含喜，轻脆的声音娓娓道来，说得轻描淡写。

上官红听得头皮发麻，天啊，强奸师妹的男人在她眼中成了一个真正的男人，不漂亮的就杀了，将自己收为唯一的女弟子，那阿香和阿翠呢？

毒牡丹似乎看到了上官红的心思，接着又说：“阿香和阿翠都是留下来侍候我的，她俩跟你比差远了，她俩还不配当我的弟子，所以你是我‘美姬门’的第一个衣钵传人，在传你‘美姬剑法’之前你必须忘掉以前的武功。”

上官红心想：这“美姬剑法”本也厉害，朴易知只学一招，就在江湖上挣得一个“善面阎王”的名头，反正现在自己已没有退路，不如认了这个师父，学个十招二十招，就可以和柳弟并驾齐驱，想着就跪下来叩首叫道：“弟子上官红参见师父。”

“毒牡丹”这一次倒没有托起她，很满意地说：“你这小姑娘倒挺乖巧的，不过，师父你也别叫得太早，我这路‘美姬剑法’共分为七式‘有情剑法’和七式‘无情剑法’，两种剑法在有情或无情的意念之中，一攻一守，相生相克，没有很高的悟性，你一辈子就要困在‘美姬谷’。等你练成了，你身上的‘女宫纱’就消除了，到那时你就可以出谷，从此你便是我当年的影子，即豆寇年华的‘毒牡丹’，我要看看是不是只我一人才会走上这条路。”

上官红心想，我会变成你的影子吗？不管怎样，我不想一辈子困在这里，“美姬谷”再好，没有柳天赐在身边，也觉得不好，所以我目前的唯一做法就是练成“美姬剑法”，走出“美姬谷”去找柳弟！就急切地问：“师父什么时候教我‘美姬剑法’？”

“你是否想尽早的离开‘美姬谷’？”“毒牡丹”满脸愠怒地说。

“不是这样，师父，我只是想尽快地学会‘美姬剑法’，忘掉龙尊师父的刚猛剑法，然后去和白佛和黑魔比试，以证明两位师父的武功。”上官红灵机一动，说道。

“就是学会了‘美姬剑法’也不一定能胜得了，我认为我和他各自悟出这两套剑法，应该是从两种不同的角度来解悟的，各有长短，但我想和他不差上下是可能的。”“毒牡丹”若有所思地说。

“师父，那你为什么不将两种剑法揉合在一起，取长补短呢？”上官红说。

“毒牡丹”神情有点忸怩，笑了笑说：“他以前和我在一起也谈到过，后来他再没提到过，再后来我俩就再也没见面了。”

“毒牡丹”一笑真是太美了，一百多岁居然有少女的粉腮红脸，是不是洗了“香妃溪”的水，上官红又想，以后我可要主动的提出和柳弟切磋这两套至高剑法，创造出一套更臻完美的剑法，嗯，就叫“上官柳剑”。

“毒牡丹”看到上官红脸上一惊一喜，以为看到了自己的心思，脸色一正说：“‘美姬剑法’不是我教你，等下叫阿香和阿翠带你到‘石像洞’里，你自己去参悟，如果你练成了，你自然就会出去，但出去就不要说起我，如果你没练成，你身上的‘女宫纱’就会让你死在‘石像洞’。”“毒牡丹”说完拍了两下手掌，阿香和阿翠就过来领着上官红向“美姬谷”夹缝走去。

陡峭的山壁环抱着“美姬谷”底，而在美姬谷底的前侧，又有两壁山峰对峙而立，风吹草动间留着一条只能容一个人通过的小径，这条小径是一直通到山洞里去的。

阿香和阿翠停下来说道：“你进去吧，妹子，你是我送进来的第八十个。”

“第八十个，那她们呢?”上官红大惊道。

“她们都死在‘石像洞’里了。妹子，你是长得最美的一个，我想你肯定能学成的，我听谷主说，这‘美姬剑’法讲究的就是一个‘美’字，越美就越容易学，谷主自断双足后，就把‘美姬剑法’制成石像，谷主说主要是她们都有美中不足的方面，有的是眼睛小了点，有的手指长得不好，有的体形不优美……而你长得那么完美，谷主能收作唯一的弟子，说明谷主对你很有信心。”阿香和阿翠难得有人和自己说话，就对上官红赞不绝口地谈了一大堆。

上官红虽然感到不可置信，这“美姬剑法”毕竟是一种剑法，怎么对容貌和身材要求得这么严，但听到阿香对自己的直言称赞还是感到高兴，说道：“多谢二位姐姐，我进去了。”

“美姬谷”虽然幽暗，但“石像洞”却有一道狭长的亮光照进来，上官红慢慢地才适应了里面的景象，可令上官红大失所望的是，石洞不深，只有一尊石像，一个裸体少女持剑而立着，姿势确是优美，像个正在舞蹈的少女，不管从哪个角度看，都给你一种很赏心悦目的美感，那剑是斜斜的刺出的。

上官红仔细地端详着石像，越看越美妙，自己禁不住依样站立，但不知怎样，越是刻意地模仿，越是觉得别扭，上官红不觉有点灰心，难道这舞蹈式就叫“美姬剑法”，看姿势优美，学起来怎么这么别扭，上官红摸了摸石像，竟发现这石像和自己有些相像。

其实天下的美女美到一定的程度都有一个标准，“毒牡丹”雕塑石像就是按照头脑中的美女印象雕出来，上官红就是一个美女，吻合了“毒牡丹”的印象，所以上官红觉得石像很像她，感到很亲切。

上官红一喜，她发现她手触摸的有字迹的凹凸感，俯身细认，在石像的胸前有几行小字：“美姬剑法之无情剑第一式：无拘无束……”下面写着一些运剑行气的口诀。

上官红依法行气，果然身体变得灵动，人有一种被陶醉的感觉，飘飘欲仙，她随意地舒展了几下，竟有几分像石像的姿势，上官红越练越觉得这一剑式的深奥，姿势也变得流畅起来，练了五天，上官红完全沉醉在这随形所欲的境界，已经浑然忘我。

上官红像石像少女剑尖斜斜向下一刺，如风吹弱柳，身形优雅风韵，跟着身上真气流转，劲贯剑尖，剑已刺到石像的足三里的穴位，然而这一招“无拘无束”的剑招已达到境界，就会从这意想不到的方位刺到敌人的足三里。

“轰”的一声，石像的后面打开了一道闸门，上官红小心翼翼地移步走进去，第二个洞里也有一尊裸体少女的石像，这尊石像的少女举剑平刺，姿势之优美令上官红感到惊叹，轻盈妩媚如雪花曼舞。

这次上官红轻车熟路，一看少女的胸口果真如第一尊石像少女，上面刻着：“美姬剑法”之无情剑第二式：无中生有……上官红模仿石像少女的美妙姿势，觉得举手投足，甚是别扭，感到甚是奇怪，自己在第一式“无拘无束”中已经挥洒自如，而在第二式中，手脚变得如此生硬。

突然，上官红想到“无拘无束”，仿佛头脑闪现一道火光，恍然大悟，这套“美姬剑法”重的是体现在一个“美”字上，不能去刻意地模仿，而是尽情的挥洒，达到心神合一，上官红欣喜无比，运气款步摆腰，“刷”的一剑平胸刺出，刺向少女的天池穴，“轰”的一声，又洞开一扇门，露出第三尊石像，石像少女举剑上挑，是“美姬剑法”第三式“无可奈何”。

上官红觉得这套剑法越学越玄，气息运行愈来愈通畅，飘逸从容，行云流水，她知道她每练好一招，剑会准确无误地刺到石像少女的某一穴位，然后又露出另一尊少女的石像，介绍下一招式。

也不知过了多少时日，上官红脑海中只有那美妙的舞姿，后面的招式所花的时间少得多，由第四式“无影无踪”、第五式“无穷无尽”、第六式“无所不为”到第七式“无情无欲”上官红已经过了六道门，学了“无情剑”的七式，上官红喜不自胜，将“无情剑”七式连起来练了一遍，“刷，刷……”剑影飞舞身形翩翩，石像少女的足三里、天地、璇玑、天突、人中、印堂、神庭七处穴道被点，“轰”的一声，石像后面又洞开一扇石门。

上官红这次看到的石像少女却不同以前，她身态无骨似水，美妙至极而又似乎缠绵悱恻，情意绵绵，上官红俏脸一红，她不由想起了柳弟，“无情剑”已把她引入一个忘我境地，真的无情无欲看到这石像少女腼腆含羞的姿势，又牵动了她的情愫。

不管怎样，我要学会这套“美姬剑法”，出去找柳弟，她仔细辨认石像少女后背的小字，上写着“美姬剑法，之有情剑：情不自禁……”以“无情剑”到“有情剑”，上官红一下子适应不过来，练了四五天还没开启第二道门，后来一想，这“有情剑”重点在“情”字上，只要一想柳天赐心中升起一股柔情，剑随意走，直刺石像少女的后脑的风府穴，如前面一样，石像少女的前面开启了一扇石门。

经过一段时日，上官红又闯过了六道门，将“有情剑”七式“情不自禁、情真意切、情意绵绵、情悠我心、情腹合一、情归何处，情深似海”练成。

上官红感到体内的真气也是像一条小溪蜿蜒运行，在体内涓涓而流，剑法如流水一样随意流淌，剑身合一，仿佛是一支随心如意的剑，上官红感到说不出的舒畅，行云流水的“美姬剑法”十四式挥洒得淋漓尽致，点上第十四尊少女石像全身前后十四处大穴。

“轰”地一声，少女石像从中间裂开，吓了上官红一跳，上官红定睛一看，少女石像中间的肚子里放着一个木匣，木匣是黑色的，成条状的长方形。

上官红惊奇无比打开木匣，里面有两个长槽，其中一个槽里躺着一把红剑鞘，剑鞘是紫红色，露在外面的剑柄是蓝色的，泛出晶莹的蓝光，上面镶着一颗殷红的宝石。上官红拔出宝剑，顿时洞里充满柔柔的蓝光，剑身极薄，像一块若有若无的薄冰，用手一摸，发出悦耳的“铮铮”脆响，剑刃一面刻着“无情”一面刻着“有情”，中间刻着“美姬剑”三个略大的字。

另一个槽是空的，槽底写着“龙尊剑”三个字，上官红一想，原来自己的师父“毒牡丹”名字叫“美姬”，她对龙尊一往情深，可结果还是失去龙尊，就隐居在“美姬谷”，把自己所使的美姬剑封起来，煞费苦心，想与龙尊剑合在一起，但又得不到龙尊剑，带着无限的哀怨留下一个空槽……

在两个槽中间刻着两句诗“长恨绵绵无绝期，空使美姬长对月”，字迹娟秀，肯定是美姬留下的。

上官红拿着剑伫立良久，仿佛看到一个绝代佳人坐在窗前，望着一轮孤月，发出一声缠绵悠远的叹息……似有千种风情，更与何人说？上官红觉得怅然不已……

心想：对一个深爱的女人，龙尊你为什么要狂傲自大，为了那自私的面子，竟然离她而去，而宁愿让这份爱成为一种遗憾，为什么你不能稍稍屈就，因为你的屈就是为一个深爱着你的女人……上官红深深的为“毒牡丹”美姬而感到不平，心道：我一定要找到另一把龙尊剑，装在木匣的空槽里，完成这一缺憾，这两柄剑应是天下罕见的宝剑，那它的主人应是一对璧人，这对璧人武功盖世，就是由于彼此没向前走一步，而拉开了万里！

上官红自问道：“柳弟不也没有对自己表白什么吗？难道有惊世武功的人，都有一种傲慢吗？那他爱不爱我？他现在在哪里？”

上官红思潮起伏，恨不得马上见到柳天赐，可又怎样出“美姬谷”呢？

上官红拿着宝剑，关上木匣，放回少女石像的腹部。突然，少女石像前面又洞开一道石门，原来这木匣也是一个开启石门的机关，只有把剑拿出来，才能开启这道石门，说明剑的主人“毒牡丹”美姬是要将这把剑送给她。

更令上官红欣喜的是，一抹阳光斜射到洞里，水汽冉冉飘到洞里面，上官红拼命地吸了几口新鲜的空气，走出洞口，是一片茫茫无垠的湖水，上官红想起来，这就是朴易知领她来时的鄱阳湖，洞口比湖水高出四五丈。

上官红真有点“洞中呆一日，世上几千年”的感觉，自己现在就可以离开“美姬谷”了，心中竟有些依依不舍，但她又多么迫切回到柳天赐身边，替师父找回另一把“龙尊宝剑”，然后就和柳弟回到“美姬谷”双宿双栖……

上官红向洞口拜了几拜，提着剑，走到湖边，湖边的木桩上系着一叶扁舟，随着波动的湖水飘荡，小舟已经很旧，似乎在江边已风吹雨打几十年，上官红感到惊叹，原来这一切都是在师父的计划之中。

远望天边，朝霞万丈，湖水中霞光粼粼，吹来初冬的寒风，上官红解开舟，将小舟向天际划去……

上官红弃舟上岸，走到了一个三叉路口，三叉路口的正中有一棵老槐树，槐树的下面有一间茅屋，寒风吹得草絮横飞，门口拴着四匹马，这四匹马高大俊朗，是属于那种征战的蒙古马，店门口摆着几张木桌，四个军爷模样的人正坐在那里喝酒谈笑。

上官红心想，这是客人用来打尖的路边小店，从这几个喝酒的军爷来看，都是风尘仆仆，似乎从远道而来，大冷天在外面喝什么酒，反正肚子饿了，先吃点饭再说，上官红走到店外的一张空桌上坐下。

上官红刚一落座，四个军爷模样的人"刷"地停下谈笑和喝酒，张口结舌地望着上官红都痴了，上官红俊面血红，原来她从"石像洞"出来，身上还是穿着紫衫，是一个风姿绰约少女的打扮。

四个军爷模样的人，倒不是因为天寒上官红还穿着紫衫，而是从没看到这样的绝色佳人，何况在这村野小店。

上官红也注意到这四个人，身材高大魁梧，皆虬须大脸，自小在帅府长大，她认识这是蒙古人特有的骨架和脸形，身上尽管穿着汉兵的服装，南宋末年，兵荒马乱，许多官兵趁火打劫，烧杀抢掠，在路上碰到上官红倒也司空见惯，但上官红觉得四人特别惹眼。

上官红毕竟是一个姑娘家，被这样火辣辣地盯着颇不好意思，就转个面，背对着四人坐着了，要了一碟炒粉和几碟小菜，独个儿吃着。

静了一会儿，只听见一个压低嗓子嘻嘻地说道："陆爷，只听说中原出美女，这次真让我见识到了，啧啧，真是绝了。"听声音是坐在她背对面的一边肩膀高一边肩膀低的军爷伏着身子对他左边称作姓陆的军爷说的。

"察尔汗，这女子是长得绝美，你们可看到她背上背的那宝剑！"姓陆的军爷说道。

"啧啧……"四人都发出啧声，口口称赞。

"美女佩宝剑，真是暴殄天物，这等上好的宝剑，只有大汗能佩。"

坐在左首的满脸马疤的军爷肆无忌惮地说道。

“嗯，大家快吃，别误了大事，不要让判贼上官雄赶到我们前面。”和上官红背靠背年纪稍大的军爷，不安地说道。

上官红猛地一惊，虽说自己离开汴京的将帅府已有五六年，但父亲上官雄对自己庞爱日久加深了自己的思念，自己误进密室，看到了使她费解的一幕，直到现在她似乎明白了些什么，冥冥感觉到父亲是个雄心勃勃的人，因为父亲毕竟是宋人，投奔元军，早被世人所不齿，所以自己从未在柳天赐面前提到父亲，这四个人怎么说父亲是个叛贼呢？上官红不由得凝神倾听。

四人听了，果然低头吃饭，一会儿风卷残云，把饭吃完了，满脸刀疤的军人高喊：“老头，我们身上可没带银子，等我们回转再给你。到‘九龙堂’怎么走？”

从茅棚哆哆嗦嗦地跑出一个老头，低声说道：“军……军爷，小老头是靠这维持……生活，你哪怕少……给……”

“他妈的，什么少给、多给的，老子吃饭是从不给钱的，真是反了，啰里啰嗦，找死啊！快说，到‘九龙堂’怎么走？”刀疤军爷一拍桌子，满桌的碗筷拍散一地。

老头赔笑道：“是，是……军爷从这里往前走到九江码头，然后沿着码头顺着江边向下，十来里路就到了，军爷好走。”老头急于打发四个无赖，说话也利索了。

四个人正准备骑马上路，忽然听到一阵急骤的蹄声从北面传来，眨眼间，只见一个青年怀里抱着一个绿衫少女飞奔而来，后面紧追着一彪人马。

上官红回头一看，那青年显然已受伤了，步伐踉跄，走到蒙古军爷的身旁，身一欺反手一带，将带疤的军爷拽下马来，抱着绿衫少女横骑马上，两腿一夹，马负痛绝尘而去，后面一彪人马为首的五人竟然是“西天五杀”。

上官红一下子没反应过来，惊呼一声："弟弟!"

那怀里抱着绿衫少女、抢马而去的青年，就是上官红日思夜想、正要去找的柳天赐!

刚刚走出"美姬谷"，在这村野就碰到柳天赐，虽说是擦肩而过，还是使上官红激动不已，上官红来不及细想，身形一起，向前劲射，因为马跑得太快，马尾飘起，上官红伸手一探，抓住马尾梢，凌空翻转，身子稳稳地落在马的后屁股，贴着柳天赐坐着。

尽管上官红去势甚急，但身子婉转灵活，姿势美不可言，如天仙下凡，把四个军官看得目眩眼花，连纵马追赶的"西天五杀"也都愣了愣。

柳天赐见有人身法如此之快，欺到自己的身后，大吃一惊，将绿衣少女放在马鞍上，右手往后一挥，一招"天魔行空"向后拍去，谁知从来人身上滑过去，正感大骇，只听到耳边一个熟悉轻脆的声音说道："弟弟，是我!"

柳天赐身子一颤，叫道："姐姐!"回头一看，顿觉眼前姹紫嫣红，上官红正满面桃花，含情脉脉地看着他，与自己挨得那么近，就闻到她身上散发的芳香。她仿佛有万语千言从她眼中说出来。

也许身子一愣，把马背上的绿衫少女抖动了，绿衫少女痛地呻吟了一下，柳天赐赶紧回头，想把绿衫少女环抱在怀。

这匹蒙古马甚是骠悍，虽然驮了三个人，还是健步如飞，一点也不感到乏力，由于上官红一拉马，落在它的后背，马胯一曲，加上柳天赐一分心，手一晃没抱住绿衫少女，绿衫少女反而从马背上滑落下来。

略一停顿，后面"西天五杀"的一彪人马已追了上来，追在最前面的是老四"绝杀"顾人灭，见绿衫少女掉下来，手一抡，飞虎爪呼啸而来，"绝杀"这根飞虎爪最适于远处进攻，一抓一带，将敌人头骨给抓破，故人称心狠手辣。眼看绿衫少女衣背就要被抓，柳天赐侧身一探，身子已脱马背，右手一抄、一带，将绿衫少女抱在怀里，想回到马背，可由于左脚受伤太重，一脚跨空，两人同时掉在地上。

上官红大急，回身一抓，想把两人提到马上，可人坐在马的后屁股，就顺势溜到了地上，马受惊，自顾自地飞跑而去。

“西天五杀”一彪人马已将柳天赐三人围在中心，柳天赐怀抱着绿衫少女，脸上已淌下豆大的汗珠，显然已痛楚难当，绿衫少女躺在他怀里，此刻嘴唇干裂，脸色苍白，已是中毒很深的样子，柳天赐望着上官红，笑了笑，说道：“姐姐，我很想你。”

连“西天五杀”一起，穿黑衣的汉子共有二十余人，二十多人立在马上愣了愣，哪来这么漂亮的妹子，在“九龙堂”里他们看到上官红时脸上满是污泥，所以“西天五杀”都不认识这个漂亮无比的姑娘。

老二“夺命刀”李冲，用手拍着马背，跨步向前，冷笑道：“谁不好冒充，还冒充日月神教柳教主，看你小子有什么能耐。”柳天赐侧面而视，向上官红说道：“姐姐，快走，我和绿鹦姑娘不要紧。”

柳天赐怎知上官红被朴易知抓到“美姬谷”已学会了一套和龙尊剑法并驾齐驱的“美姬剑法”，论剑术上官红已与柳天赐不差上下，但柳天赐身上已凝聚了日月精华，内力比上官红高出了不少，故怕上官红被抓，催她快走。

而上官红一听，觉得仿佛受到了伤害，心想：叫我快走，和绿鹦姑娘在一起，不是明明把我排斥在你两人之外吗？能和绿鹦共生死，那我上官红呢？

上官红向绿鹦一看，果然记得是那天晚上和“金玉双煞”坐在一起，充满稚气的少女，虽然中毒很深，脸色苍白而带有黑气，还是能看到她明快的脸线和天真无邪的模样，此刻正安稳地躺在柳天赐的怀里，回想到柳天赐为了救她，那急切的样子，不由得芳心大乱，怔怔地站在那里。

“西天五杀”忌讳柳天赐武功太高，只围不攻，见柳天赐关心上官红，顾人灭飞虎爪一吐，向上官红抓来，“追魂剑”王少杰和“一点喉”钱冷从侧面夹击而去。

果然，柳天赐抱着绿鹦，一招“天魔出击”向顾人灭扑去，而这正好撞到王少杰和钱冷的剑光之下，好一个柳天赐，一声长啸，身子俯冲，右手两指向顾人灭眼睛刺去，两脚分开分别踢向王少杰和钱冷的心窝，这是一招只攻不守的两败俱伤的打法，三人不得不撤招，钱冷挥剑一扫，刺向绿鹦的咽喉，王少杰平剑一挺刺向上官红的少海穴，顾人灭飞虎爪绕了一个弯还是向上官红的头顶盖抓去。

而上官红痴痴地站在那里，置若罔闻，似乎伤心至极，流下了两行眼泪。

柳天赐大急，身子一裹，把自己背部给钱冷，身子倒飞，伸手一抓，抓住顾人灭的飞虎爪，往回一拉挡住了王少杰的剑，火星四溅，王少杰的剑刺在飞虎爪处，一下子拿捏不住，“踉跄”一声掉在地上。

三人大吃一惊，常人在脚踝已挑断的情况下已不能行走，没想到柳天赐身负重伤，脚踝经脉被挑，还如此神勇，不禁骇然，站在那里窥视机会。

柳天赐虽然解救了上官红，但后背还是被钱冷划了一道长口，由于身上凝聚龙尊真气和日月精华，马上结痂，不再流血，双手还是抱着绿鹦，叫道：“姐姐!”已经体力不支，人竟然倒下。

上官红身子一颤，向下一看，看到柳弟身上伤痕累累，血迹斑斑，脚踝处露出尖尖白骨，恍如从梦中醒来，蹲下身子，托起柳天赐的头，泪如泉涌地说道：“弟弟，他们怎么这么狠心，把你伤成这个样子！很痛么，弟弟?”柳天赐只觉得仙女姐姐怪怪的，两个月来在“九龙堂”受尽折磨，总算和绿鹦死里逃生地跑出来，听了上官红的话，仿佛忘了所有的痛苦，笑了笑说道：“姐姐，你到哪里去了，我好担心你。”

柳天赐只觉得春光乍泻，心想凭上官红的本领，今天也逃不出“西天五杀”的追杀，但只要仙女姐姐在身边，死了又怕什么，反而觉得心里坦然，唯一的遗憾是没有保护好绿鹦。

“西天五杀”本是杀人如麻的大魔头，见到柳天赐和上官红在大敌当前的情况下还是含情脉脉地对视着，说些无关痛痒的傻话，不知道葫芦里卖的什么药，更不敢轻举妄动。

等了一会儿，见上官红还是托着柳天赐的头心痛不已，“夺命刀”李冲大叫一声：“你娘的，还在这里装神弄鬼，老子先宰了你，让你俩到阴间作一对野鸳鸯吧。”说完抡着鬼头刀向上官红砍来，想把上官红的手给切下来，刀势凌厉。

上官红轻轻地放下柳天赐，从背上拔出“美姬剑”，只见一道柔柔的蓝光一闪，在上官红优美的舞姿中，李冲嚎叫一声，拿刀的右臂已掉在地上，随着蓝光闪动，上官红就像蝶穿花间，凌空飞舞，连使五招，五个人或跪或站，有的还摆着特别进攻的姿势，呆站在那里，脸上的笑容也凝固了，剩下的人骇然失色，四散而逃。

上官红练“美姬剑法”刺的都是石像少女，当时没有感觉，没想到“美姬剑法”招上刺敌，点穴手法不差分毫，想自己在“九龙堂”和白素娟突围时，要不是“霹雷神珠”差点被“西天五杀”所擒，没想到自己今天五招就摆平了，感到满心喜悦。

柳天赐更是感到不可理喻，短短的两个月不见仙女姐姐，武功竟精进如斯，柳天赐看到上官红所使的五招姿势优美，剑刺的方位令人意想不到，因为身体所要做的动作，明明是向右边偏出，而剑尖刺向的是王少杰的左脚足三里，所以王少杰就直挺挺地跪在柳天赐面前，柳天赐笑道：“我柳天赐可消受不起，五位请起。”可王少杰脸上仍是满脸惊讶之色，因为他在进攻上官红的时候，因上官红翩翩起舞，满脸惊讶，上官红一下点住了他的穴道，快得他来不及变换表情，脸上的肌肉一下子僵住了。

上官红看到柳天赐又回复到玩世不恭、嬉皮笑脸的模样，心里一乐，再看到王少杰的脸上文不对题的表情，不觉和柳天赐相视莞尔一笑。

由于笑时牵动了伤口，柳天赐嘴角一咧，手一抖，怀里的绿鹗咂了咂嘴巴，像睡得很舒服，被别人弄醒了，“嗯”了一声，嘴里喃喃地说：“黑虎，黑虎。”

上官红不解地问道：“黑虎是谁?”

柳天赐从地上扯了一根草茎，放在嘴里嚼着，漫不经心地说：“我就是黑虎。”

“你叫黑虎?”上官红从没听到柳天赐有什么叫“黑虎”的小名。

柳天赐天真地笑了笑说道：“把我扶到马上，我慢慢地讲给你听。”

“看你伤得这么重，你是逃出来的?”上官红关切地问道，她只记得柳天赐被罩在一张大网里。

柳天赐笑道：“我们要走的路程还很长，这所有的问题，我以后再慢慢地解答。”

上官红却惊慌地瞪着眼睛看着他，原来“西天五杀”所骑的五匹马，有的用舌头舔着柳天赐的手，样子甚是亲热，有匹马还伏下身子，似招呼柳天赐坐上去。

柳天赐知道，自从吞了东赢山山洞里的七彩神珠，其中就有一颗“通灵珠”能让动物感到他就是自己的同类，从而在思想上同化了，所以马儿就都亲昵地围着他。

上官红嘻嘻一笑：“咦，真是树倒叶也落，看来马也是满势利，见主人跪下，自己也跪下来求你。”

柳天赐笑道：“礼遇之下必有所求，我想这马肯定是有什么要求我的。”说着伸手在马屁股上拍了两下，那马见自己的同类有如此友好的表示，欢快不已，一声长鸣。

上官红笑道：“原来是求你拍马屁的。”

马的欢快长嘶，又把昏迷中的绿鹗惊醒，紧紧地抓住柳天赐的手臂，喃喃地叫道：“黑虎，黑虎。”

上官红心里酸酸的，恨不得自己中毒了，也可以这样躺在柳天赐的怀里，嘴里却说：“弟弟，你负伤太重，绿鹦妹子交给我吧！”说完走过去把绿鹦抱起来放到自己的马前坐着，伸手揽着她。

柳天赐趴上伏在地上的马背，说道：“绿鹦是为我而中毒的，我们必须去找‘千毒不毒怪’为绿鹦化毒，然后再去秦岭的‘天玉壁’接任日月神教教主，戳穿阮星霸的阴谋。”

上官红听到柳天赐这一说，满心欢喜，把绿鹦毒一化去，就是我俩到秦岭，而不是三人，真恨不得把“千毒不毒怪”找到面前。

“‘千毒不毒怪’成天和‘千毒怪’形影不离，在江湖上到处乱跑，我们怎么找到他！”上官红见过“千毒怪”和“千毒不毒怪”，知道他俩的禀性。

“‘千毒怪’和‘千毒不毒怪’住在湖北随州桐柏山的‘药崖’，又正与秦岭顺路，我俩只有去碰碰运气。”

上官红听说绿鹦是为柳天赐中毒，顿生好感，把绿鹦小心翼翼地放在胸前，与柳天赐并路而行。

柳天赐为了救绿鹦，纯粹是靠一股硬气支撑，现在与仙女姐姐一路谈笑，不由觉得全身松懈，人反而疼痛难忍，自己单凭着裸露在外的脚踝，抱着绿鹦从“九龙堂”逃到鄱阳湖边，真是不可思议，连自己也大吃一惊。

上官红心痛不已，想找一家农舍先住下来，为柳天赐包扎好伤口，等明天再走，可兵荒马乱之年，村落萧条，人们都未等到天黑就早早地闩上门，过着人人自危的生活，柳天赐一看到沿途的惨景，一种难言的苦闷压在心头。

好不容易走到一个有灯光的小村庄，两人停马下来，上官红抱着绿鹦伸手敲了敲门，柳天赐马上昏了过去。

木门“吱呀”一声打开，开门的是个颤颤巍巍的老头，老头一脸苦黄色，饱受饥苦的模样，老头打开门吓了一跳，门口站着一个花容月貌的少女，以为眼睛花了，揉了揉眼睛才说：“姑娘你……你……”

上官红说道："老丈我两个朋友受伤了，不能赶路，请老丈行个方便，让我们借宿一晚。"

老头打量了一下上官红怀里的绿鹦和伏在马背上的柳天赐，见两人身上果然血迹斑斑，这年头，为了扩充兵源，南宋和蒙古军队到处抓壮丁入伍，连女孩也抓，许多青年从军营里逃出来，被打得遍体鳞伤，老人经常碰到也不感到奇怪，见三人打扮，也不像行蛮的人，就提着油灯把三人领到后房。

房里有张床，老丈说儿子被抓去当兵了，一直没回来，所以这张床就一直空着。

老头的老伴也走了出来，听了老头说明情况，赶快打来一盆热水，给柳天赐擦洗了伤口，老人一家住在山边，家里有现成的草药，捣碎敷在柳天赐背上和脚踝的伤口上。

两位老人见柳天赐脚踝露出森森的白骨，善良的老人心痛不已，找了一片布小心地包扎起来，送走老人，上官红闩上房门，将柳天赐扶上木床，自己和绿鹦睡在地铺上。

第九章　蒙古密信

山村的夜里很静，房里传来柳天赐均匀的呼吸声，上官红却怎么也睡不着，起来坐在柳天赐床边，仔细端详着柳天赐棱角分明的脸，总是带着诡秘莫测的嘲笑，上官红从没看到如此坚毅的脸庞，这张带着互相矛盾的表情的脸，似乎有玩世不恭的神情，又有大义凛然坚韧不屈的倔强。

上官红思绪翻滚，自从自己在丽春院认识了柳天赐，似乎就在心里一直装着他，一直牵挂他，同时，自己也有这种感应，柳天赐就是她一生守望的人，到后来这份情就越来越明显了，难以自拔。

上官红感觉到柳天赐身上有一种神秘的力量，正如他脸上的表情，有时嬉皮笑脸睥睨天下的模样，有时又心怀天下正气浩然，有时又刚猛大度，有时又阴险毒辣置对手于死地……而自己身上流动的血液与他似乎是相感应的，息息相通，有时又感到相距的那么远。

上官红又想到了父亲，要不要告诉他父亲的一切，那他是喜欢还是小看她呢？上官红的心里没底，因为他觉得柳天赐既有父亲的勃勃野心，又有悲天怜人的豪侠之气，这一切在他身上是多么矛盾。父亲说，男子汉大丈夫成就大事必须不择手段，不要太沉溺于儿女情怀，上官红想到这里心往下一沉，她宁愿不要柳天赐成为什么顶天立地的大丈夫，去成就什么大事，而只想和他一起双宿双栖在“美姬谷”，那该多好！

上官红知道自从进了父亲的密室，老是有一种诡秘、不祥的感觉一直围扰着她，她想柳天赐似乎也有这种心烦意乱的感觉，是不是跟自己有什么关系呢？

上官红正在痴痴地想着，忽然柳天赐一翻身竟抓住了上官红的手，上官红大羞，以为柳天赐像在天香山庄假睡，看到自己在傻想着他的神情，可柳天赐只是静静地拉着她的手，嘴里喊道："姐姐，姐姐。"原来柳天赐是在说梦话，上官红虚惊一下，心里甜滋滋的，轻轻地拿开柳天赐的手。

突然，她听到外面传来马蹄声，马跑得很急，细听是三匹马，"呼"三匹马声在小屋门口戛然而止，在寂静的黑夜，这马蹄声特别刺耳，上官红听到有四人下马的脚步声，走路特重，震得纸窗一晃一晃，上官红赶紧吹灭油灯。

"咚咚咚"有人用拳头在擂门，震得土墙"嗞嗞"地掉下泥土，"他妈的，死啦，敲个屁。"另外一个人跟着就"扑通"一脚，一阵寒风灌到屋里来，门被踢破了。

上官红大吃一惊，听声音是今天所遇到的四个军爷模样的人，说话的似乎是那个脸上带疤的汉子。

四人蜂拥而入，屋里顿时翻箱倒柜大作。

"他妈的，居然把老子的马给抢去了，害得老子摸黑路，要是让老子下次碰到了，非把他碎尸万段不可！妈的，有人吗？人都死了，快烧饭给老子吃。"脸上带疤的军爷吼道。

"吱呀"两位老人走了出来，只听到老丈的声音说道："几位军爷真是……小老头家里已断炊好几天了，家里连一粒粮食也没有，哪来什么……"

"没有?!"上官红听到一阵扔东西的声音，"这是什么，把这三只鸡煮了给我们吃了。"传来鸡受惊的叫声，听声音，带疤的汉子找到了门背后的鸡笼。

“军爷，那可是俺两老的救命鸡，你不能……”转而又听老丈道：“我俩老不打紧，可你们三个千万别出声哇。”

上官红知道老丈在提醒自己，心里一热，心想：凭自己武功对付这四个人应不成问题，但柳弟和绿鹦人事不醒，万一有所差错，四人也不好对付，还是静听其变，到关键的时刻，一定不能让两老人受到伤害，于是拿着宝剑，凝神听起来。

“格老子，什么救命鸡。”传来鸣的惨叫声，被称为察尔汗的军爷不知从哪里学来四川骂人话，声音听起来像“阔老子”，把鸡脖子活活地扭断了，扔在老丈的面前，“阔老子，快拿去煮给我们吃！”

“嗯，里面还有一间房。”姓陆的军爷向上官红三人这边走来。

“军爷，那里放着儿子的棺材，我儿子昨天被打死，我老头没钱安葬，就放在后房，呜呜……”说话的是老妇人。

“他妈的，哭什么！快去煮鸡！”带疤的军爷吼道。

“几位军爷稍等，我这就去给你煮去。”老丈提起鸡和老妇向灶堂走去，边走还边抽泣。

四人找来几块破木板，在外面生起了火，火光从墙壁破缝里透了进来，“咔嚓”一声，带疤的军爷把厚门板掰断，分给其他几个人垫座。

上官红心想，这几个人蛮力倒挺大的。

“图尔麦，那小子怀里抱着一个少女，身法这么快，怎么一下子把你从马上拉下来。”姓陆的汉子从上官红的门边退回去说道。

“他妈的，不知他使的是什么妖术，乘老子不注意……”带疤的汉子图尔麦讪讪的说。

上官红心道：“原来这个人只有一身蛮力，并不懂武功。”

“那叫‘八步赶蝉’的上乘轻功，而不是什么妖术，那小伙子在中原可是一个罕见的高手。”年纪稍大的汉子倒很识货。

“唉，真是可惜，没和那个穿着紫衫的少女亲热亲热。”肩膀一边高一边低的汉子满带遗憾地说。

“吉古，我想你幸好没碰到她，说不定你小命都不保，那少女武功并不比那青年差，身法甚是怪异。”年长一点的军官见识颇广，顿了一下接着说：“看鸡煮熟了没有，吃完饭，我们还要赶路。下次可要注意，在路上千万不要惹祸，免得误了我们的大事。”

有人起身向灶堂走去。

“我们这次是秘密南下的，我想上官雄不会比我们还快吧。”姓陆的汉子说道。

“这也难说，上官雄这叛贼极工于心计，幸亏大汗英明，只给了一个虚位给他，要不然我大汗就完了。”年纪稍大的汉子在四人中似乎是最有威信的一个。

上官红不由心里一紧，伸手抓住柳天赐的手，忽然感到手指被柳天赐拨弄着，扭头一看，柳天赐躺在床上笑眯眯地看着他，满脸通红，急忙从柳天赐手中抽出手指，柳天赐赶快把手指凑到嘴边，轻轻地摇了摇头。

“喂，不知阮星霸接不接受大汗的建议？”被称做吉古的汉子说话颇心直口快。

“这怎么由得了他，我们带了大汗的诏书，再说阮星霸也是好大喜功的人，巴不得和我们结盟。退一步讲，他儿子还在我们手里，我们帮他夺得日月神教教主之位，然后一统武林成为武林盟主，就可以号令武林，他怎么不接受？”年纪稍大的汉子很有把握地说。

柳天赐伸手捏住了上官红的手，上官红痴痴地坐着，让柳天赐捏着自己的手，手心里沁出汗水。

“我们从北南下，一路听到关于日月神教的事，说日月神教教主向天鹏在武林大肆杀戳，丐帮、少林、武当和黄山等名门正派都在聚集人马，准备一举剿灭日月神教，这次怕是中原武林最大的一次浩劫。”姓陆的汉子用手指敲着木板说道。

“说实在的，日月神教教主确也神勇，以往带领日月神教的人攻打我们大都，一个人在千军万马中出入如入无人之境，使大汗军队连连受挫，没想到为争一个武林盟主之位，竟在中原武林掀起一场内哄，看来南宋真的气数已尽了。”年长的汉子叹道。

“这向天鹏一生磊落坦荡，英明神武，没想到一个念头，就把狐狸尾巴露出来，图谋武林霸业，谁知我们神明大汗更是棋高一着，将什么叫柳天赐的第二代教主偷梁换柱，将来日月神教就是我们手里的一枚棋子，哈哈。”带疤的汉子得意地说。

“可我总觉得向天鹏传柳天赐为日月神教第二代教主，颇为不妥，只听说柳天赐武功盖世，可毕竟是一个后起之秀，阅历尚浅，怎么能担起最大教——日月神教的教主，这一点向天鹏怎么没有考虑到呢?”年纪稍大的汉子疑虑满腹地说道。

“这样也好！不然，阮星霸怎么能鸡毛换教主，中原两个最大的水陆帮合在一起供我们大汗驱使，阔老子，这就叫‘螳螂捉蝉，黄雀在后’。”被称作察尔汉的汉子，汉话说得半生不熟。

“那叛贼上官雄被推选为中原武林的带头人，正在组织力量，准备剿灭日月神教，耳目众多，小心隔墙有耳。”年纪稍大的汉子压低嗓音说。

灶堂里飘来一阵鸡汤的香味，带疤的汉子叫道：“他妈的，这么慢，老子早就饿了。”说着，准备起身往灶堂里去。

“四位军爷，鸡已经煮好了，你们坐一下，我们这就给你端出来。”老丈走到堂屋说道。

上官红听说父亲被推为武林带头人，身子一颤，差点从床沿上跌下来，弄得床板一响，四个猛的一静，带疤的汉了拔出蒙古刀，喝道：“谁?”

老妇正端着鸡汤出来，闻言哭道：“我儿死得好冤啊，一直阴魂不散，总在夜深出来找东西吃，军爷，你就可怜我儿的孤魂饿鬼，让我送一碗鸡汤给他吃吧……呜……呜……”

“他妈的，给死人吃，我吃个屁啊，哭丧鬼。”带疤的汉子不敢走进后房，把刀插回刀鞘，伸手接过老妇手中的碗，准备喝下去。

“慢!”年长的汉子伸手制止说：“先让这老头喝几口。”这军官怕老人在鸡汤下了毒，把他们毒死，所以叫老人自己先喝，老汉低下头狠命的喝了几口，看架势要把那碗鸡汤喝完。

“妈的，够了，比老子还饿。”带疤的接过碗，把老人推倒在地骂道。老人倒在地上说：“军爷，还让我喝两口，我可三天没吃饭了。”带疤的汉子在他屁股上踢了两脚喝道：“他妈的，去！三天没吃饭关我屁事。”

老头被踢痛了，就向灶堂里爬去。

“快，给我们把鸡汤端出来，我们吃了好上路。”

老妇端出了一锅鸡汤和四个瓦盆，四个军爷就拿起瓦盆，盛满鸡汤，狼吞虎咽地喝个底朝天。

不一会儿，就听到老妇突然发出刺耳的尖笑声说道：“嘿嘿嘿，你们这些鬼儿子，你们喝了鸡汤好上路，对，喝了鸡汤好上路。”

突然，脸上带疤的汉子捂着肚子，一掌向老妇头顶拍去，惊恐万分地说道：“你……你这个死婆子，在鸡汤里……下……了毒。”掌还没拍下去，人已经倒下去了，因为他喝得最多，所以毒性发作得最快。

跟着姓陆的汉子和察尔也先后倒地，只有年纪稍长的汉子脚步踉跄的扑过来，抓住老妇的脖子，上官红见状，飞身闪出，只见蓝光一闪，汉子双手齐腕而断，但两只断手还卡在老妇的脖子上，瞪着一双惊恐的眼睛死去了。

老妇狂笑不已：“你们这些龟儿子，这些畜牲，为什么要抓我儿子，为什么要杀我三只鸡……砒霜鸡汤好不好喝……”

上官红不知道她到底是哭还是在笑，心惊不已，赶快走到灶堂，老汉已倒在灶堂的水缸边，七窍流血，已经气绝。

上官红呆立在灶堂里，感到一双手已搂紧自己的肩，不知什么时候，柳天赐已经在自己身边，这次上官红没有挣脱，竟掉头伏在柳天赐的怀里哭起来，柳天赐默默地站着。

他觉得是这两个老人的行为深深的震撼了他，老人早在鸡汤里下了砒霜，尽管年纪稍大的汉子有些疑心，但老汉置生死于度外，毅然的喝了几口，这面临生死垂危时刻，一个山野林夫是多么果断，老妇心里肯定是知道的，但她是坦然地看着老汉喝下，甚至是坦然地看到老汉痛苦地死在灶堂的水缸边，老汉怕自己死在外屋，就爬到里面，用最后一口气爬进里面……柳天赐觉得如一重物撞击在自己的胸部，深深地触动了自己……

突然，外屋传来一声惨叫，柳天赐和上官红赶忙跑出去，老妇已一头撞到墙壁上，人已死去。

柳天赐和上官红找来锄头，把老人的尸体埋在一起，回到屋里默默地对坐着。

地下倒下的四具蒙古军的尸体，脸上都泛着黑紫色，他们怎么也没想到，一生搏杀战场，竟然死在一个山野村夫的手里。

柳天赐似乎想起了什么，蹲下身子，在四具尸体上搜着，从年纪稍大的军爷的贴身口袋摸出一封火漆烫过的信，他不认得蒙古文，遗憾地摇了摇头。

上官红轻声说道："弟弟，给我，我认得蒙古字。"柳天赐欣喜地递给她。

上官红一看，信封上写着"密诏"两个字，拆开信封，里面是一封用蒙古军队内部密令专用的信，上面写道：

蒙天号令，称皇启曰。

因降将上官雄忽起叛乱，令护国大师"太乙真人"速帮阮将军夺取日月神教教主之位，速返大都，密切注视上官雄狗贼，以防之图谋不测。

令阮将军早日统一中原武林，吾将驱鹿南下，问鼎中原，令其号令武林，内应之，剿杀南宋于瓮中，吾将助其成伟业，不置余力，切……切……切……

铁木真

大都建始塑重。

柳天赐问道："姐姐，你能懂蒙古文，上面写着什么。"柳天赐不懂蒙古文，只见上面曲曲扭扭，满脸疑惑不解，见上官红嘴里念念有辞，不由大奇。

上官红从小在蒙古军营长大，虽说上官雄也教了她一些汉文，但总体来讲他读蒙文比读汉字还是来得快。

一看密信里的内容，感到震惊不已，因为信里提到了她父亲上官雄，这个既遥远而又亲切的名字，以前住在军营里还不觉得，特别是这次南下，不管任何一个人，都对父亲嗤之以鼻，把父亲与历史上卖国求荣的奸臣相提并论。

虽然这封密诏把父亲骂成逆贼，但上官红的心里还是热呼呼的，好似成天在阴暗房子住的人，突然沐浴在阳光下，她想，原来在父亲密室里所看的一幕，是父亲为了反叛大汗所操练的军马，自己年幼无知闯了进去，怪不得父亲会发雷霆之怒……

柳天赐见上官红看着书信，自豪地笑了，以为书信里有什么值得骄傲的事，又问道："姐姐，信里写些什么高兴的事?"

上官红一愣，说道："这是蒙古皇帝铁木真写给蒙古护国大师'太乙真人'的密信。"

柳天赐大惊，插道："什么，还有一个蒙古皇帝?"柳天赐从小没读过什么书，在东赢山白佛只是教他略通一些文墨，以为天下只有一个南宋，那么皇帝也只可能有一个，听上官红说什么蒙古皇帝，就大吃一惊。

上官红笑道："蒙古是在我南宋的北部，这几个被毒死的军官，就是蒙古国的，他们能征善战，已占领了我北部领土，正准备带兵南下，他们的首领，就是我们所称的皇帝，叫铁木真，人称成吉思汗。”

柳天赐若有所悟道：“哦，原来是他们打过来的。”柳天赐行走江湖，只看到到处民不聊生，满目苍凉，只知道是战争造成的，曾兴叹不已，现在才明白是蒙古人入侵中原，一路看到蒙古兵烧杀抢掠，不由得血脉贲张，猛地站起来，大声说道：“下次让我遇到，非杀掉他们不可，哎哟。”柳天赐一激动，没想到自己脚踝经脉已挑断，猛的站起来，不由痛彻心肺，坐倒在地。

上官红连忙扶起他，笑道：“下次逞英雄，先小心自己的脚。”但还是被他的英雄气概所感染，用木棒拨了拨炭火，挨着柳天赐坐下。

柳天赐余怒未消，满脸杀气，大声问道：“蒙古那鸟皇帝怎么说的？”转而一想，自己也不能对仙女姐姐较劲出气，口气一软，温和地对上官红说道：“姐姐，那个蒙古什么的是怎么说的？”

上官红“扑哧”一笑说道：“没想到你成天嬉皮笑脸，倒还忧国忧民。”见柳天赐脸红低下头，又接着说：“铁木真将要大规模的举兵南下，许诺阮星霸，帮他成就武林盟主，阮星霸则里应外合帮他灭了我们南宋，然后叫阮星霸与他共享荣华富贵。”

柳天赐双眼圆睁，问道：“阮星霸怎么里应外合？”上官红站起来，踱着步说：“那个假扮你的日月神教教主的人就是阮星霸的儿子，阮星霸早就是成吉思汗帐下的一个大将军，为了统一中原武林，他先建立了水上武林第一帮的霸业，人说‘一山难容二虎’，‘日月神教’与‘九龙帮’彼此水火不容，成吉思汗乘这次向天鹏另任命‘日月神教’教主之机，命令和帮助阮星霸‘移花接木’换下你，使其儿子成为日月神教的教主柳天赐。”

上官红心情极好，神态从容地分析着，柳天赐说道：“姐姐，你真像一个指挥着千军万马的大将军。”

上官红自豪一笑，心道：我爹就是指挥千军万马的大将军。但不能唐突地让他知道，以后再慢慢地告诉他，说道："阮星霸统一，不，是操纵了'日月神教'，也就是说统一了中原武林，到时成吉思汗率兵南下，阮星霸再号令江湖在中原内部策动内应。"

柳天赐喃喃地道："护国太师'太乙真人'，怪不得，怪不得，我们在竹园里听到阮星霸和一个身材瘦长的人讲话那般恭敬，叫他什么'国师'，先帮助他儿子登上日月神教教主之位，然后将中原最大的水陆两派'九龙帮'和'日月神教'并在一起，只待蒙古军南下，就在南部策动内应。"

柳天赐喃喃地说："怪不得，怪不得，原来假扮我的人是阮星霸的儿子。"

山村的夜晚带着柔柔的静谧，柳天赐躺在木床上，听到外面马吃草的咀嚼声，还听见外面淅淅沥沥下起了小雨，北风吹着小木窗"呜呜"的响……

柳天赐感到心平如水，浑身舒泰，在小雨声中慢慢地进入了梦乡……

柳天赐是被鸟叫声吵醒的，伸了一个懒腰睁开眼睛一看，天已大亮，打开小木窗，清晨的寒风吹得人特别清爽，萧瑟的村落经过小雨的清洗，变得生动起来，柳天赐深深地吸了口气，人感到从未有过的空灵。

"嘿，你也起来了，怎么不多睡会儿。"上官红站在他身后柔声说道。

柳天赐回头一看，上官红穿着老妇人青色的夹衣，腰里围着一块围裙，手里托着一只碗，不仅没有掩盖她的绝好身材，反而衬托她的娴淑之气，柳天赐怔了怔，笑道："娘子，柳郎这厢有礼。"然后学着戏里的人屈膝一拜，从小在妓院长大，看戏听书耳濡目染，这动作倒做得十分相像。

上官红腰身一扭，笑道："贫嘴。"又正色道："我已为绿鹦煎了一些草药，快，把碗端着，我喂绿鹦妹子喝下去。”

上官红今天心情特别好，就像雨洗过一般，把以前所有的惆怅和烦恼，冲刷得一干二净，因为她现在再也不会和柳天赐分开了，永远不会的。

她左手托着绿鹦，让她偎依在自己的怀里，右手小心翼翼地，一勺一勺将煎的药送到绿鹦的嘴里，柳天赐看着上官红那细腻温柔的动作，那双手仿佛在阳光下跳跃的红蝴蝶。

绿鹦身上的毒已有扩散现象，脸变的有些浮肿，嘴唇已有干裂，柳天赐心疼地望着她，绿鹦睁开眼，看到自己躺在一个陌生少女的怀里，动了动，想挣扎着站起来，再转眼看到柳天赐关切地望着她，露出两个酒窝，古怪地笑了笑，小声说道：“黑虎哥，这位是……”

上官红摸了摸绿鹦苍白而又略带黑紫色的脸，柔声说道：“好妹妹，我是你黑虎哥的姐姐，不要紧，我和你黑虎哥会为你治好毒的！”

绿鹦又古怪地笑道：“姐姐，你长得真漂亮。”

上官红不好意思地低下头，红着脸向柳天赐瞟了一眼问道：“好啦，妹妹，让姐姐喂给你喝。”

上官红小心地喂绿鹦喝完药，回过头，见柳天赐端着空碗，愣愣地站在后面，笑了笑说道：“药已经喂完了，你还端着碗傻傻的，你脚好了没有，走，我扶你去吃点东西，我已经烧好了三个红薯。”

柳天赐骨骼带有灵气，经过昨晚的休息，加上敷了中草药，脚后跟居然长起了新肉，只是还不能用力蹬地，估计再休息一两天就会完全好的，这在常人身上简直是一个奇迹。

老丈家里没有一点粮食，上官红只找到几个红薯，两人想起昨晚两个老人的惨死，不由心里觉得有点怅然，见上官红默默地坐在一边注视着他，问道：“姐姐，你怎么不吃？”

上官红泪水一滴，哽咽道：“我不饿，看到你吃，姐姐真高兴。”红薯烧得喷香喷香，柳天赐早就饿了，抓起一个红薯两口就吃下了。

柳天赐忽然夸张地叫道："姐姐，你的红薯烧得真好，以后我俩到杭州去，你在家烧红薯，我拿到丽春院外卖，肯定赚大钱。"

上官红知道柳天赐在逗她开心，但还是心头一热，眼里闪着光彩说："真的吗?！你真愿意和姐姐一起去卖红薯吗?"

柳天赐笑道："你先吃一个，我再回答你。"

上官红接过柳天赐递过来，剥了皮的红薯咬了一口，说道："你回答姐姐!"

柳天赐"嘻嘻"一笑说："姐姐干什么我柳天赐都愿意，不过，还是你去卖，我在旁边收银子。"

上官红说道："为什么?"

柳天赐笑道："姐姐长得那么漂亮，随便往哪里一站，杭州城烤红薯的都要收摊大吉了，我不站在一边收银子干什么!"

上官红嗔道："没正经!"但心里还是很喜悦，似乎找到了一线希望。

上官红托着绿鹦，两人走出门外，柳天赐看到两位老人的新坟，不由得感慨万千，因为这两个老人的行为对他感触太大了，两个山野村夫置自己生死而不顾，而心怀南宋，想我柳天赐堂堂的大男儿空负武功盖世，为什么不做大丈夫该做的事呢?

去将上官雄的阴谋揭露给世人看，去阻止这场武林浩劫。

柳天赐不由觉得热血沸腾，禁不住长啸一声，在空山幽谷中，这啸声激昂，传到很远，很远……

突然，柳天赐听到身后有一个人落在地上的声音，回头一看，原来是从屋檐落下两具尸体，两个黑衣劲装汉子，柳天赐大吃一惊，这两个人是日月神教打扮，两个人是被一根筷子穿颈而死，又被自己的啸声震落下来的。

奇怪的是，这根筷子是把两个人颈串起来的，所以柳天赐听声音以为是一人落地，一根筷子同时射死两个人，柳天赐自忖倒不是什么难的，可这两个绝不是颈挨着颈趴在屋檐，这只能说明，是筷子先射穿第一个人的颈部，然后带着这个人射向第二个人的颈部，这股劲力还必须上挑或斜挑，是谁有这等功力？两具尸体湿漉漉的，显然是昨晚深夜两个跟踪自己，趴在屋檐下偷听，谁知还有一个绝顶高手，伏在暗处，用一根筷子结束了他俩的性命，这个人内力已达到了出神入化、随心所欲的境界，当今天下谁有这样的功力?!

上官红也看到这一点，两人交换了一下眼色，感到愕然不已……

"大清早，谁在这里鬼哭狼嚎。"从门角落传来一个老人不耐烦的声音。

柳天赐和上官红吓了一跳，门角落还蜷曲着躺了一个人，是一个红光满面的老头，穿着很破的衣服，腰里扎着一个酒壶，怀里抱着一根竹棍，一双破鞋挂在颈上，像是怕人偷去，蜷曲着身子睡在门角落，因为衣服又脏又破，加上漫山遍野的大雾，两个人走出大门谁也没注意到。

老人睡在那里，动也没动，嘴里嘟囔着，身上瑟瑟发抖。

上官红同情地说："这乞丐蛮可怜的，大冷天穿得这么少，你真不该把他吵醒。"

柳天赐说道："我去找件衣服给他盖上。"说着果然到屋里找出一件破衣服，搭在老人身上，右手一用劲，捏住老人的肩井骨，谁知老人还是睡着发抖，动也不动，柳天赐大惊，想收手已来不及了，老人惨叫一声跳了起来，"哎哟"老人跳起来看见地上有两具尸体，大叫起来："杀人啦，杀人啦。"突然一把抓住柳天赐的手，叫道："肯定是你杀人啦，你又想杀我灭口是不是?"

柳天赐大窘，自己本来怀疑这个老头杀了两个劲装汉子，所以想试试他的武功，哪知这老头根本没有内功，差点把他的肩井骨捏碎了，本来心里满是歉意，可这乞丐又缠杂不清，从没看到这么大胆的乞丐，不禁有点急了，把袖子一甩，说道："你怎么知道是我杀的?"

谁知乞丐被柳天赐轻轻一甩，竟仰面一跤跌了出去，老头爬起来，身上到处都是泥巴，冲向上官红道："想摔死我灭口，走，我要带你去见官府。”

上官红怀里抱着绿鹦，不好躲闪，身子一侧，老人抓住她怀里绿鹦的后背。

上官红知道这样纠缠不清的人越说越结梗，不如来直接些，笑一笑，说道：“人是我俩杀的，天知，地知，你知我知，不如我给你一些银两，你不要把我们送到官府，请老丈网开一面。”

那乞丐果然眉开眼笑对柳天赐说道：“你看，你老婆比你可识大体得多，只想甩死我，就不知收买我，你身上有多少银子？”

上官红俏脸一红，柳天赐又好气又好笑，这老叫化子纯粹是个无赖，但也不能让他在这里拉拉扯扯空耗下去，无奈只好掏出一两银子给了老叫化子。

老叫化子接过银子，装进脏兮兮的口袋，左手还是抓着绿鹦的后背，嚷道：“哼，你小子，我这老叫化子这么好打发，两条人命，一两银子就收买了，把你身上的银子全部掏出来还差不多。”

柳天赐不禁有些火了，心道：这老叫化子怎么这般要赖，只听上官红说道：“我们还要赶路，就全给他吧，弟弟！”

柳天赐一听上官红柔声一说，火气全消，把银子全部掏出来往老叫化子手里一塞，老叫化子眼一翻：“怎么，不服气，年青人做事要想想，不能凭火气就杀人，我看天下只有你老婆能帮你，听你老婆的话有饭吃，离开了你老婆，看你小子怎么办，好，我老叫化子收人钱财，替人消灾，我走了。”

上官红心里“格登”一下，这老叫化子怎么胡言乱语说中了自己的心思，再加上一口一个“你老婆”说得上官红心里充满幸福。

柳天赐哪知上官红心思，见她抱着绿鹦怔怔的发愣，叫道：“老婆，听你的话有饭吃，我们走吧！”可发现上官红面带喜悦泪湿衣襟。

柳天赐心想：这几天怎么啦，动不动就哭起来，怎么那么容易伤感，他哪里知道上官红喜极而泣，连忙收起嬉笑，问道：“姐姐，你怎么了？”

上官红发觉自己失态，擦了一下眼泪，笑了笑说：“没事，我没事。”忽然上官红脸色一变，她发觉绿鹦身体像一块烙铁，烧的烫人，大惊道：“不好，绿鹦妹子发高烧了，走，我们快去找家药店。”

“等一下！”柳天赐和上官红正要上马，只见刚才的老叫化子又跑回来嚷道：“我老叫化子也真是，把人家的银子都拿来，你们买水的钱也没了，路上喝什么？你仁我义，来，把老叫化子这水拿去，脏是脏了点，但路上挺解渴的。”说着从腰间解下紫色发亮的葫芦递给上官红说：“不要给这小子喝，把这么漂亮的老婆又气哭了。”

柳天赐和上官红以为叫化子又过来纠缠，连上官红也皱了皱眉头，谁知老叫化子是送水来，还夸自己漂亮，上官红微微一笑接过来说：“谢谢你，老丈。”说完转身想把绿鹦抱上马背，谁知两匹马争着要背柳天赐，都趴在柳天赐脚边。

老叫化子大奇道：“咦，这小子火气不小，可马儿倒挺喜欢他，还有这么漂亮的老婆，真不知是哪辈子修来的福气，哎，要走正道也罢，可偏偏干杀人的勾当。”

柳天赐听到老叫化子在一边唠叨不停，张口闭口一个“这小子”，满头的鬼火，但听他称赞仙女姐姐是自己漂亮老婆，气一消也不理睬，上官红毕竟一个姑娘，被老叫化子一口一个“老婆”，不由双颊绯红。

柳天赐拍了拍马头说道：“吵什么！都背我是不是，也不嫌哆嗦，还不快去背我姐姐。”那马儿仿佛听懂了柳天赐的说话，屁股一摆，让上官红趴到它背上。

老叫化子在马屁股上一拍哈哈大笑道：“你这小子马眼看人低，好，后会有期。”说完就走，也不知他是在说马还是在说柳天赐。

柳天赐心想：还和你后会有期，死叫化子。见上官红忧心忡忡，知道绿鹦烧得很厉害，心里也不由甚急，两腿一夹，纵马而去。

两人跑了一段路，还没望见一个村镇，甚是着急，绿鹦嘴唇烧得干裂，苍白的脸烧得通红，嘴里讲着胡话：“黑虎，黑虎，我带你到很远的地方……很远的地方，叫爹爹找……不……到……黑虎。”

柳天赐听了又是心疼又是难过，想到绿鹦奋不顾身地护着自己，虽然她把自己想像成她亲爱的黑虎，自己曾经不就是一条狗吗，尽管绿鹦性格刁钻古怪，可与自己还是谈得来，于今为了自己成了这个样子，而又无能为力，不由得心情暗淡。

绿鹦又叫道：“水……水……”上官红明白肯定是口渴了，烧昏了头，上官红四下一看，前不着村后不着店，哪来的水，猛的想起老叫化子还有一葫芦水，上官红拔开塞子，里面冒出一股淡雅的酒香，这就使上官红为难了，没有哪个姑娘喝酒的。

柳天赐闻到酒香，激动不已，已有两个月没喝酒，早就心痒难受，何况这老叫化子葫芦装的酒，柳天赐一闻就知道是上好佳酿，绝对不是一般的水酒，心中奇道：老叫化子抖抖索索，衣不遮体，葫芦里怎么装这等好酒。真想接过喝上两口，但想到刚才叫化子说的话，只好咽了几下口水。

绿鹦又叫道：“水……水……”柳天赐看到上官红一筹莫展，忽然想起什么事般的叫起来：“姐姐，给她喝，她在地牢里可以不吃饭，而每天要狱卒送酒给她喝，好像她没喝过水，口渴了就喝几口酒。”

上官红惊奇地想道：“哪有一个姑娘家这么嗜酒，把酒当水喝。”但想到绿鹦是“四怪之一”“无影怪”的女儿，性格多少总有点怪癖，就将信将疑地把葫芦对着绿鹦嘴里一倒，绿鹦皱了皱鼻子，似乎是闻到了酒香，很滋润的喝了一口，上官红怕她呛着，停了停，谁知绿鹦竟抱起葫芦“咕……咕……”一口气把葫芦里的酒喝个底朝天。

上官红看着骇异，这个葫芦里至少有两三斤酒，被绿鹦一口气喝个底朝天，就是柳天赐在牢里看到绿鹦喝酒，也没想到她能如此豪饮。

其实绿鹦喝酒远远不止喝这点，这是她长年里练出来的，从小和“无影怪”住在飞来峰，“无影怪”曾在江湖叱咤风云，归隐山林，每天借酒解愁，思念亡妻，绿鹗从小就是抱在“无影怪”的怀里，闻着酒香长大的，后来有事没事也喝上两杯，“无影怪”除了被江湖上称作“怪”，除了武功能独步武林，另一方面是他的脾气古怪，反世俗而行之，所以经常和小绿鹗对饮，绿鹗似乎有喝酒的天分，到后来总要把“无影怪”灌得东倒西歪，自己还没事。

绿鹗喝了老叫化子的酒，脸上竟然有了血色，人也舒展开了，嘴角带着笑意，抱着紫葫芦睡着了。

上官红觉得心里轻松多了，两人骑着马缓缓而行，怕吵醒了熟睡的绿鹗。

上官红忽然感觉到绿鹗身上大冒虚汗，连自己身上的青色的夹衣都打湿了，知道这是发汗退烧，没想到酒的作用在绿鹗身上这么大，居然能解渴退烧，上官红松开她抱着葫芦的双手，把紫葫芦背在马鞍上，想留着以后装酒给绿鹗解渴，伸手抹了抹绿鹗额头上的汗水。

第十章　丐帮帮主

两人走上一座小山，前面就是一条官道，一阵寒风掠过，绿鹦身子一侧，“哇”的一声吐出一堆黑水，上官红以为绿鹦喝醉，吐了，可一闻，闻到一股刺鼻的腥臭味。

柳天赐觉得大奇，这酒能解毒，绿鹦吐出来的都是体内的毒汁！老叫化子葫芦里装的是什么酒?!

果然，绿鹦睁开眼睛，见上官红疑惑地看着自己，才想起是今早喂药给她喝的姐姐，嘴角一咧，露出顽皮的一笑叫道：“姐姐。”头一扭又看到柳天赐在一旁笑着看她，叫道：“黑虎哥，我感到好多了。”

柳天赐说道：“绿鹦，你现在已没事了。”

绿鹦说道：“姐姐，扶我坐起来。”上官红依言把绿鹦扶着坐在自己胸前，绿鹦忽然扭过脸，趴在上官红的耳朵上说：“姐姐，我感到我的胸部好胀痛，你给我……解……开看一看。”

其实是多余的，柳天赐身上功力奇高，有细小的声音，他都能听到，所以绿鹦所说的话就像趴在他耳边说的没有什么两样，听得清清楚楚，心想这是女孩家的事，就纵马一个人跑到前面去了。

上官红将绿鹦转了一个面，倒坐在马背上，使她与自己面对面，解开绿衫，赫然胸口有一块手掌形的黑印，像是一个人印上去的。

绿鹦大急，小声说道：“姐姐，怎么会成这个样子?”

上官红也大感奇怪，百思不得其解，给绿鹦扣上扣子，纵马追上柳天赐问道："柳弟，以你的功力能不能将别人身上的毒逼出来？"

柳天赐正在想老叫化子这个人物，他总觉得老叫化子稀奇古怪，纠缠不清，但说话颇有条理，很有意思，既然人已经离开，又为什么专门跑转来送一葫芦酒，这葫芦酒更不简单，因为绿鹗身上所中的是一门极厉害的毒器，而这葫芦的酒居然能解掉绿鹗身上的毒，还有他说绿鹗口渴没钱买水喝，暗示给绿鹗喝……

柳天赐回头一看，上官红满脸不解，绿鹗将脸埋在上官红的怀里，惊愕说道："怎么？"

上官红若有所思地说："你说有没有这样的人在你背上将毒从你胸脯逼出来。"

柳天赐一时答不上来，用功力逼毒，一般是用掌催动体内血液里的毒汁，然后从伤口处逼出来，或是将人放在水里，将毒从毛孔里逼出来，排入水中，可没听说从背部逼毒，而从胸部出来。

绿鹗转脸叫道："有，这是一招纯内功的招式，叫'隔山打牛'，天下只有韩伯伯能用，他可是我爹爹的好朋友呢。"

柳天赐说："'丐圣'就是江湖人称'三圣'之首的韩丐天，我们今天早上所见到的老叫化子！"

绿鹗差点跳起来说："什么，我们见到了韩伯伯，那我中的毒就……"忽而一愣，看到了挂在马鞍上的紫葫芦，又说："对，对，我怎么忘了这可是韩伯伯的酒葫芦，韩伯伯已将我的毒逼出来了。"

柳天赐、上官红恍然大悟，今早睡在门角落里的叫化子就是名列"一尊三圣四怪六魔"中的"三圣"之首的"丐圣"韩丐天，不由得惊讶万分。

事情应是在后半夜，柳天赐三人都睡着了，两个"日月神教"的高手来……柳天赐想不到两人来干什么，被"丐圣"跟踪而来，两人正趴在屋檐下，被"丐圣"用筷子射穿了两人的咽喉，然后借纠缠的时候，施了"隔山打牛"将绿鹗所中的毒逼到胸前，而绿鹗身上所中

的毒极深，又送来一葫芦的解毒酒，这一切都必须从绿鹦中毒针到农舍，“丐圣”都知道，

柳天赐还有一点迷惑就是，两个“日月神教”的人怎么知道自己的行踪？他们来做什么？是行刺自己？还是有其他目的？

忽然见绿鹦拍着手叫道：“姐姐，我知道了……”然后满面娇羞，偎在上官红耳边说：“姐姐，韩伯伯已把毒逼到我胸口，你……快找一个地方……不然又会扩散。”

上官红心想这可倒是真的，四处一望，见路边有一个茅棚，荒弃在那里，虽然破了，但可急用，就说：“柳弟，你在这里看着，我和妹妹进去有事。”

绿鹦身上的毒尽管都给逼出来了，但几天没吃东西，人身体还是虚弱，从马上往下一跳，差点没站稳，上官红携着她走进了茅棚。

柳天赐坐在马上想着心事，既然绿鹦的毒已除了，就没必要到桐柏山庄找“千毒不毒怪”，自己再和仙女姐姐到秦岭日月神教总坛揭露上官雄的阴谋，制止这场武林浩劫，帮白素娟报了仇，就和仙女姐姐回到东嬴山去……可觉得心里也怪想白素娟的，不由觉得茫然。

柳天赐正在胡思乱想，突然听见有一大批人马从官道那边冲来，不一会儿就可以看到满天的尘土飞扬，转眼一行人纵马而来，柳天赐一数共有十二骑。

冲在最前面的是一个衣服褴褛、蓬头污垢的丐帮弟子，手里拿着一根铁棍，身上背着八个袋子，柳天赐知道这人肯定在丐帮的辈分极高，仅次于九袋长老，身上已多处受伤，衣服被剑划成一条条血迹，马喘着粗重的鼻息，显然已奔跑很久了。

在他后面一步之遥是一个身着灰色对襟大褂，左右各写一个“日”和一个“月”字，在袖上绣着两只老虎，手里拿着一根鱼竿，似是兵器，还带着银丝和鱼钩，人长得比较瘦削，白素娟以前给他讲江湖上各门各派，提到“日月神教”的六大堂主，他们都穿着灰色对襟大褂，

各堂都用动物的名字命名，所以各堂主的袖口上都绣着动物形象，如两个月前所看到的“白象堂”堂主吴浩的袖口上就绣着两头大象，柳天赐知道这个瘦削的中年汉子就是“日月神教”“黑虎堂”堂主“千年钓客”袁苍海，后面跟随的估计是“黑虎堂”下属的分舵主，这十人都长得骠悍精干的样子！

跑在最前面的丐帮八袋长老，一边催着马狂奔，一边高喊：“袁堂主，咱韩帮主和向教主交情不菲，何况你与我谢远华平时还称兄道弟，今天为何对老弟穷追猛打，下此毒手！”

袁苍海并不答话，闷头跃马直追，眨眼间一行人从柳天赐身边飞驰而过，谢远华经过柳天赐身边，突然“咦”了一声。

马稍一停顿，袁苍海鱼竿一挥，一条银丝线“刷”地向谢远华抛出，鱼钩钩住了谢远华的后背，回后一拉，竹竿一弓，“哗”的一声又把谢远华的后背拉出一道血口，谢远华不由破口大骂：“操你妈，红毛老鬼袁苍海，老子谢远华把你当人，你不知道做人，平时跟老子称兄道弟，关键时候对老子下毒手，你以为老子怕你日月神教，有种和老子单打独斗。”嘴里高声叫骂，手里拿着铁棍抽打马的屁股，丝毫不敢放松。

官道的左边有一棵大树，冬天树叶落光，一根粗丫横过官道，经过大树底下，谢远华突然飞身一纵，像一只猴抓在横丫上，马还是照旧向前狂奔。

袁苍海没想到谢远华突然跃到树上，马追得太快，一时半刻也勒不住，一行人风驰电掣地向前冲去，谢远华的马早就累了，见没人抽打它，不由放慢了脚步，而袁苍海一行人又追得太快，袁苍海的马一下子撞到谢远华马的屁股，马受惊一立，把袁苍海结结实实地掀在地上，顿时后面也是人仰马翻，乱作一团。

柳天赐本就生性玩世不恭，看到这一幕闹剧，不由得孩子般地大笑起来，谢远华可没有闲情，从树丫上一落，弓着背两个起纵就到柳天赐前面，叫道：“嘿，我帮主呢？”见柳天赐被问得木头木脑的，心想帮主生性好玩，喜欢作弄人，肯定躲在茅棚里，提气往茅棚里纵去。

柳天赐突然见谢远华向自己狂奔而来，以为是要抢上官红的马，谁知跑到跟前停住，莫名其妙地问了一句话，正准备说：“我知道你帮主哪里去了。”谁知他又倏忽向茅棚钻去。

柳天赐大急，手臂暴长，一下子抓住了谢远华的后背，谢远华没想到路边站着一个愣头愣脑的青年后生，手法竟这般快捷，突然“哗”一声，谢远华后背被撕了一大块，柳天赐手里抓着一块破布，谢远华还是径直向茅棚里冲去。

原来，谢远华的后背被袁苍海的鱼钩划得稀烂，柳天赐抓倒是抓住了，一用力就撕了一块破布抓在手，而谢远华头已钻进了茅棚，突然听到三声大叫，谢远华大叫一声“妈的”掉头退了出来，正迎面碰到柳天赐第二爪抓来，一下子逮个正着，谢远华本能地身子往里一缩，竟赤条条地四脚朝天摔在地上。

原来，柳天赐见谢远华挣脱了自己的手爪，大急，人斜身一掠又抓了过去，可还是迟了一步，谢远华的头还是钻进去了，看到一个少女正用手掌抵着一个袒胸露背的少女的背部，丐帮对女色特别严禁，何况他八袋长老，吓得惊叫一声，转身就往外逃，正碰柳天赐一爪抓过来，但背部已被撕开，柳天赐当胸一抓，谢远华一退，就把衣服拉脱，吊在拿棍子的右手，仰面摔在地上。

上官红叫柳天赐在外看着，和绿鹗走进茅棚，茅棚里还有干草，于是三下两下就把草铺匀，坐在地上，绿鹗和上官红相识不久，一个女孩家忸怩半天才解开上衣，小声说：“姐姐，把剑给我。”接过上官红的宝剑，惊叹一声：“真是一把好剑。”咬着牙关用剑在胸前黑手印处一点，刺了一道小口，上官红用手掌抵在她背部，催动内力。上官红自从学了“美姬剑法”十四式，同时练了美姬派的内功心法，身上的内力可以与柳天赐相提并论而藐视武林，不一会儿，从伤口滴出乌黑的血，慢慢地绿鹗胸前的黑手印变成了乌紫，又变成了青紫色、紫色，眼见毒就要全部逼出来，突然，谢远华的蓬头钻到里面，上官红和绿鹦尖叫一声，但正在头口上，又不能分心，只好依旧坐着，上官红催运内力，想尽快把毒全部逼出来，耳朵只听见“扑通”一声，上官红知道不速之客已被柳天赐打倒。

谢远华精灵古怪，使袁苍海大出洋相，袁苍海心里大为恼火，掉转马头，冲到草棚前，见谢远华打着赤膊，衣服摆在右手，罩着木棍，四脚朝天地躺在地上，又感到甚是奇怪，大叫道：“谢六指，你又在搞什么鬼！”说着挥动鱼竿向谢远华钩去。

谢远华急骂道：“袁红毛鬼，你这算什么，老子躺在地上，有种让老子站起来！”嘴上叫骂，身子急忙就地十八滚，又滚到茅棚里。

柳天赐一瞧谢远华左手果然有六根手指，袁苍海长着一头的红发。

袁苍海见谢远华滚到茅棚里，鱼竿一晃，银钩一甩却钩在搭茅棚的木棍上，手一带，“轰”把茅棚给拉垮了，袁苍海连连失手，又气又怒，手一抖，银钩收回来，用竿尖向茅草里扎去。

突然，一个少女冲天而起，姿势却是美妙至极，带起草絮飞舞，如天女散花，跟着一道柔柔的蓝光一闪，袁苍海的“璇玑穴”一麻，拿着钓竿的刺向茅棚姿势被定着，只有眼珠一转一转地，心想：怎么会出来这么个如此优美身材的少女！

上官红正好把绿鹦身上的毒逼出来，替绿鹦穿好衣服，听到外面马声嘶嘶，吵吵闹闹，正要和绿鹦冲出来，谁知瓜棚又倒了下来，于是，一招“无可奈何”辨风寻声刺了袁苍海“璇玑穴”。

毒虽然完全被逼出来，但身体还很虚弱，绿鹦爬出来叫道：“姐姐，把他眼睛剜下来。”她一下子没看清楚，以为是袁苍海窜到瓜棚里看到了她没穿上衣，又羞又气，恨不得把他眼睛剜下来，可一看，见十来个黑衣大汉已把三人围在中间，又叫道：“姐姐，小心！”

“日月神教”“黑虎堂”众舵主见堂主鱼竿刺向茅棚中不动，知道穴已被点，于是一围而上，日月神教各堂主都是武林一等一的高手，连各分舵的舵主也都不是泛泛之辈，至少都是在江湖上叫得响的人，虽然堂主被一个凌空而起的老妇一招就制，简直是不可思议，但还是镇定自若，围过来一看，原来是一个美如天仙的少女，穿着老妇的衣服，不由围着都怔住了。

其中一个穿着黑袍、袖子上各绣着“日”“月”两字、蓄着长须老成持重的老头拿着一根三节棍，上前一步说：“请问老……小……是丐帮什么人?”上官红的穿着和相貌使他不知怎样称呼才妥。

上官红俏脸一冷，并不回答黑袍老者的问话，她觉得很厌烦，天下男人除柳天赐外看到她都是一惊一乍的，好像从来没看到女人似的，对柳天赐笑道：“走，我们走!”

谢远华光着膊子从茅草中钻出来，大叫道：“别走，你们得告诉我韩帮主在哪里?”日月神教黑袍的分舵主听说韩帮主在这里，都后退一步一愣，紧张兮兮地游目四顾。

绿鹦看到谢远华钻出来，气正没处发，身子一欺，一耳光向谢远华的脸上掴去，虽然身体虚弱，力道不足，但这一掌却很刁钻，谢远华只见绿鹦人影晃动，手掌忽上忽下，忽左忽右向自己脸上拍去，大惊，连忙收腹举掌上封，他这一收腹，裤子就掉下来了，又连忙双手抓住裤子，只听见“啪啪啪……”五声脆响，谢远华脸上结结实实地挨了五耳光。

众舵主看得眼花缭乱，没想到这个看起来充满稚气的少女，轻功手法这般了得、快捷，谢远华站在那里动也不敢动，双手提着裤子，绿鹦似乎不解恨，但又怕他裤子真的掉下，只好怒说道：“老色鬼，下次再让我看到非剜掉你的狗眼。”

谢远华在丐帮是八袋长老，德高望重，谁敢骂他“老色鬼”、“狗眼”，怒道：“你这是谁家的女孩子，这般没教养!”

绿鹦急上一步，要打谢远华，但还是停下来，骂道：“谁没教养?你这兔崽子看老娘……”绿鹦脸一红没骂下去，众人脸上不觉一愣，心想：这姑娘也太没大没小，人家再怎么不是，毕竟年纪比你大一大把，居然骂出什么“兔崽子”、“老娘”，绿鹗可没这种感觉，自从和“无影怪”生活在一起，从来没什么尊老爱幼的观念。

柳天赐虽然和“丐圣”只今天早上一面之交，还被他数落一顿，但觉得两人脾气挺投缘的，心中对韩丐天印象特别好，而谢远华是丐帮的八袋长老，觉得也有点过意不去，就说：“绿鹗，算了，我们还要赶路呢。”

绿鹗见柳天赐一说，微微翘起鼻子“哼”了一声，走过来，经过袁苍海身边，拍了一下袁苍海的头说：“还有你，也不是什么好东西。”突然身影一晃，向蓄着长须的老者肩上抓去，老者没想到绿鹗无缘无故向他下手，仓促中只好头一低，三节棍向绿鹗两肋挑去，谁知绿鹗伸手抓肩是一个虚招，双手一缩，在棍头上一点，身子借势一跃，脚一勾，竟把老者钩下马来。绿鹗是在空中一气呵成完成这一套动作，身子一落，稳稳的骑在马上，两腿一夹，冲了出去，叫道：“黑虎哥，姐姐，走哇！”原来是抢马的。

柳天赐和上官红相视一笑，心想：真是一个“无影小怪”，用脚在马肚子上一磕，跟了出去，众舵主见三人武功怪怪的，反正又没怎么对他们，多一事不如少一事，就主动让两人走出去。

其实若论人数讲，丐帮应是最大的帮派，丐帮子弟遍及中原的每一村镇，但由于人员分散，力量不集中，除了几大长老，其他的弟子在江湖上倒名不见经传，所以人们习惯把日月神教称作天下第一教。

谢长老是在杭州接到丐帮弟子的传讯，说韩帮主要在十一月十日在湖北襄樊召开全丐帮大会，谢长老知道此事非同小可，因为自从韩帮主任丐帮第九代帮主以来，凭他卓绝的武功和义薄云天的豪迈，将丐帮整顿得好生兴旺，帮里从没出什么大事，所以很少聚会，更何况全丐帮的聚会，谢长老觉得一定发生了什么非同小可的大事，就马不停蹄从杭州赶向湖北，没想到刚准备过九江渡口，就碰到日月神教“黑虎堂”堂主袁苍海带着手下十一分舵主不问青红皂白杀过来。

丐帮帮主韩丐天和日月神教教主向天鹏本是英雄惜英雄，两人的交情在江湖上是众所周知的，连丐帮的几大长老和日月神教的阴阳天地护法及六位堂主交情都不浅，袁苍海和谢远华两人以前还经常在一起喝酒猜拳，切磋武功，彼此称兄道弟，谢远华怎么也没想到袁苍海突然对自己动武，并且招招致命，似乎要置他于死地，不由大怒就厮杀起来，但谢远华还是不能招架日月神教的围攻，只好纵马逃跑。

哪知袁苍海大有赶尽杀绝之意，一路拼命追过来，谢远华经过柳天赐身边，突然看到帮主的紫葫芦吊在马鞍边，顿时心中大喜，以为帮主就在左近，谁知被三个青年后生搞得老脸丢尽，只能提着裤子愣愣地站着。

见柳天赐三人要走，心想：帮主的紫葫芦可是丐帮的信物，见葫芦如见帮主，不管是敌是友，这三人肯定与帮主有关系，一定要搞清楚，怎能让他走，想着就提着裤子飞身一纵，向柳天赐后面马屁股落下去。

柳天赐似乎早就想到谢远华这一着，只要回身一掌就可以把谢远华逼退，但他不仅没有阻拦，反而将身子向前挪了挪，谢远华刚好落在他后背坐着，柳天赐一提缰绳，哈哈大笑纵马向前冲去。

“黑虎堂”的分舵主见目标被带走，大惊，不顾一切地催马拦截，十人将马头一拨，从两边向柳天赐斜冲过去，冲在最前面的两个大汉骑术高明，几乎用脚勾住马鞍，身子前倾想把谢远华从马后拉下来。

柳天赐纵声长笑，一招“天魔出世”两手向后分击，只见伸手抓的两个黑袍壮汉身体直飞出去，将后面追来的四五个人撞落马下，十人感到骇异，没想到今天在这里遇到世外高人，内力如此霸道的青年，剩下的三四个人骑在马上竟不敢追去。

绿鹦骑马站在远处，拍掌大笑道：“黑虎哥，你的那帮什么堂主、舵主也真该教训教训，如此目无尊长，敢与柳教主相抗衡，简直是不知天高地厚。”

谢远华坐在柳天赐身后，感觉到柳天赐两股内力如排山倒海之势，感到震惊不已，这等内力除了帮主和向天鹏，他还想不出江湖上谁有这股内力，而更使他咋舌的是柳天赐是一个他从没见过的武林后辈，说者无心，听者有意，谢远华听到绿鹦一叫“柳教主”心里一凛，原来这坐在马前的小伙子就是日月神教的第二任教主——柳天赐。

丐帮在武林中消息传递最快，因为丐帮子弟遍及神州每一角落，江湖上不管哪个地方，只要一有风吹草动，甚至发生芝麻绿豆的小事，都有各地的丐帮子弟传上来。

谢远华早就听说武林出了一个新人后辈柳天赐，在天香山庄出尽了风头，被日月神教教主向天鹏立为第二代教主而轰动武林，后来又攻武当派，接纳“九龙帮”帮主阮星霸为日月神教“九龙堂”堂主，并收编了“西天五杀”、“南海六魔”……等许多江湖上臭名昭著的魔头，他简直不敢相信，因为日月神教教主向天鹏是豪气干云的大丈夫，在江湖上是有口皆碑的，怎么会有如此异端的行为呢？后来有越来越多的消息传来，既成事实了，说所有的这一切都是第二任教主柳天赐逆天而行，说向天鹏一生中唯一的大错事，就是选了武功高而品性低劣、为害武林的柳天赐作了教主，于是柳天赐成了武林中最大的一个魔头！谢远华估计这次丐帮大会肯定与此事有关。

谢远华想到这里，不由背心冒出冷汗，心想：日月神教大肆杀戳武林，是不是帮主遭暗算了，可这个作为教主的柳天赐与堂主红毛鬼似乎并不认识，难道两人在作戏，可他又让自己坐在他后面，力克“黑虎堂”舵主，谢远华坐在后面心潮起伏，搞不清楚柳天赐葫芦里卖的什么药。

柳天赐一勒马头，朗声说道：“各位前辈，在下柳天赐，望你们看我一个薄面，放掉这位丐帮前辈，因为韩帮主对我柳天赐的朋友有救命之恩。”

众舵主一听，这小子武功倒是登峰造极，可说话没头没脑，谁不好冒充，冒充日月神教的现任教主柳天赐，柳教主刚到日月神教，准备过几天就要开坛奠位，还传令“黑虎堂”在九江待命，一定要杀掉丐帮八袋长老谢远华，并且吩咐其他几位堂主，分别在各地捕杀丐帮其他的几位长老，当时堂主袁苍海也是感到莫名惊诧，抛开自己和谢远华的私人交情不说，教主向大哥和韩丐天如何地过命的交情，丐帮和日月神教向来友好，但日月神教只要教主下令，属下只有绝对服从，不然的话，那就犯了最大的“违令抗教”的罪名，原来向大哥还征求教里兄弟的意见，有什么不妥，吴大哥还能拍起桌子与之争理。

这一次日月神教传了“玄铁蝴蝶令”命各地堂主捕杀丐帮的几大长老，并将人头带到日月神教总坛，共拜“柳天赐”为第二代日月神教教主，现在又冒出一个柳天赐，怎叫人不呆若木鸡。

柳天赐见众舵主骑在马上，或站在地上齐望着他，眼里满是不相信，跃跃欲试的样子，只见年长蓄着长须被绿鹦拉下马的老者走上前说：“敢问少侠怎么称呼?”

绿鹦在一旁叫道：“称呼你个头哇，他就是你们日月神教的教主柳天赐，你们这群笨蛋，睁眼瞎，见到真的教主不拜，把假的狗屁向天鹏和……什么鬼人称作教主，真是可笑!”

众舵主见她说向大哥是“狗屁向天鹏”，一齐向她怒目而视，绿鹦头一侧扮个鬼脸，年长的老舵主依然不愠不火地说道：“既然少侠说自己是柳天赐，我听说向大哥在天香山庄已将教主的碧玉环和蝴蝶令传给了你，只要少侠能拿出来我们谁还敢犯上作乱。”老舵主并不理会绿鹦，知道和她说不清楚，还不知道她后面还有多难听的话。

果然，绿鹦在一旁叫道：“死老鬼，黑虎哥的包袱被人偷走了，什么臭教主服、都被人偷走，我黑虎哥胸……”绿鹦本想说胸前有个印，因为她看到吴浩一看到柳天赐胸前的蝴蝶印，马上就跪下来口称教主，心想：这个印肯定不简单，但又想到柳大哥胸前的印，自己一个姑娘家怎么知道，不由脸一红没有说出来。

日月神教在江湖赫赫有名，教主在江湖的地位极尊，向天鹏用一块玄铁做了一枚栩栩如生的蝴蝶令，作为日月神教的信物，并且规定以后选定了第二教主，就用玄铁蝴蝶令印在这教主的胸口，作为教主的标志，这些都成了日月神教老幼皆知的共识，所以吴浩在地牢里见了柳天赐胸口的“玄铁蝴蝶令”如见教主，纳头便拜。

但柳天赐觉得身上的“蝴蝶印”是假的向天鹏所烫来的也不光明正大，心想绿鹦的嘴巴也太快了，肃然说道：“众位舵主，我在这里不想多解释，这样，我和袁堂主比试，如果袁堂主能和我接下三招，这位谢长老就让你们带走，如果不能接我三招，我就要把谢长老带走，烦请这位舵主解开袁堂主的穴道。”

众舵主这才想到堂主还被定在一边，拿着鱼竿，年长蓄须的舵主伸手向袁苍海后背一拍，可袁苍海还是站在那里，舵主大奇，连拍几下，还是没解开，没想到那女娃点穴身法这般古怪。

原来美姬谷主在创造这美姬剑法有“无情剑”和“有情剑”，其中“无情剑”七式是从人的前面由下要上逆经点穴，而上官红就是用“无情剑”第三式“无可奈何”点了袁苍海的璇玑穴，舵主又怎能解开？只好望着柳天赐。

上官红从身边捡起一根芭茅干，手一甩，芭茅干向袁苍海后背“背风穴”射出。

袁苍海穴道被解，鱼竿一横喝道：“这位少侠说话可算得了数！”强中带气。

在日月神教众位堂主中，袁苍海功力稍差一点，但所使兵器怪异，手里拿的钓竿是一根千年古竹，竿身软但却异常坚韧，不管多锋利的刀剑，不能斩断，银丝带钩，舞起来收发自如，既可远攻又可近打，颇有威力，为人谨慎，叫他捕杀好友谢远华，心里实在也甚是不解，但既然教主下令，天皇老子都要杀。

谁知后来被上官红一招制敌，虽然身子不能动，但周围所发生的一切他倒全知道，见绿鹦飞身一跃将九江分舵的舵主张青松给拉下马来，心想：原来是“无影怪”的女儿，怪不得脾气这般古怪，会“登天幻影”轻功，这个女孩倒不好惹，因为“无影怪”怪就怪在他不讲情理，现在在江湖上四处找他女儿，成天这个帮那个派的查找，只要听到哪个说他女儿一个不字，马上怪眼一翻和你干上。

袁苍海本是分驻浙江和江西及安徽的堂主，吴浩因犯上作乱，已被革职，叫他暂时接替吴浩之职，又说丐帮八袋长老谢远华已到九江，命袁苍海将其阻杀在九江。

“白象堂”堂主吴浩脾气火爆耿直，在日月神教普遍得到尊敬，但袁苍海觉得他说话太直，跟他闹翻了几次，虽然吴浩不记仇，但袁苍海为人缜密，故很少与之来往，早在袁苍海的意料之中，但没想到已构成日月神教犯上作乱的死罪，心想：真是枪打出头鸟！

后又见柳天赐将其他十个舵主用劲风扫于马下，自己虽然站在一边，还能感到这股排山倒海的内力，不觉凛然，这小子之内力已可傲视天下武林了，听柳天赐说了三招之赌，心里想：这小伙子不知哪里得此奇缘，一身内力已独步武林，甚是厉害，但也未免太夸海口，想我袁苍海在江湖上争得“千年钓客”的名头也不是浪得虚名，连三招都不能接，那还有什么话说！

柳天赐哈哈大笑道：“我柳天赐虽然江湖一浪子，但大丈夫说话还是算个数的！”

袁苍海鱼竿一抖，银钩带线向柳天赐缠来，跟着竿身一挺向柳天赐刺来。

柳天赐人还在马上，手在谢远华肩上一按，身形暴起，迎着丝线，不躲不避，银线已将他圈了几匝，张嘴一咬，将鱼钩咬在嘴中，身子随着袁苍海一带，在空中转了几圈向袁苍海扑去，袁苍海的鱼竿已直刺过来，柳天赐伸手一探，抓住鱼竿前端，叫道：“第一招。”

袁苍海大惊，手腕一抖，鱼竿收刺为扫，柳天赐一抓丝线，身子一带，竟牵住了竿头，将丝一收，又抓住了竿头，人身在鱼竿上一滚，缠在身上的丝线放开，双掌一错向袁苍海的天灵拍去，叫道：“第二招。”

袁苍海连忙手一松，鱼竿已脱手，躬身一掠，双掌平推，“轰”的一声，硬生生的接了柳天赐一掌，“叭”的一声，袁苍海的身子已震飞五丈之外，摔在地上，柳天赐叫道：“第三招。”

袁苍海知道柳天赐还没使出全部内力，不然早将自己全身经脉震断，只感到心口有点闷，并无大碍，头上红发散乱，神情甚是狼狈，知道与柳天赐功力相差太远，爬起身来双腿一跪道：“向大哥，兄弟不能完成任务，苍海向你谢罪。”说完举掌向天灵盖拍去。

众人“啊”的惊叫一声，柳天赐没想到袁苍海这么硬气，赶紧欺身而上，双手暴长，想架住袁苍海下拍双手，谁知，袁苍海双手疾伸，抓住了柳天赐胸前的衣服，这一变化太突然了，来得没有一点征兆，柳天赐只好含气于胸，双手平胸推出，只听见“轰”的一声，袁苍海已跌出七八丈开外，口吐鲜血，仰躺在地。

柳天赐情急之中已使出七八成内力，但胸前的衣服也被撕开，心里甚是懊恼，走过去扶起袁苍海，袁苍海一把抓住柳天赐的双臂说：

“教主，我们日月……神教……是不是……遭人利用?”说完“哇”的吐出一口鲜血，柳天赐赶快用手抵着他的背，一股强大的内力汇入袁苍海的体内。

众舵主见堂主在三招之内丢了鱼竿跌倒在地，都感到柳天赐的武功已是匪夷所思，难以望其项背，可又见堂主被他打得口吐鲜血，于是就奋不顾身地围杀过去，袁苍海大叫喝道：“不得无礼，快来参见教主!”

众舵主以为堂主被打昏了头，站在那里惊疑不动。

袁苍海挣扎着坐直了身子吼道：“你们这些混蛋，还不过来参见教主!”然后一转身，纳头便拜，说道：“属下袁苍海参见教主。”众舵主这才看到柳天赐敞开的胸口赫然有一枚日月神教教主的“蝴蝶令”，跟着一齐跪下，齐呼：“万死不辞，振我神教，一统武林，四海归心。”

袁苍海在日月神教一向颇工心计，他听见绿鹦在一旁叫柳天赐，心想这里肯定事出有因，再加上听江湖传闻，向大哥所命的第二任日月神教教主柳天赐内功已是盖过神功，所以就作状自毙，柳天赐上前去救，就拼命撕开了柳天赐胸口，见了“玄铁蝴蝶令”才相信绿鹦的话不假，他在心里想：向大哥所选的接任人，既然事先没跟大家商量，说明这个人肯定是武功奇高、义薄云天的人中之龙。柳天赐所露的一手惊世骇俗的内功使他折服，更重要的是不计前嫌，用内力为自己疗伤，更加心服，以前的种种忧虑得到证实，说明日月神教已遭人利用。

其实他只想对了后一半，日月神教已遭人利用，但上官雄传位给柳天赐并不是看他义薄云天而是发现柳天赐武功太高，将来会危及自己的大业，因此就使了一招“借刀杀人”之计，这其中所有的阴谋，柳天赐现已基本理出了一个头绪，但上官雄所造成的局面已非柳天赐所能控制，因为江湖上黑道魔头已控制在阮星霸手里，到处追杀柳天赐，武林正道因柳天赐杀戳武林激起公愤，正联络武林各名门正派的力量围杀日月神教及柳天赐，柳天赐成了武林中人得而诛之的大魔头！柳天赐很明白自己目前的处境，知道制止这场武林浩劫已任重而道远，因为他的对手太狡猾，太阴险，但不管怎样他也要走下去！

众人到现在才明白袁苍海的良苦用心，感叹不已。

事到如今，柳天赐抱着袁苍海站了起来，朗声说道：“各位舵主，我柳天赐自忖才德不全，以后还要仰仗各位前辈。现在我们必须马上治好袁堂主的内伤，然后再赶回日月神教，等待我们的将是一场更残酷的血战。”

谢远华裸着膊子坐在柳天赐的马上，看到柳天赐和袁苍海打打杀杀，袁苍海身负重伤而吐血，一方面为柳天赐盖世神功而喝彩，一方面又痛惜袁苍海，自己与这个红毛鬼子并没什么深仇大恨，不由担忧不已，后见他们又以教主和属下相称，才知道这个青年后辈就是双手屠满武林正道人物鲜血的魔头——日月神教第二任教主柳天赐，心想这下可死定了，不假思索，在马屁股上猛抽一棍，马一吃痛，撒开四蹄向前冲去。

绿鹗一带马头，斜冲而出，想拦住谢远华，谢远华高声叫道：“‘无影老怪’你女儿在这里!”绿鹗一愣，她最怕被爹爹抓到飞来峰去，略一停顿，谢远华已冲出三丈之外。

上官红嫣然一笑道：“妹子，他可是你韩叔叔的人，也是你黑虎哥的属下袁堂主的好朋友，就让他去吧!”

绿鹗嘴一撇，红着脸说道：“可他……下流!”

袁苍海听上官红这么一说，凄然一笑道：“我袁苍海这次可真是大错而特错!”然后长叹一声说道：“我日月神教何去何从将来就全靠柳教主了!”

一行人骑着马踏着暮色，向九江码头走去。

冬季，长江的枯水期，江面显得比较窄，北风呼啸，船帆涨得满满的，小船缓缓地向江心驶去……

柳天赐闭着眼睛坐在船舱里，两只耳朵凝视听着哪怕一个极细小的声音。船已驶到江心了，柳天赐听见满脸横肉的船家，用船橹在船舷上“呜呜呜”敲了三下，果然是两把铁橹。

柳天赐惊叫一声：“不好!”船舱自中间裂开，满脸横肉的船家收起两支铁橹从船尾纵身向江里跳去。

说时迟，去时快，只见银线间，袁苍海手一带已将船家带过来，半空中船家操起两根铁橹向下砸来，挟着一股劲风，力道确是不小。

第十一章　江上擒敌

船舱从中间裂开，江水从中上涌，四个人和四匹马全部掉进江里，袁苍海没想到船家有诈，船舱里的夹层还藏着两个人，一听到船家传来的信号，知道船已到江心，于是打开机关，船舱从中间裂开。

上官红自小在北方长大，根本不识水性，绿鹦和袁苍海水性又不大好，再加上冬天夜里的江水冰寒刺骨，只有柳天赐一掉进水里，身体周围马上被一层气泡包围，水自然被挡在身体之外，站在江水中如履平地，行动自如。上官红虽然听了他讲以前吞了七彩神珠，但见江水在他面前自动分开，还是感到惊异无比，绿鹦和袁苍海更是瞠目结舌。

这时，柳天赐看到船家两支铁橹凌空向袁苍海劈下，另外两个躲在船甲板的老者一个拿着剑，另一拿着刀，水性极好，踩着水向绿鹦和上官红刺去。

柳天赐大急，向上凌空一拳，全力出击，这一拳何等威力，只见满脸横肉的船家，像一只断线的风筝，飞向黑色的夜空中，好久才听见“叭”的一声巨响，掉进江里，想必已是五脏震裂而死。

柳天赐劲力向上冲，人已沉入江底下，凭方向判断伸手一抓，抓住两个老者的脚拉入江底，两个老者深识水性，顺手一带将绿鹦和上官红拖入水中。

上官红虽然不识水性，但内功了得，闭气几个时辰没事，绿鹦内功较差，又想张嘴大喊，一拉到水里就“咕咕”喝了几口水，手舞足蹈。

柳天赐大感为难，因为两个老者甚是狡猾，两人拖着绿鹦和上官红分别向两边跑去，不知向哪个追去，忽见拉着上官红的老者向江底沉去，冒出一股血腥味，见上官红抱着一块石头在江底走，柳天赐心一放宽，向绿鹦追去。柳天赐伸掌向老者后背拍去，老者忽然将绿鹦向后一拉，柳天赐只好收掌，变掌为爪向前抓去，一下子抓住了绿鹦的胸脯，绿鹦大急，往后一缩，柳天赐赶快撒手，谁知老者竟扔下绿鹦拼命的向他撞来，柳天赐一看，一条大鱼搅动着巨大的水花向这边游过来，这条大鱼足有四五百斤，四五米长，像一条大船。

这是生长在长江中最大的食人豚鲸，江边的人称它为“水怪”，有的能掀翻一只大船，老者正挟着绿鹦向前跑，见水怪对面游来，吓得半死，不顾一切扔下绿鹦向柳天赐游来，“水怪”本来是想见柳天赐，在它眼里，柳天赐就是它的同伴，见绿鹦和老者在前面碍手碍脚，张开巨口，竟把两人喝下去了。

“水怪”游到柳天赐身边摇头摆尾，柳天赐拍拍它的头，本也麻烦，不知绿鹦是死是活，但此时也无计可施，领着“水怪”向上官红走去，上官红抱着石头闭气而行，感觉到有一阵水浪推来，不竟向前倒去，柳天赐伸手一扶，上官红在水底根本看不见，赶紧从后背拔剑，柳天赐偎在她耳边叫道：“姐姐，是我。”上官红心里大喜，任柳天赐牵着手搂进怀里，柳天赐抱着上官红骑着“水怪”浮出水面。

袁苍海突然见五人一齐沉入江里，整个江面只剩下他一个人，水冷得他身上起了一层鸡皮疙瘩，心里直发毛，忽然看到离自己不远有匹马正向对岸游去，连忙手一抖，将鱼钩刷了过去，鱼钩钩在马背的葫芦上，拉着丝线游过去，觉得人轻松多了，趴到马背坐起来，在江面上四处寻找。

忽见江面“哗”的一声巨响，裂开一条大缝露出小山脊，吓了他一跳，再定睛一看，原来是一条大鱼的背，教主和上官红坐在鱼背上，大喜叫道：“教主，袁苍海在这里。”

马见到江面突然冒出一只“水怪”吓得赶快向下逃走去，袁苍海一带马头，那马岂肯停下，拼命向下游逃去，袁苍海一解，解下马上的葫芦，骑在葫芦上，鱼竿一抖，鱼钩飞出钩在“水怪”的背上，“水怪”吃痛，身子一颤，差点把柳天赐与上官红甩下来。

柳天赐拍了拍水怪的头，“水怪”得到了安慰，边摇头摆尾向对岸游去，袁苍海拉着鱼竿坐在葫芦上，觉得像一艘快船向对岸游去，眨眼已游到对岸，带动江水像海潮一样向对岸上涌去。

柳天赐抱起上官红飞身一跃，人已上岸，袁苍海还在江中叫道：“教主，还有我哩。”柳天赐放下上官红，又纵身一跃，跃上鱼背，取出鱼钩一拉，将袁苍海拉到岸上，一纵也上了岸来，柳天赐叫道：“不要把韩帮主的紫葫芦丢了。”袁苍海“刷”地一下把葫芦钩上来。

上官红和袁苍海几乎是异口同声地问：“绿鹗呢?”

柳天赐从地上捡起一根草茎，走到江中，摸了摸鱼怪的头，“水怪”高兴地用头擦了擦柳天赐，柳天赐用草茎掏了掏水怪的上颚，“水怪”突然身子一颤，一股水柱从嘴里喷出来。

只见水柱中夹着两个人影像炮弹一样射出来，“水怪”受到柳天赐的搔痒，一个喷涕把吞在肚子里的绿鹗和老者喷了出来，柳天赐辨不清哪个是绿鹗，双手一抄把两人都接住，放在地上。

上官红和袁苍海被这一景象看呆了，“水怪”一摆尾巴，向江中游去，像一座移动的小山。

绿鹗和老者都已昏了过去。

上官红在绿鹗的胸部压了压，绿鹗吐出了许多水，悠悠醒转，四人在江边燃起一堆篝火，也许由于火的温暖，绿鹗睁开了眼睛说道：“黑虎哥，怎么这么漆黑漆黑的。”

绿鹗被老者抓到水下，被几口江水呛着，见柳天赐来救自己心里大喜，谁知被一股巨大的吸力一吸，仿佛掉进了一个黑洞，然后就人事不醒，以为再也见不到柳天赐，现在看到柳天赐就在眼前，恍若再活了一回。

三人见绿鹦醒来，不由得都长长地出了一口气，柳天赐也感到很高兴，走到江里，抓了几条大鱼，折了几根树枝串起大鱼放在火上烧，不一会儿就闻到鱼香，四人拿起鱼美食一顿，觉得身子暖和了不少。

突然听到一个老者的声音传过来："给……我吃点。"四人回头一看，原来是和绿鹦一起吐出来的老者正躺在地上，弄了半天，没人理他，自己也醒了过来，吐了一肚子的江水，迷迷糊糊闻到一阵鱼香，便迷迷糊糊便叫起来。

绿鹦从地上捡起一根树枝，手一甩，树枝无声无息射向地上的老者，"咚"的一下老者的额头打了一个大包，叫道："叫你鬼鬼祟祟地躲在船底下害人。"

柳天赐见绿鹦还不解恨的样子，说道："绿鹦，可不要将他打死。"

绿鹦懒洋洋地靠在上官红的身上，两眼发亮地怔怔地望着柳天赐问道："黑虎哥，他们为什么要这么做?"

柳天赐笑道："只有问他。"将青衣老者扶起来坐着，在胸口推了两下，青衣老者"哇"的一声又吐出几口沉浊的江水，慢慢地睁开眼睛，望着柳天赐四人傻了眼。

绿鹦喝道："看，看你个头，我黑虎哥要问你话呢。"

柳天赐说道："不急，不急，先让他吃点鱼暖和暖和身子!"说完就把手里烧得喷香喷香的鱼递给青衣老者，青衣老者狼吞虎咽地吃完了。

柳天赐笑道："你肚子是不是很饿?"

青衣老者眨了眨鼠眼盯着柳天赐，一脸不解的样子，不知道怎样回答。

柳天赐又说道：“你在船舱的甲板里等我来已经一天一夜了，准确地说，在昨天晚上你已经藏身在甲板里！”

青衣老者惊奇地看着柳天赐，心想：他怎么知道？打了一个长长的哈欠，从鼠眼里夹出了泪水。

柳天赐说道：“根据路程算，我应该在昨天晚上到达九江渡口，可我在路上遇到一点小麻烦，害你在船舱里苦等了一天一夜，又累又饿，真是对不住你，不过，等我问完了三个小问题之后，我会让你美美地睡一觉。我的第一个问题是，你认不认识太乙真人这个人？”

老者摇了摇头，神情呆板地望着柳天赐。

柳天赐没理会他，又问道：“好！我现在问你第二个问题，你和阮星霸是不是从鹰爪门就在一起？”

老者没有回答，还是神情呆板地望着柳天赐。

绿鹗从上官红背上抽出宝剑，猛的掠起，蓝光一闪，竟把青衫老者的脸削了一块，叫道：“黑虎哥问你问题，你这死老头怎么不回答？傻乎乎地。”

青衫老者头一偏，竟已死去了，柳天赐大惊，没想到老者已吞毒自杀。

走过去一看，他舌头底下埋藏着一种极厉害的毒药，遇到危急的时候，咬破药囊就自尽了，柳天赐心想：这老者看起来挺忠心的。

袁苍海惊道：“教主，我在杭州的时候，就听说你已经收编了被称作水上第一大帮‘九龙帮’为我教的第七大堂口‘九龙堂’，原‘九龙帮’的帮主阮星霸被封为‘九龙堂’堂主，当时我就感到不大对头。”

柳天赐将青衣老者的尸体放在草丛中，饶有兴趣地问：“你觉得哪些地方不对头？”

袁苍海思索着说：“第一，‘九龙帮’被列为水上势力最大的帮，帮主阮星霸原是‘鹰爪门’的帮主，后来不知是怎样取代‘九龙帮’

前帮主黄朝霸，成为‘九龙帮’的帮主，这件事在江湖上也引出了许多猜疑，但后来也就不了了之，因为阮星霸的‘九龙帮’整顿得好生兴旺，许多武林一等一的高手投其门下，成为藏龙卧虎的水上第一大帮，因为阮星霸看起来为人狡猾，听说与元军暗里还有勾结，所以向大哥从没与‘九龙帮’有任何往来。‘九龙帮’有如此庞大的基业，本可与日月神教分庭抗礼，怎么会归顺我日月神教，甘当日月神教的一个堂口，高高在上的阮星霸又怎甘心当一个堂主呢?!”

“第二，柳天赐接任我教的第二任教主，应该知道，另任堂主可是教中大事，一定要召开全教大会讨论，现在我才明白教主已被人替代。”

柳天赐说道：“袁大哥，你认为向大哥会不会被别人替代呢?”

袁苍海疑惑地望着柳天赐，惊恐地叫道：“难道向大哥已遭什么不测?!”

柳天赐平静地说：“对，向大哥已被人移花接木，也就是说，那个在天香山庄大肆杀戳武林同道、掳我教主、围杀武当……的人已是一个戴着向大哥面皮的阴谋家。”

袁苍海大叫一声：“不可能，不可能，向大哥那么英明神勇，谁还能杀得了他?!你在骗我，你在骗我!”

柳天赐拍了拍袁苍海的肩膀，就将他在东赢山所看到的一切讲了出来，袁苍海痴痴地听着，不由放声大哭，泪流满面，一头红发倒竖，怒睁双目，肌肉扭曲，神情甚是可怖，抓住柳天赐的手摇道：“是谁，是谁杀了向大哥!”

柳天赐没动，说道：“袁大哥，你认识上官雄这个人吗?”

“上官雄?上官雄是成吉思汗的一个南征带兵统领。”

“他和向大哥有什么关系吗?”

袁苍海一拍大腿叫道：“哦!他还是向大哥的舅老爷，向大嫂的亲兄弟，每年逢年过节什么的，还经常到日月神教住上十天半月，向大哥一生疾恶如仇，硬与向大嫂不冷不热地让他住下，就在今年正月，不知为什么两人吵了起来，向大哥把他赶了出去，说叫他再也不要来了，说什么断绝关系，我从来没见过向大哥发那么大的火。”

袁苍海顿了一下又说：“可就在今年七月中旬的时候，向大哥突然收到上官雄的一封信，信的内容大致是叫向大哥到他军营去一趟，商量怎么联合起兵打蒙古鞑子，说他虽然身在蒙古军营，心却在大宋，一直在寻找机会图谋杀了成吉思汗，以洗国耻。当时我们看了信，都群情振奋，向大哥心情也很好，说上官雄这般用心良苦，倒真错怪了他，当晚就带着阴阳天地四大护法和十几个亲信教徒到蒙古军营去了……难道，难道上官雄……”

柳天赐一直被这件事困扰着，他很想听到别人的意见，冷静地说道：“袁大哥，你接着说下去！”

袁苍海喃喃地道：“肯定是他，只有在向大哥毫无戒备的情况下，别人才有可能对他下毒手。再说上官雄和向大哥身材长得差不多，熟悉向大哥的言谈举止，所以才能成功地移花接木。”

上官红和绿鹦已经睡着了，跳动的火苗映着上官红的俏丽明艳的脸庞，给人一种说不出的美感。绿鹦略带稚气的脸上带着一丝古怪的微笑。

柳天赐心里一片祥和，袁大哥的想法正是自己所料，他用鼓励的目光看着袁苍海，问道：“袁大哥，你认为上官雄这么蓄谋已久为了什么？”

袁苍海老泪横流，依然沉浸在哀痛之中，他一抹眼泪，将牙齿咬得“咯咯”作响，说道：“上官雄假扮向大哥大肆杀戳武林同道，使日月神教四面树敌，激起武林公愤，借此挑起武林纷争，这将是武林最大的浩劫，多么阴险的借刀杀人之法！消除中原武林势力，为他南下扫平道路。上官雄这龟儿子，人面兽心，亏得他还是大宋子民，我到日月神教杀了他!”

柳天赐说道:“你认为上官雄还在日月神教吗?”

袁苍海迷惘了,吼道:“那他在哪里?”转而又觉得不应用这种口气对教主说话,又说道:“上官雄不是扮演了向大哥,不在日月神教,你说他会在哪里呢?”

柳天赐眉头紧锁,手里拿着一根枯枝在地上划着,说道:“这就叫‘金蝉脱壳’,正如你前面所说,上官雄为了挑起武林各派对日月神教的公愤,在天香山庄大肆杀戳,由于我情不自禁地发出啸声,使他感到震惊,因我身上凝聚了惊世骇俗的功力,他早就看出了我的破绽,本可以将我置于死地,但又想到利用我对付更多的武林同道,‘借刀杀人’,就假戏真做,以假日月神教教主的身份,传令我为日月神的第二代教主,并让全武林人都知道现任第二代日月神教教主叫柳天赐。”

柳天赐从地上捡起了一块石子,一用力,石子捏得粉碎,说道:“现在上官雄已经牢牢牵制了水陆两大教,发觉他不能控制我,就另选了阮星霸的儿子阮楚才作为我的替身,叫阮楚才到日月神教总坛任职,另一方面又到处围杀我,昨天晚上安排青衣老者和另外两个人在水里杀我,以为是稳操胜券,一定会除掉我这个心腹大患,因为我是最清楚这个阴谋的人,谁知机关失算,要是你是上官雄下一步你会怎么做呢?”柳天赐问道。

袁苍海被这一连串的阴谋惊呆了,像一环套着一环的陷阱,经过柳天赐一讲,仿佛有拨云见日的感觉,进而又感到震惊不已,日月神教已被上官雄玩弄于手掌之上,自己和其他堂主还浑然不觉,感到又是惭愧又是愤恨。尽管面前的柳天赐不是向大哥所任命,但他身上还是被盖了日月神教“玄铁蝴蝶印”,并且武功盖世,与日月神教同如刀案上的一块肉,已经同日月神教融为一体,再说日月神教也需要一个智勇双全的人来主持大局,化解这场浩劫,破了这场灭门之灾,他打心眼里敬服柳天赐。

袁苍海“扑通”一声跪在地上，泪流满面地说道：“教主，属下袁苍海罪该万死，蒙了双眼，听从奸人从中利用，险些误了大事，请教主处罚我吧!”

柳天赐扶起袁苍海，长叹了一口气说道：“袁大哥，你可别这样讲，我这教主也是来得不明不白地，现在我和你都在别人的圈套中，我们唯一能做的，就是戳穿这个阴谋，到时日月神教还是要选一位像向大哥那样义薄云天的伟男子做教主的，我柳天赐一个浪子，倒没心去追名逐利，我能洗去这身上的冤屈就可以了。”

袁苍海挣脱柳天赐的手，固执地跪下：“不管怎么说，你的胸口上已有我日月神教的烙印，事实上你就是日月神教的教主，苍天啊！向大哥在天之灵也瞑目了，到现在你难道就眼睁睁地看着武林同道与日月神教互相残杀吗？这样辱没了自己的使命吗？教主，我袁苍海信得过你，你不答应我就长跪不起。”

柳天赐头脑中闪现出吴浩在地牢里那绝望而又欣喜的眼神和山村老妇与老丈的义举，不禁热血上涌，说道：“我柳天赐岂是贪生怕死之辈，袁大哥，我答应你!”

袁苍海欣喜而泣。两人又谈了一些细节，也在满天繁星之下，缓缓流淌的大江水声中睡去……

上官红披衣而坐，其实她根本没睡着，柳天赐和袁苍海的对话，她听得一清二楚，心里有种说不出的伤感，老天为什么偏要这么安排？

突然她听到柳天赐梦呓叫道：“姐姐，姐姐。”她回过神来，心头一震，跑过去偎依在柳天赐身边，握着柳天赐的手，柳天赐的额头上冒出一层冷汗，上官红小心翼翼地为他擦去汗水，柳天赐慢慢地安静下来……上官红坐在他身边一夜没睡……

早上起来，四人发觉昨晚经历了一场恶战，每个人的身上脏兮兮的，不由得相视而笑。

几人一路向北而行！一路上倒也风平浪静，柳天赐看到南宋大好江山一片萧条，满目狼藉，不觉浩叹不已。沿途乞丐成群结队向北而行，柳天赐以为是一些行乞的饥民，可越往前走，这些着装差不多，每人手里拿着一根打狗棒的乞丐越来越多，他们急急地向前赶去。

柳天赐大奇道："袁大哥，怎么有这么多乞丐北上行走？"

袁苍海笑道："他们才不是一般的乞丐，而是丐帮弟子，听谢六指讲，好像十一月十日韩丐天要在襄樊召开丐帮大会，韩帮主生性疏懒，从他接位时起丐帮从不举行什么丐帮大会，像今年这样盛况空前还是头一遭呢。"

柳天赐想到在山林里，韩丐天故意与自己胡搅蛮缠，把绿鹦身上的毒逼了出来，这等功力真是空前绝后，难怪被列为"三圣"之首，心里对韩丐天好生感激，说道："韩帮主召开这次丐帮大会，肯定与江湖这次风波有关系！"

袁苍海说道："唉，想当年向大哥和韩帮主互以兄弟相称，两人经常携手行走江湖，那豪情万丈的气概在武林中传为佳话，两人经常在一起举杯论酒，印证武功，那真是人生一大快事，但我们日月神教已被奸人利用，向大哥已被奸人暗害……现在已同丐帮兵刃相见，叫人好不心酸……"说着不禁老泪纵横，唏嘘不已。

柳天赐说道："袁大哥，你也不要过分自责，我想其他四位堂主都稀里糊涂的与丐帮几大长老拼命厮杀，因为他们都不知道事情的真相，看来我日月神教同丐帮已经结下了梁，正中奸人圈套。"

袁苍海说道："丐帮几大长老武功在当今武林也是排在前面的好手，与我日月神教几位堂主相斗，必有死伤，这阮星霸恁般歹毒。"

柳天赐一拍大腿问道："袁大哥，我们到秦岭是不是要经过襄樊？"

袁苍海说道："到秦岭正好经过襄樊和武当，教主想参加丐帮大会?”

柳天赐说道：“既然顺路，何不去看一下，这可是机会难得。”柳天赐本想到丐帮去化解日月神教与丐帮的矛盾，但又想到自己目前还没到秦岭拜礼登坛，名不正言不顺，看来只有到襄樊去见机行事。

袁苍海驾着马车轻车熟路，与柳天赐一路向襄樊赶去，一路上袁苍海给柳天赐讲了丐帮几大长老的一些情况，还谈了一些日月神教的教规和几大堂主的脾气性格，柳天赐还问了一些江湖上的常识，袁苍海给他耐心解说，使柳天赐大大受益。

不几日，四人已到襄樊城外。襄樊古城历来是兵家必争之地，地势险要，群山环抱，在每一处关隘都修有城墙，宽的地方砖铺成的大道沿着城墙四通八达，穿着劲装的武林中人骑着骠马，穿着劲服行走在满街上的乞丐中间。一到襄樊，柳天赐看到丐帮子弟人如潮涌，都是从五湖四海赶到襄樊，数量之多令人咋舌，他们有的只知道帮主韩丐天武功名列“三圣”之列，想必已是神功盖世，但从未谋得其面，听说帮主要召开全丐帮大会，纷纷从各地赶来观瞻帮主风采。

柳天赐一行四人找了一家叫“望家池”的酒楼住下。这是襄樊最大的一家客栈，主楼已经全部住满了，店家只好把四人带到后院的厢房，整个后院颇为宽阔，南边是一个大马厩。

袁苍海“咦”了一声，柳天赐顺着他的眼光一看，马厩左右已拴着十几匹西南贡马，这些枣红栗色的马没有蒙古战马那么高大骠悍，马腿瘦短，皮毛紫黑发亮，一看就知道是精品良马。

柳天赐心想：谁有这么大气派，人说，红粉赠佳人，宝刀赠英雄，这样的宝马它的主人应该是不同凡响的人物，就向店家问道：“店家，刚听掌柜说‘望家池’已被人包下了，这包下主楼的人，可是这些宝马的主人?”

店家答道：“是啊，客官，我们这家‘望家池’可是襄樊最大、最有名气的酒家，前三天主楼就被一个少爷包下来了，喏，这匹黑马就是那位少爷的，其余的马都是他手下的坐骑。”

柳天赐一惊，说道：“一位少爷？店家，你可知道他从哪里来？”

店家饶有兴致地说：“这位少爷好像是从西南大理来的，出手可真是阔绰，可随从个个都是美艳无比的少女，简直令人不解，起先掌柜说只让住，不能包下来，那少爷一下子拿出二十两黄金，说我就把你‘望家池’包下来，我们可从没见过出手如此豪绰的客官，就让他包下了三层主楼。”

绿鹦在一旁叫道：“有两个臭钱就可以作威作福，十来人住这么多客房，老娘看看他到底是什么货色！”说着就要向主楼走去。

店家一看明明是个书生打扮的后生，怎么说话轻脆刻薄，还自称“老娘”，在一旁不解地看着绿鹦。

突然从三楼传来一声娇笑，一个脆生生的声音，宛如鹂声啼叫传来：“真不害臊，十八九岁的闺女说起话来这么不识大体！”

柳天赐四人抬头向三楼一看，在三楼走廊的栏杆站着一个白衣少女，白色的拖地长裙外罩一件细花小袄，肩上披着金黄飘带，一头乌发自然下垂，宛如凌空仙子，如星的双眸直视绿鹦。

绿鹦一下被人看出破绽，不由一愣，身形一扭平地拔起，身子弯成了一个弓状，快到三楼，身子弹直向白衣少女劲射而去，白衣少女惊叫一声，腰胸一扭，身子平飞，向对面的走廊掠过，可绿鹦使的是他父亲“无影怪”的独步天下的“登天幻影”轻功，“无影怪”轻功来去无影，想那白衣少女怎么摆的脱绿鹦，只见绿影一晃，绿鹦在空中一个大转身，身子又向对面走廊劲射而出，“啪啪”两声脆响，白衣少女粉脸已被绿鹦掴了两巴掌。

绿鹦叫道：“老娘高兴这样说，关你屁事？”

突然，“吱呀”一声，从三楼正中一个房子走出一个身穿锦袍、头上缩着玉带、白齿朱唇雍荣华贵的少爷，约摸二十五六岁，双手一拱道：“这位兄台……哦，妹子，小婢有犯尊望，我段某在这里向你赔不是，请问妹子可叫绿鹗？”

白衣少女满面通红，整个人羞怒不已，叫道：“公子，是她先骂你的，我才……”白衣少女本想说我才教训他，哪知道一下子被人打了两个耳光，一口气说不出来。

绿鹗一招得手，正自得意，听见锦服青年能叫出自己的名字，不由一怔，竟被他雍容典雅的气度怔住了，半天答不上来。

柳天赐三人站在楼下，看到那青年公子确是气度不凡，那白衣少女似乎是他的丫头，对他甚是恭敬，青年公子住在屋里凭听觉知道绿鹗所使的“登天幻影”轻功，这倒不易，“无影怪”在江湖上飞来窜去，寻找女儿绿鹗，江湖中人几乎无人不知，无人不晓，所以青年公子能判断这刁钻古怪的少女就是“无影怪”的女儿绿鹗，这倒不奇怪。

绿鹗嘴一撇，说道：“我叫不叫绿鹗，关你什么事？兜里有几个臭钱也不要太张狂了！”

锦袍青年一点也不恼怒，笑道：“这倒也是！”又对白衣少女说：“菁菁，快向这位妹妹赔不是。”

白衣少女满脸不情愿，但还是硬生生地挤出一句话，声音很小地说道：“对不起。”

绿鹗双手拍了拍，说道：“这还差不多。”说完，纵身飘然而下，落在柳天赐的面前笑道：“黑虎哥，那白衣女人该不该打？”

柳天赐对绿鹗刁钻的性格习惯了，但觉得这次也太出格了，说道：“可人家又没惹你。”

绿鹗没想到柳天赐会说她，满面的高兴劲如泼了一盆冷水，嘴一翘说道：“那你是不是要我向她赔不是。”说完，一转身走进了厢房。

三楼那锦袍公子忽然对上官红灿烂一笑，转身也走进了房子，上官红“哼”了一声说道：“满脸的脂粉味，我看不是什么好东西！”

厢房也只有两间，绿鹦和上官红两人住一个房间，柳天赐和袁苍海住在隔壁，四人洗漱完毕，觉得浑身轻松，旅途的困倦也消除了，精神大振。柳天赐走到绿鹦房里，想哄哄绿鹦，上官红和绿鹦正坐在床沿说悄悄话，见柳天赐走进来，以为听到了两人的说话，不由大窘，皆俊脸绯红。

柳天赐笑道：“你俩位，是不是在说我柳天赐什么坏话？”

绿鄂笑道：“姐姐说准备给你做一件衣服，叫我陪她到街上去买些布料，亏你还说……哎哟！”上官红低着头在绿鹦身上揪了一把。

柳天赐见绿鹦没有生气，也就放宽心，说道：“不打扰你说悄悄话，我睡觉了。”说着关上门回到房间，和衣而睡。

睡到半夜，突然听到屋顶上有如落叶般的脚步声，尽管很轻，但柳天赐还是听见了，柳天赐打开窗户头往外一探，正碰到上官红也从窗户往外探出身子，与柳天赐相视一笑，两人随手关上窗户，飞上了屋顶，不一会儿就可以看到前面的人。

两人大吃一惊，这个人正是白天见到的那个锦袍公子，只见他沿着城墙外面走着。顺着一条田间小路，前面出现了一片小松林，向四处望了望，轻声叫道：“子薇，我是段安柯。”树林旁有一条小溪，从小溪那边传来一个女子的啜泣声，段安柯一阵惊喜，忧心忡忡地小心走过去，挨着那女子坐下。

那女子穿着红色的紧身衣服，身段甚是窈窕，长发披肩，两肩随着哭声不停地抖动。

柳天赐和上官红趴在树干上，一动不敢动，从刚才轻功的身法看，这段安柯的功力不在他两人之下，武功这么高，深更半夜跑到这松林里做什么。

段安柯挨着红衣少女坐下，双手支着下巴，沉默了一会儿，扳过红衣少女的肩头，柔声说道：“子薇，人死是不能复生的，我也很难过，没想到……向伯伯遭人毒手。”说着竟也呜咽起来。

柳天赐心想：看不出这锦袍公子，倒还真是个多情种子，说哭就哭起来，自忖自己远没这种境界。

那红衣女子先是一愣，那神情仿佛在说：你怎么知道？见锦袍公子也在伤心落泪，心一软就倒在锦袍公子的怀里说道：“段大哥，我现在可只有你一个亲人了……”

段安柯轻轻地抚摸着红衣少女的长发，柔声道：“子薇，我心中也只有你一人，我这次东来，就是来看你的，自从我俩在武当分手，我无时无刻不在想念你，碰巧家父命我带着‘十二剑女’来襄樊索回我们大理那本祖传武功秘笈《随形剑气》，没想到刚一到襄樊就碰到你，可你只是伤心落泪不理我，我真伤心透了，后来我听消息说向伯伯已遭人毒手，才……”

红衣少女收住哭泣，说道：“我不是约你今夜来这里了吗？当时我见你身边美女如云，前呼后拥，我一个伤心女子哪敢与你多说？”

锦袍公子一时口吃道：“子薇，相处多年你还不知道我的心意吗？”说完低下头吻了吻红衣女子，红衣女子“嘤”了一声。

柳天赐不由觉得耳热心燥，伸手想拉上官红，上官红头一侧也靠在他的胸脯上，一股热流“腾”地从他胸脯升起，他几乎听到自己的心跳。

锦袍公子抬起头来说道：“向伯伯武功盖世，何况身边还有四大护法，谁有这么厉害，能害得了他？”

红衣少女坐直身子，理了理头发说道：“安柯，我也感到很奇怪，爹爹自从大都回来，脾气和性情大变，很少和我、跟母亲说话，并且也很少理会教里的事。更令人费解的是，还将教主之位传给了那叫柳天赐的人，这个柳天赐人还没到秦岭就发出‘蝴蝶令’围杀武当和丐帮长老，教里几位堂主和护法心痛不已。”

锦袍公子认真地听着，说道：“我在大理也听说这些事，当时父亲就不相信是向伯伯所为，向伯伯一生肝胆磊落，胸怀坦荡，在江湖上谁不敬畏，怎么会……我想这其间可大有蹊跷，是不是那柳天赐在中间玩了什么鬼？”

柳天赐和上官红趴在树上，几乎惊叫起来，这红衣少女就是日月神教向天鹏的女儿，听称呼，叫向子薇，更使他俩吃惊的是那个移花接木的假向天鹏也被人杀死，那他费了那么多心血，不都是空耗一场吗？两人一头雾水，趴着不动，凝神倾听。

向子薇说道：“大家都说父亲想独霸武林，想当武林盟主，才造了武林奇事，权欲极重的柳天赐做日月神教的第二任教主，没想到……”向子薇泣不成声。

段安柯撮着向子薇怒声道：“子薇，跟哥哥说，是谁害死了向伯伯，我给你报仇!”神元间颇有凛然之气。

向子薇哭着说道：“父亲那天说到河南少林寺去拜访一下方丈‘慧能大师’，谁知在湖北的大洪山就遭人暗算，敌人那么凶残，连父亲的头也割……了下来，落个尸首不全……父亲英明一生，没想到落到……”向子薇已伤心欲绝。

段安柯一下子慌了手脚，他的确很爱向子薇，怎忍心看到她如此伤心，吼道：“是哪个畜牲这般歹毒。”

段安柯自小在大理宫室长大，从没说过一句脏话，见心爱的人受到了如此大打击，在江湖上听到的骂人粗话不禁脱口而出，向子薇没在意又说道：“后来父亲的尸体被抬回蝴蝶崖，众堂主都看到父亲的前胸已被敌人震碎，连那‘玄铁蝴蝶印’也震得模糊不清，这一掌是从背部偷袭的。”

段安柯叫道：“隔山打牛掌!”

向子薇又说："普天之下，只有'丐圣'韩伯……韩丐天能使这'隔山裂岳掌'。"

段安柯帮向子薇擦了擦眼泪说道："这可奇怪，向伯伯和韩丐天可是有过命的交情，这在江湖上是家喻户晓，妇幼皆知，韩帮主也是侠义中人，武林正派向有'北向南韩'之说，韩帮主应不会向伯父下此毒手……"

向子薇一扬头说道："我们也是这么想的，但天下武林，以武功来讲，能暗算爹的人已怕是没有，即使韩丐天也是和爹爹武功相当，想杀爹爹也绝非易事，这只有可能是乘爹爹不注意，才下此毒手，实可谓人心难测。"

柳天赐越听越玄，听向子薇说话，那个假向天鹏已在大洪山被人身首异地，并且还中了韩帮主的"隔山打牛掌"，他两人说的话似乎都有道理，因为普天之下，还有谁会丐帮帮主独步武林的绝学"隔山裂岳掌"呢？可这一事实有悖于常理，韩丐天没有理由对向天鹏下此毒手，除非他也知道向天鹏是假的，但这也不大可能，连自己的亲生女儿也只是感到奇怪，难道韩丐天能看出其中破绽？柳天赐想不出个所以然来，见上官红的呼吸急促，知道她也是百思不得其解，心情难以平静。

只听见段安柯又说："人心难测！这倒不假，我们段家的《随形剑气》武功秘笈，就与韩丐天有关。"

向子薇转过来望着段安柯满脸惊讶，似乎在问，怎么回事，因为太伤心还挂着满脸的泪痕，没有说出来，只是把这种疑惑写在脸上。

向子薇一直是背向两人坐着，突然一转身，两人看清她的面容，又是一惊，因为向子薇和上官红长得太相像了，一样的美，从关系上讲上官红和向子薇是嫡亲表姐妹，这血缘关系使得两个彼此陌生的少女长得如此惊人的相像。

段安柯与向子薇显然不是一般的关系，段安柯低下头吻了吻向子薇脸上的泪珠，接着说："你知道我们大理段家的《随形剑气》里武功十分深奥，可与龙尊的《夺魂心经》相提并论，父亲也只是参悟其中的七八成，就名震江湖，称为'三圣'之一的'皇圣'，所以这本武学秘笈也就成为我们大理段氏的传家之宝，可就在上个月，父王离开皇宫到崇圣寺与方丈对弈，突然潜入一个蒙面人盗走了《随形剑气》，后来伯父发觉，随后追赶，那蒙面人向伯父回身一掌，幸好隔得远，但伯父的背脊骨还是被震断。"

向子薇说道："隔山打牛掌!"

段安柯说："父王回来惊诧不已，因为韩丐天与父王交情也有几十年了，韩丐天也偶尔到皇宫，父王像招待贵宾一样招待他，然后两人闭门不出，在一起印证武学，难道就为了偷这本家传武功秘笈，对伯父下此毒手，父王百思不得其解，就叫我带'十二剑女'到襄樊，特别叮嘱我千万不要贸然动手，就算韩丐天偷去，我也不是他的对手，最好将此事查出个眉目，父王一直觉得此事甚为蹊跷，所以我就包下了'望家池'客栈，慢慢查找，过几天就要在点将台召开丐帮大会，那韩丐天肯定会露面的。"

第十二章　丐帮大会

“《随形剑气》?”上官红记得在父亲的密室里见过蜡像，一思索起来跟这段安柯真有点相像，上面写到的大理段皇爷，肯定是段安柯所提到的父皇，父亲搜集了许多门派的武功秘笈，既然把《随形剑气》和《夺魂心经》列在一起，可见《随形剑气》也是一部至高无上的武学经典，父亲为什么会有日月神教的“玄铁蝴蝶令”？为什么在密室里刻有那些还没搜集到的武功秘笈主人的蜡像？……上官红感到冷气直冒，一种不祥之感袭上心头，她真的不愿想下去……

向子薇说道：“爹爹以前将日月神教整顿得好生兴旺，没想到惨遭横祸，跟着阴阳天地四大护法叔叔就失踪了，不知去向。还有‘白象堂’堂主吴浩叔叔、‘黑虎堂’堂主袁苍海叔叔也下落不明，其他四位堂主叔叔也到了襄樊，要找韩丐天讨回个公道。”向子薇深深地叹了一口气，接着说：“我也跟着到了襄樊，唉，怎么会这样哟?”

段安柯沉思了一会儿说道：“子薇，你说日月神教里阴阳天地护法，还有吴浩堂主和袁苍海堂主可都是叱咤风云的江湖顶尖高手，怎么会突然下落不明呢?”

向子薇眼里还噙着泪花，但人镇定多了，靠在段安柯的怀里玩弄着头发，思索地说：“阴阳天地护法是不离爹爹左右的，那次跟父亲下山，爹爹遭人暗算，他们四人的确不见了，也找不到尸体，我们猜想当时四人肯定看到凶手，所以去追杀，可是以四位叔叔的身手，再厉害的身手，也难以逃脱四位叔叔的追杀，我们一直没等到他们回来，吴浩叔叔……听说是在‘九龙堂’对新教主犯上作乱被抓了起来，袁苍海叔叔在九江奉新教主之命追杀丐帮谢长老，说是在长江翻船被淹死……”

段安柯听后，痴痴地坐在那里，好半天没说话，向子薇转过脸，用玉手拍了拍他的脸，段安柯回过神，喃喃地说：“这一切太复杂了，怎么来得这么突然？‘九龙帮’可是水上第一大帮，一向与日月神教水火不容，怎么会成为日月神教的一个堂口呢？那新教主为什么要围攻武当，要不是你及时通知和其他门派相助，特别是丐帮长老，我们的师父‘玉霞真人’也难逃此劫，为什么要追杀丐帮，难道他也知道向伯伯被韩丐天暗算？”

向子薇说道：“听说这被爹爹任命的新教主内功修为还在爹爹之上，年纪颇轻，在九江不知用什么手段摆平‘九龙帮’使阮星霸臣服，并且投到日月神教门下，被封为日月神教第七堂‘九龙堂’堂主。同时柳天赐还收罗了许多江湖上臭名昭著的魔头，什么‘西天五杀’、‘南海六魔’还有‘三大淫魔’……以前爹爹是从来不屑与这些人交往，还杀了‘四大淫魔’中的一魔，因此教中对新教主议论颇多，可日月神教的教规规定是要绝对服从教主，就是死了也要执行，不然可就犯下十恶不赦的死罪——‘犯上作乱’。”

柳天赐心想：这是什么教规，那不成了教主一手遮天，嗯，我以后当了教主第一件事就是废了这一条教规。

向子薇抿了抿嘴唇，接着说：“后来新教主还居然下‘蝴蝶令’围攻武当，说武当乃一邪教，天下正教唯有日月神教。”

段安柯愤然作色道：“真是狗屁不通！”马上意识到在向子薇面前骂日月神教教主颇为不敬，口气一软说道：“话不可以这么讲，想我俩在武当学艺三年，武当道教真是博大精深，连父王也佩服不已，说家传《随形剑气》与武当的《百变神功》有异曲同工之妙，才把我送到好友

‘玉霞真人’门下学艺，怎可能是邪教呢？”

向子薇说道：“爹爹对武当的武学也是推崇备至，加上又忙于教务，没时间和精力教我，就把我送到武当，所以我一听到这个消息，赶快通知师父，不知师父会不会因为我的身份而责怪我？”

段安柯安慰道：“师父慈悲之心，更何况又不是你的罪过，怎么会责怪你呢！那柳天赐又是以什么理由围杀丐帮长老的？”

向子薇眉头一皱说：“那就要玄了，柳天赐传‘玄铁蝴蝶令’说丐帮帮主召开全丐帮大会，准备投靠元军，命令各地堂在各地剿灭丐帮长老，四位堂主接到‘蝴蝶令’大惑不解，火速赶到秦岭蝴蝶崖请示爹爹，谁知爹爹无动于衷，冷冷地说：‘既然教主这么做自有他的道理，你们想抗命？’谁知没过多时父亲就……”说着又哭了起来。

段安柯又安慰向子薇一番说：“是不是韩丐天知道这件事，就来个先下手为强呢？”

向子薇说道：“你也是这么想的？韩丐天和爹爹有过命的交情，曾率领北方数万名乞丐抗击元军，自己亲自闯入蒙古大军如入无人之境。据爹爹讲，韩丐天身上染的血在他身上结了厚厚的一层血壳，像穿了一件血甲。怎么突然之间对爹爹下毒手，又偷了《随形剑气》还要投降成吉思汗……”

段安柯说：“等过几天召开丐帮大会，那韩丐天的狐狸尾巴就会露出来的。”

柳天赐趴在树上又好气又好笑：“一个假‘向天鹏’和一个假‘柳天赐’把江湖搅得一塌糊涂，‘向天鹏’肯定以为在‘九龙堂’传令的就是在天香山庄借刀杀人的柳天赐，心中大喜，没想他歪打正着造了一个这么称心如意的替死鬼，比他想象的还要满意，围攻武当追杀丐帮比他计划的要顺利得多，没想到成吉思汗比他还要快，早就私下控制了‘九龙帮’并通过假柳天赐控制了日月神教，这假扮自己的阮楚才马上就到蝴蝶崖洗礼登位，是不是成吉思汗派人杀了假向天鹏，使阮楚才毫无破绽地登上教主之位，可这‘隔山裂岳掌’怎么解释呢？”

只听见段安柯长长的叹了一口气，“唉……”满是遗憾。

向子薇柔声叫道：“安柯，你……我……”

段安柯说道：“我准备把我俩的事告诉父王，然后到蝴蝶崖提亲，没想到……”

向子薇俏脸一红，神采照人，将头埋进段安柯的怀里，忽然满面娇羞地趴在段安柯的耳边说：“安柯，我已两个月没来，我想……是不是……”声音几乎细不可闻，但柳天赐还是听得一清二楚，说完，段安柯愣了半晌，欣喜若狂抱起向子薇叫道：“这是真的吗？真是太好了，我们马上叫父王允许我俩的亲事。”

向子薇说道：“要是你父王不同意呢？”

段安柯说：“不可能不同意，你长得那么美，父王要是不同意，我俩就私奔。”忽然，段安柯一扳向子薇，让向子薇仰面对着他，问道：“子薇，你是不是还有一个姐姐？”

向子薇坐正身子惊愕道：“没有哇。”

段安柯说：“奇怪，今天我在‘望家池’看到一个书生打扮的姑娘，长得和你一模一样。也许是太想你了，见到别人总想到你。”

向子薇满心喜悦，做了个鬼脸，在段安柯脸上亲了一口，两人又搂抱在一起。

柳天赐感到上官红贴着自己的脸娇喘微微，香汗细细的，不由转过脸去，心动神摇，上官红在他脸上亲了一口。

突然，向子薇推开段安柯，整了一整衣衫，凄然说道：“我向子薇父仇未报，就……就……”说着又呜咽地哭起来。

段安柯呆立一旁，经向子薇这么一说，两人再没兴致了，段安柯又挨过身子安慰一番，不一会儿，两人又卿卿我我谈了起来……

上官红一拉柳天赐的手，两人施展轻功无声无息地飘然离开。

上官红的脸上红潮未退，不敢正视柳天赐，一路无话，只顾狂奔，不一会儿就到了“望家池”的厢房，两人像做了一件见不得人的事，心里怦怦直跳，偷偷地溜进各自的房间，蹑手蹑脚，生怕惊动了绿鹦和袁苍海。

突然，两人同时发出惊叫，原来绿鹦和袁苍海两人都不见了，房子里空荡荡的。

深夜，他俩会到哪儿去了呢？

城墙外的守更人敲着梆子，已经三更了，窗外一弯月嵌挂在光秃秃的树梢上，发出朦胧暗淡的月光。

柳天赐和上官红默默地对坐着，房间里一切井然有序，没有一丝打斗的痕迹。

上官红望了一眼柳天赐说：“他俩醒来发现我俩不在会不会去找我们呢？”

柳天赐沉思着说：“不会的！如果我一个人不在，有可能袁大哥会去找的，可我两人出去了，袁大哥过来人，他绝对不会去找的，再说就是绿鹦执意要去找，袁大哥也会给我们留下只字片语告诉我们。”

上官红俏脸一红，低下头去，拨弄着衣服上的扣子，不得不承认柳天赐说的有理，嘴里满不在乎地说：“我俩出去又怎样？要是我和袁大哥发现你和绿鹦不见了，我就去找你们，这房里东西都好好的，夜已三更，他们俩会到哪儿去呢？”上官红跺了跺脚。

柳天赐皱了皱鼻子说：“姐姐，有人在房子里放了毒气。”上官红用鼻子嗅了嗅，“嗯”了一声，房间里还残留有一股淡淡的毒气味。

柳天赐转过身子摸了摸被窝，说道：“如果不出我所料，应该是我俩刚出去不久，就有人过来向房子里面吹毒，因为被窝里早已凉了，没有热气，袁苍海和绿鹦中毒后，就把两人带走了，这至少有两个人。”

上官红问道：“会是什么人干的呢?”

柳天赐说：“这只是我的一种分析，也不见得就是的，说不定他两人出去转悠一下就会回来呢，我俩等一下吧!”

两人披衣坐在床上，看着窗外的月光渐渐地暗淡，晨曦初明，袁苍海和绿鹦还没回来，却听到屋顶上有落叶般的脚步声向西而去，两人知道肯定是段安柯回来了，不一会儿，天已放亮，清早起来觅食的鸟儿在窗外的秃枝上跳跃啾叫，还没等到人回来，柳天赐心里一紧，觉得自己猜想已得到证实了。

柳天赐和上官红心急如焚，白天里几乎跑遍了整个襄樊城，结果一无所获。

跑了两天，两人已没有信心，回到“望家池”吃了晚饭，两人就各自回到房里休息。

柳天赐感到一阵烦躁，怎么也睡不着，披衣走到上官红房间，刚一出门，正碰着上官红出来，原来上官红也睡不着，两人相视一笑，就坐在后院的石凳上。

柳天赐说：“姐姐不用担心，我想袁大哥心思缜密，江湖阅历丰富，绿鹦虽然刁钻古怪，人倒是满机灵的，两人不会有什么问题的。”

上官红说道：“我也是这么想的，但我总觉得这件事是冲着你来的。”

柳天赐笑道：“要是冲着我来就好了，我身上有‘化毒神丹’，那毒怎能迷住我呢，可惜我不在房间里。”

上官红一扭身子说道：“你还这样大大咧咧，我可担心死啦，说真的，我有一种不好的感觉，天赐。”

柳天赐身子一颤，上官红第一次称他为天赐，虽然两人早就心心相印，在柳天赐的心里总觉得上官红把自己当小兄弟看待，这一声“天赐”有如天籁之音，把柳天赐叫得飘飘然，情不自禁地想抱起上官红。

突然，传出一个孩童般的声音叫道：“弯路又蹦又跳射人针。”两条黑影疾驰而来，一枚银针成弧线跳跃地向前面那人的后背射去。

上官红惊叫一声“不老童圣”，拉着柳天赐的手一跃上了墙头，柳天赐看得目瞪口呆，他以前在天香山庄见过不老童圣使过自创的“弯路射人针”，当时见一枚银针会转弯吓了一大跳，可这次不老童圣的“弯路射人针”又改进了一大步，这银针不但能成曲线射击敌人，而且还上下不断跳跃前进，别看这银针忽上忽下一跳一跳的射击敌人，柳天赐知道，发射这种暗器的手法，说明“不老童圣”已能将自己身上博大无比的内功收发自如，一切皆运我心的境地，所以这枚银针才能随着他的功力改变方向，成波状的跳跃前进。内功达到这种修为，叫柳天赐惊羡不已，可“不老童圣”取了一个俗气的名字叫“弯路又蹦又跳射人针”，柳天赐听得甚为好笑！

被不老童圣追的人，武功卓绝，身形瘦削，银须飘飘，白发在头上绾了一个髻，仪表端庄，两道眉疏淡修长，一双眼睛深如古井，高鼻梁，口角刚劲，穿一件青衣道袍，背上扦着一根拂尘，柳天赐一看就知道是个武功修为不凡的老道。

那老道见后面有暗器射来，大吃一惊，一回头用袖子一拂，一股罡风卷起，谁知那枚银针上下跳跃，没被卷落，依然上下飘忽向老道的眉心扎去，只是没有劲力，刚到老道面门就掉了下来。

“不老童圣”那孩童般的声音大叫道：“厉害，厉害，臭道士，再接一下我的‘弯路又蹦又跳射人针’。”没见他手动，两枚银针又破空而出，两枚银针一上一下忽闪忽闪，像两只翩翩飞起的蝴蝶，向老道射去。

老道大骇，停下脚步一转身双掌平推，蓦地幻出一片掌影，不，不是掌影，有拳、掌、爪，就像老道突然长出了上百条手一样，更为奇怪的是，这上百条手长短不一，飘飘忽忽向“不老童圣”招呼过来。

“不老童圣”大急，从怀里掏出一把银针一洒手，那银针就像上百只蝴蝶翩翩飞舞，穿梭在掌影之中。

一般的，能化出上百个掌影，这是出手太快所造成的，就是在一眨眼之间使出了一百多掌，但这些掌法是一样的，同在一个平面上，而老道所化出的掌影，或拳、或掌、或爪、或勾，而使的招数也不一样，就像同时使出上百个变招，并且长短不一，有的是近在胸前的守势，有的是双手暴长的攻势，使人目不暇接，柳天赐真是惊叹不已！

别看这掌影飘飘，银针翻飞，其实是一种内力的较量，老道的掌影都是内力驱动的。“不老童圣”那满面红光的孩儿面上也有一股凝重神色，双掌向前面平推，指挥着上百枚银针见缝插针地渗入那老道的功力之中，两人面对面形成对峙的局面，上百枚银针在老道的掌影前上下翻飞。突然，一枚银针从掌影的空隙中刺了进去，说明“不老童圣”功力还是略胜一筹，老道一个趔趄，脚上足三里已被刺中，但这枚银针劲力甚小，老道掌力一吐，其他的银针尽数掉在他面前，老道站稳身子，双拳一抱朗声说道：“佩服，佩服，童圣兄内力已达到这等地步，老道望尘莫及。”

不老童圣“嘻嘻”一笑说道：“臭道士，用你的‘百变神功’我俩来比试比试，不然的话你得叫我爷爷。”

上官红听了“扑哧”一笑，这“不老童圣”真是孩童一般，人家已白须银发叫你一声“童圣兄”就够了，怎么叫你爷爷。

不老童圣两眼斜瞄，见上官红和柳天赐站在墙壁头上，大叫道：“臭道士，不跟你玩了，我师父来了。”说着身子一立，人已横弹而去，在秃枝上一点，人劲射而去，眨眼不见踪影，三人目瞪口呆，身法真是怪异，人直挺挺的横飞而起。

上官红急叫道：“童圣，别跑，快回来。”一个孩童声音远远传来：“童圣在外，师令有所不受，我去了。”旷野里回荡着“了……”说明人已离了很远。

老道甚是吃惊，墙上的少女书生打扮，明眸皓齿，年纪大概在十九、二十左右，怎么会是“不老童圣”的师父，既然是师父，那武功之高更是不可想象，老道惊疑不定地站在那里。

柳天赐见月光下的老道道骨仙风，悠然而生敬意，老道眼光一转，看到了少女身边还站着一个十八九岁的青年，“咦”了一声，因为他感觉到柳天赐身上吐出一股逼人的灵气，令他感到惊奇的是，这青年人身上有两股正邪真气，但从本人身上的灵气来看，资质似乎处在佛的一面，这两股真气互相克制，一旦激发其体内任何一股真气达到最高时，另一股真气会冲撞出来，搞不好有性命之忧。老道大感惋惜，他不明白这青年，体里的真气那么浩瀚，如果正邪两股真气能在他体内合二为一，就是当年龙尊也不能与之抗衡，如果合成一股正气，那将是武林大福，如果合成一股邪气，那将是武林中一个可怕的煞星，一个给武林带来浩劫的煞星。

老道眼光一扫柳天赐，默默地注视着他，柳天赐感到一道祥光笼罩着自己，人感到一阵祥和，仿佛沐浴在春花雨露中。

老道一看被“不老童圣”称作师父的上官红冰清玉洁，超凡脱俗，体内蕴藏着一股柔情似水的真气，老道不觉大慰，这少女的真气正好能牵引她身边的青年体内的那股邪气，只是少女的功力似乎比青年身上的功力还稍逊一筹，目前还不能克制得住。

上官红和柳天赐看着面前的老道，站在那里脸上阴晴不定，一喜一忧，一下子甚是不解，但从他仙风道骨里透出一股慈祥的光辉，那深如枯井的眼睛发出的柔光，绝对不存丝毫敌意，两人都觉得浑身舒泰，就像被晒了一冬日的暖阳，人有一种懒洋洋的感觉。

突然，一个人影从围墙里飞越而过，落在老道的面前跪下叫道：“安柯叩见师父。”老道收回目光，说道：“安柯，你怎么也到襄樊来了！”

柳天赐一看，正是那穿着锦袍的公子段安柯，恍然大悟，原来面前的老道就是武当道长“玉霞真人”。

段安柯就把韩丐天如何到大理皇宫偷了祖传《随形剑气》，然后打伤伯父，奉父命来襄樊调察此事，简单地告诉“玉霞真人”。

“玉霞真人”用手缓缓地拂动银须，仰天长叹道：“天作孽，犹可为，人作孽，不可恕。安柯你切不可莽撞，在真相不明之前，尤要注意。”说完双手一拱道：“墙上两位少侠，贫道有一物相赠，也许以后有用得上的时候，你们好自为之。”说完，从怀里掏出一个小瓷瓶，伸指一弹，瓷瓶不带一点风声，像是用手递到柳天赐面前，柳天赐伸手一接，瓷瓶缓缓地落入掌中。

“玉霞真人”微微一笑，说道：“明晚再见。”飘然远去，段安柯伏在地上拜了三拜，回头怔怔地望着柳天赐和上官红，百思不得其解，师父怎么把自己视为至宝的“导气神丸”给了两位陌生人。

上官红见段安柯痴痴地望着自己，知道他又把自己看作了他师妹向子薇，脸一红，拉着发呆的柳天赐说：“天赐，我们回去。”两人转身回到厢房，留着段安柯痴痴地站在那里。

柳天赐拔开瓷瓶的木塞，一股淡淡的药味扑鼻而来，沁人心脾，里面有一粒红色的药丸，红得晶莹透亮，知道这肯定是一颗珍贵的药丸，小心翼翼地放进贴身的胸里，猛然想起“玉霞真人”说明晚再见，回头问道：“姐姐，明天是什么日子？”

上官红说道：“哦，对了，明天就是十一月初十，丐帮将在点将台召开丐帮大会，或许，我俩在那里可以看到袁大哥和绿鹦。”

柳天赐道：“姐姐，你看玉霞真人为什么会赠我俩药丸，他可不认识我俩？”

上官红笑道：“我想重礼之下必有所求，‘玉霞真人’不会有什么恶意的，既然给你，你就好生收下，这自有他的深意。”

柳天赐长长地出了一口气道：“这襄樊城忽然聚集这么多武林前辈顶尖人物，连你的徒弟‘不老童圣’也来凑热闹，明晚可谓盛况空前。”

上官红想起“不老童圣”见到他就逃之夭夭，不由莞尔一笑：“我这徒弟和你一样，贪玩淘气，可难管得紧，他是哪里有热闹，就往哪里跑，这倒不奇怪，不知为什么偏跟‘玉霞真人’较上了劲?”

柳天赐道：“这叫‘教不严，师之惰’。你那徒弟满肚子稀奇古怪，还不是想在‘玉霞真人’面前试试他的‘弯路又蹦又跳射人针’，我真担心他以后不知道给起一个什么名字，那么长，一念就得念上老半天。”

上官红一下子笑得喘不过气来……

两人各自回到房里，在襄樊城找绿鹦和袁苍海，在大街小巷转悠了两三天，人也累了，就抛开心思，早早休息。

十一日，襄樊城大街小巷，满街都是丐帮子弟，人头攒动，城外还有许多丐帮子弟陆续进来，在襄樊城的大道和广场上或躺或坐，个个身上都污迹斑斑，穿着破鞋，蓬头垢面，虽然不拘礼节，但秩序井然，没有哪个丐帮弟子拿银子去买东西吃，没有人施舍，就从袋子里拿出一些残羹冷饭兀自旁若无人、津津有味地吃着。

柳天赐和上官红也穿着一身破衣服，拿着打狗棒，穿着破鞋，将脸上涂得一塌糊涂，混在丐帮弟子中，两人相视而笑。

点将台在襄樊城南三里地外，“韩信点兵，多多益善”就是在这里，汉朝的韩信受过胯下之辱，后在襄樊附近行丐，被汉高祖刘邦施舍了一碗饭，就是这一碗饭之恩，韩信忠心不二，辅助刘邦统一天下，所以丐帮一直把韩信奉为丐帮鼻祖。点将台由方砖垒起，是一个高约四五丈的平台，点将台方圆数十里已黑压压地站满了丐帮子弟。

已是申时，天色已黑，平台四周点燃了火把，把方圆数十里照得如同白昼，平台上一个人也没有，丐帮弟子引颈而望，柳天赐和上官红牵着手，四处观望，倒没发觉有什么异样的人物，心想：那些已经来的人物潜伏到哪里去了？成千上万的丐帮弟子立在台下，议论纷纷，人声鼎沸。

突然，从西南角响起一阵急骤的马蹄声，扬起满天的灰尘，喧哗的人群一下子静了下来，人们都侧过脸去，不一会儿，十四马就飞驰而来，丐帮弟子刷地让开一条道路，十来人翻身下马。

柳天赐大吃一惊，这十来人皆背负着八个袋子或九个袋子，知道这些都是丐帮的八袋长老和九袋长老，谢远华也在其中，个个都血迹斑斑，神色疲惫，显然经过了一场恶战，有两个还是伏在马背上。

众丐帮大哗，顿时，点将台周围一片寂静，人们大气也不敢出。

四个九袋长老走在前面，身上伤痕累累，倒提着打狗棒，步履凝重，神情凛然，后面是三个八袋长老，三个八袋长老搀扶着受伤的两位八袋长老一行人向点将台走去。

丐帮十大长老，早就名震江湖，柳天赐听袁苍海说过，这十位长老都分布在各地，管辖一方，台下有的丐帮弟子认出自己辖区的长老，不由大叫起来，顿时，台下叫声汇成一片，如海潮挟着春雷，声震半天。

一个容貌怪异，额头凹陷，圆脸，厚唇，鼻孔朝天，脖子歪向右边的九袋长老站在点将台上朗声喊道：“大家静一静，静一静。”

这九袋长老因为相貌奇怪，柳天赐听袁苍海讲是丐帮辈分极高的裴曾法，武功也最高，尤其一手打狗棒法，使得出神入化，早在二十年前就名震南北武林，为人稳重耿直，在丐帮相当于执法长老，韩帮主神龙不见首，少在帮中，帮中的大小事务，就由裴长老一手打理，代韩帮主传令执法，这一喊，内力充沛，声音洪亮，一下子将喧哗的声音压下去，连站在最边缘的丐帮弟子，耳边也嗡嗡作响。

人群又重归寂静，裴曾法用审势的目光威严地一扫全场，双拳一抱大声说道：“大家从各地赶来，辛苦了，因韩帮主在路上有了耽搁，我裴曾法在这里代帮主向你们问好！”

台下群丐寂静无声，不一会儿，有人喊道：“裴长老，我们丐帮是不是发生了什么事，怎么你们八位长老都受伤了，是谁干的?”接着又有喊道：“帮主为何没来，有什么事耽搁?”“日月神教也欺人太盛，为什么与我丐帮翻脸，在各地追杀我们丐帮子弟，韩帮主可要为我们做主啊。”说话的是一个六袋长老……顿时，台下又喧哗雷动，丐帮弟子此起彼伏地叫起来。

裴长老正要说话，突然，一条灰影一闪，像一支离弦利箭，双足在马背上一蹬，从众丐帮弟子的头顶上飞越而过，众人眼睛一花，来人已稳稳地落在点将台中央，腋下还夹着一个人。

柳天赐和上官红一声惊呼，来人正是他俩在九江山村遇到的那个纠缠不清的老叫化子，这么快如闪电灰色的影子，使柳天赐想起在“九龙寨”竹园里的身影，柳天赐完全敢肯定，那晚的“太乙真人”和阮星霸引开的就是这老叫化子，更使两人吃惊的是，他腑下所夹的人就是两人寻找多时的袁苍海！

老叫化子大脸盘，头发如一把衰草乱七八糟地堆在头上，一对牛眼炯炯有神，鼻直口阔，牙齿外露，赤着一双大脚，腰里扎着一根碧绿的打狗棒，看也不看众人一眼，将袁苍海放在地上，然后盘起双膝，双掌抵在袁苍海的后背，不一会儿，袁苍海头顶冒出一团白气，渐渐的白气汇成一缕，从袁苍海的百合穴喷出来，袁苍海的脸色慢慢地红润起来，身上大汗淋漓，老叫化子一收功，说道：“裴长老，将他放在一边睡一会儿。”

众长老见韩丐天施功疗伤，也不敢打扰，静静地站在一边，见韩丐天站起，纷纷站起来行礼。

台下丐帮弟子欢声如潮，用打狗棒在地上杵着“嘟嘟……”响成一片，声势甚是骇人。

丐帮弟子群情振奋，柳天赐和上官红也被感染了，跟着大叫：“帮主，帮主。”

韩丐天站在台上如一座小山，手挥了挥，平声说道：“今晚把大家从各地召集到襄樊城是我韩丐天任帮主以来的头一遭，大家都知道，近来江湖上出现了许多怪事，最大的三件事，就是日月神教反叛武林，在江湖上大肆屠杀武林中人。第二，号称水上第一大帮投奔到日月神教门下称作‘九龙堂’。第三，日月神教教主也是老叫化子有过命交情的老朋友向天鹏在湖北的大洪山遭人毒手，被武林黑白两道称为魔头的柳天赐成为日月神的第二任教主。”韩丐天声音平和，但句句送到众人的耳边，不吵不细，就如在你耳边说话，站在台前和站在外围的人都有一致的感觉，柳天赐感到佩服之至，韩丐天能将通身的内力均匀地分布方圆数十里，真不愧为“三圣”之首！

台下鸦雀无声，众丐帮弟子虔诚地望着帮主，韩丐天牛眼一翻，神色凛然道：“平时，我韩丐天疏于帮中事务，但丐帮弟子都能以大局为重，在各地长老的领导下抗击元军，济困扶贫，为我丐帮争得了荣誉，我韩丐天甚感欣慰，但是……”韩丐天面容一肃，神色严厉地向台上扫视了一眼，眼光却甚是坦然，充满爱怜。

丐帮弟子一向以丐帮有这么一位大仁大义、光明磊落、武功超群的帮主感到自豪，见韩丐天神色肃穆，全场顿时肃静，连小声的议论也听不见了，方圆数十里全笼罩在一片肃穆的气氛中，大家都在等韩丐天宣布什么重要消息。

柳天赐和上官红情不自禁地握起手，柳天赐惊道：“这丐帮的消息的确灵通，原来江湖上发告的事，韩丐天都知道。”上官红却想：“袁大哥失踪了几天，怎么被韩丐天挟来，难道是被韩丐天抓走，可也不应为他疗伤。”回头见柳天赐聚精会神地伸着脖子看着韩丐天，也不好问，就听任柳天赐握着自己的手。

韩丐天顿了顿说："但是天祸武林，这些事发生得蹊跷，我老叫化子无意中听到一个秘密，这一切都是一个天大的阴谋，日月神教已被元人操纵。"

群丐大哗，在群丐的纷扰声中，一个须眉皆白、五短身材的九袋长老朱人贵站了出来说道："帮主，那日月神教向来与我帮和睦，怎么对我等下此毒手，在各地追杀我们几位长老，我们是拼了老命杀出重围，才能到襄樊，其中王长老和杨长老已受伤不轻。"朱长老用手一指卧在地上的两位受了重伤的长老说道："难道这一切是元人操纵日月神教所致？可那些追杀我们的堂主和魔头，都是奉了日月神教教主的'玄铁蝴蝶令'，这些堂主平时还与我们称兄道弟，哪知他们遇到我们，也不问青红皂白，也不答话，招招紧逼，弄得我们毫无防备，这分明是想灭掉我们的丐帮。"

朱人贵满脸愤慨，胡须一翘一翘的，话音一落，另一位身上肌肉结实、一脸凶相的九袋长老站了出来，柳天赐认得此人就是丐帮里面脾气暴躁、被人称作冲天炮的胡一锤，大叫道："这还不算，这日月神教还收罗了武林那些臭名昭著的魔头，我在河北就被'三大淫魔'追杀，带着河北分舵的舵主，要不是碰到少林的两位朋友出手相救，我这条老命就回不来了。帮主，这日月神教也太张狂了！"

各位长老都说了一下自己的遭遇，八袋长老谢远华说道："帮主，我在九江准备过渡的时候，日月神教'黑虎堂'堂主袁苍海，大家都知道，就是这个红毛鬼子，经常和我把盏推杯的，不知怎地，突然丧心病狂地追杀我，经过一片瓜田时，大路边站着一个痴呆的青年，更奇怪的是他旁边的马上还挂着帮主的紫葫芦，我以为帮主就在左近，略施小计，摆脱了红毛鬼子的追击，问那青年可曾见过帮主，就和那青年动起手来，那青年的武功真是匪夷所思，唉，也不知我谢某武功太低还是怎么回事，两招就将我上衣脱了……"谢远华连说带比划在平台上把那天的事说了出来，“后来袁苍海一把撕开那青年的衣服，便叩头声称‘教主’，原来那小子就是传得神乎其神的日月神教的第二代教主柳天赐，奇怪的是他竟然放了我一马，还说什么咱帮主对他的一个朋友有救命之恩，我还听到袁苍海说什么日月神教是不是遭人利用了。”

台上的众丐帮长老面带惊讶之色，那日月神教的教主不是已经北上了吗？怎么还带着两个女人游山玩水，这个十恶不赦的魔头又怎么大发慈悲放了谢远华。

台下的群丐只是听得新奇，也不明所以，于是就三五个人议论起来，台下又是闹哄哄的。

柳天赐心想：我名声怎么这么坏，是什么丧心病狂的大魔头，这谢远华倒说得符合实际，有根有叶的，可韩帮主不只是对绿鹦有救命之恩，应该说是救了他柳天赐两次，一次是在“九龙帮”的竹园里调虎离山，一次是在山村家里杀了“九龙帮”的两个高手。

韩丐天把手一抬，朗声说道：“各位长老已把自己的所见所闻说了出来，大家是不是听得有点莫名其妙？这样吧，现在我给大家讲一下这其间武林到底发生了什么事。”有几个丐帮八袋弟子端起几把椅子给韩丐天和众长老坐下，点将台上十大长老分坐在两边，韩丐天居中而坐，四周的火把照得通明，只有袁苍海一个人坐在地上，打坐运气。

群丐用打狗棒“笃笃笃”地叩击地面，这是对帮主讲话的尊敬，三声一停，忽缓忽急，忽高忽低，颇有韵律，柳天赐暗数九九八十一下，响声戛然而止，群丐只觉得甚是诡秘，稀里糊涂，都希望帮主说出这一阴谋。

韩丐天朗声说道：“在浙江的时候，我就听说日月神教的向老弟传位给柳天赐，心中甚是不解，就想赶到天香山庄去看个究竟，后来又传来消息说‘天香山庄’被庄主白素娟一把火给烧了，柳天赐和白素娟还有一个叫上官红的少女已离开了‘天香山庄’再没有音讯，又传柳天赐在九江已收并了‘九龙帮’封‘九龙帮’帮主为日月神教的第七堂口‘九龙堂’的堂主，还大肆收罗了江湖成名的黑道魔头，夜里潜入九龙帮，听到阮星霸和蒙狗的护国法师‘太乙真人’在密室里的谈话，这一切都是蒙狗制造的阴谋，‘九龙帮’的帮主阮星霸本是元军的一名大将军，后来在蒙狗的帮助下，囚禁了原帮主黄朝霸，取代了帮主之位。”

韩丐天顿了顿又说：“向老弟确是在‘天香山庄’传位给柳天赐，但在江湖上弄得血雨腥风的却是阮星霸的儿子阮楚才，他盗取了日月神教的信物，冒充日月神教第二任教主柳天赐的名义大肆杀戳武林……”

群丐正聚精会神的聆听，忽然一阵急骤的马蹄由远及近而来，柳天赐一听，至少有二三十人，韩丐天和几位没负伤的长老站了起来，群丐向北侧目。

顷刻之间，一行人马出现在点将台的外围，骑马走在最前面的是两位老者，后面跟着两名中年汉子，并排骑在马上，肩膀上抬着一具黑木棺材，中间是一位姑娘，柳天赐大吃一惊，这姑娘就是那晚和锦袍公子在树林约会的向子薇，向天鹏的女儿，最后面的是二十多位壮年汉子。柳天赐一看就知道前面穿着青色的对襟大褂、胸前分写“日月”两个字的就是日月神教的四位堂主，后面二十余骑都是各分舵的舵主，他们手上都缠着白纱巾，额头扎着白布条，这是奠祀死者的仪式。

柳天赐向上官红望了一眼，心想：这日月神教太不辞劳苦，大老远地将假向天鹏的尸体抬到襄樊，想来个证据确凿，不管是假向天鹏还是真向天鹏，他们只知道教主是被人用“隔山裂岳掌”打死，不知韩丐天如何解释。

上官红痴痴地望着向子薇，在火把的照耀之下，这向子薇竟也真凄美动人，脸上挂着泪珠，跟自己长得如此相像，忽然又想到她在树林与段安柯亲热缠绵的情景，心想：这表妹也的确可怜，回头一望，见柳天赐正痴痴地看着自己，以为柳天赐看到了自己的心思，脸一红，忸怩地说道："你干嘛这样看着我？"声音虽小，但在群丐寂静观望之时，听起来特别清晰，惹得四周的丐帮弟子侧目而视，带着异样的目光看着他俩，心想这小叫化子怎么有女孩子扭忸怩的神情，柳天赐赶快噤声肃立，向北侧目而视。

最前面的老者，袖口上绣着一条毒蛇图案，鼠眼短髻，腰里捆着一条银鞭，骑在马上朗声说道："韩帮主，我日月神教莫广华来拜帮来了。"声音远远送来，但内力充沛，和韩丐天的话声迥异，听起来炸耳，众丐帮弟子耳边嗡嗡作响，而韩丐天的声音平和不含锐气，柳天赐一听声音就知道莫广华的内功修为虽然博大，但比起韩丐天的内功底蕴还是相差太远，在场的人都知道这短髻老者就是日月神教大名鼎鼎的"青蛇堂"堂主"九尾银蛇"莫广华。

柳天赐心想：这日月神教真是自讨苦吃，就是你武功再高，丐帮这数万人，如千军万马吃也吃掉你。

果然，群丐拿起手中打狗棒侧手一转，人头移动，黑压压的一片一齐对着日月神教的二十余人。

一个形如铁塔、身材魁梧的丐帮九袋站起来，因身材太壮实，那破烂的衣服穿在他身上绷得紧紧的，露出结实的胸膛，腿有一截露在外面，用打狗棒一指，双目圆睁，喝道："莫广华，亏得你还有脸到这里来，在潼关我俩就恩断义绝，不要怪我对你不客气。"那样子就像与莫广华有不共戴天之仇，要不是隔着群丐，他早就一打狗棒招呼过去。

莫广华冷冷地说道："我日月神教对你丐帮可是当面锣、对面鼓，追杀你们丐帮尽管有失偏颇，但我日月神教大丈夫做事，敢作敢当，从现在起，我日月神教就是与你丐帮势不两立，不像韩帮主老人家，在江湖上声名显赫，道貌傲然，背地里使手脚，韩帮主，既然你已做出来，你敢站出来对你成千上万的徒子徒孙作个解释吗？"

胡一锤气得“哇哇”大叫道：“莫广华，放你娘的狗屁，你们莫名其妙的追杀我们，叫什么有失偏颇，我们帮主头顶青天，脚踩大地，五湖四海，三山五岳谁不景仰，需要在你们这等狗屁后面使手脚，我怕你是条‘九尾疯蛇’！”群丐也群起大愤，但丐帮帮规极严，他们也不敢贸然围攻，只是叫骂着，用打狗棒敲击地面，在夜里如雷声滚过，大地仿佛在抖动。

莫广华满脸不屑，昂首“哈哈”大笑，声音甚是凄凉，双眼喷火，大声说道：“我日月神教众堂主今天是来向韩帮主讨个公道，没想到韩帮主心虚，居然召集了天下丐帮弟子，但我们既然来了，就没打算活着回去。”说完从腰间解下银鞭，这条银鞭极细，前端开叉，系着两个铜球，就要往里闯，丐帮各长老也都跃跃欲试。

韩丐天尽管满脸不解，但不愧为当今顶尖大侠，语调依然平和地说道：“慢，各位丐帮弟子让他们过来。”声音甚是威严。

第十三章　丐帮之难

聚波群丐果然“刷”地让开一条道路，但只能容一人通过，后面两个用肩扛着棺材的堂主只好改为手掌托起，一行人径直向点将台走去，丐帮长老迅速将一行人围在战将台中央，韩丐天手一挥说道：“各位兄弟都坐好，不要急躁，迟来不如早到，疱还是要化脓的好！”

丐帮长老依言又回到原位坐下，两名堂主将棺材放在点将台中间傲然而立。

突然，在点将台后席地而坐的袁苍海一跃而起，冲到黑木棺材前，用力一翻，把棺材“叶咚”一声掀出老远。

日月神教四位堂主面带怒色，目不斜视走上点将台，根本没留意在台后静静地坐着一个，这一下太突然了，莫广华伸手一拉已来不及了，叫道：“袁兄弟，你怎么来到了这里！”

袁苍海因为受伤过重，韩丐天以内力为他疗伤，将他一人放在后面自己调整内气疗伤，突然见到其他几位堂主抬着棺材而来，因为他知道假向天鹏已死，情绪激动，竟像疯子一样冲过来，由于动了体内真气，经韩丐天输入到体内的真气还没自行调整好，人就觉得眼前一黑倒了下去，嘴里叫道：“莫大哥，这一切都是……韩帮主他……”连“假”字都没说出口，用手指着韩丐天就昏死过去。

莫广华用手托着袁苍海，带着哭腔喊道：“袁老弟，是不是韩丐天害了你?”

站在莫广华左边的大汉，袖口上绣着一条麒麟，头小脚大，那双大脚比常人差不多要大一倍，从腰间抽出两柄板斧，身子暴起向韩丐天兜头劈去。

裴长老和胡一锤坐在前面，反应神速，操起打狗棒，一招“天狗偷月”从两边向“绿麟堂”堂主“大脚仙”鲍云威两胁点去。

丐帮九袋长老和日月神教六大堂主武功都在伯仲之间，他们交情都不浅，以往经常在一起切磋武功，鲍云威本是愤怒至极，要砍的目标是韩丐天，千钧之力贯在板斧之上，对两边的裴曾法和胡一锤竟视而不见，也不自保，却兀自向韩丐天劈去，裴曾法和胡一锤打狗棒如长蛇吐信疾点而去，眼看鲍云威两胁就要洞穿。

韩丐天站在那里连身子都没曲一下，移星换步，身子直挺挺地向前飘出一丈，迎着鲍云威的板斧。

群丐一声惊叫，心想：帮主怎么把头往敌人的斧下送，这不是伸着脖子叫人砍吗？

斧头离韩丐天还有一寸远时，韩丐天双掌上举，鲍云威只感到两股大劲向两边分开，板斧不由自主向两边一偏，正好挡住裴曾法和胡一锤的打狗棒，而鲍云威是凌空劈下，并且是拼命一劈，有力劈华山之势，由于板斧向两边分开，前面力道一消，鲍云威身体的惯性，头向韩丐天的腹部撞去。

就是常人以头猛撞腹部也难以消受，何况这鲍云威素有“一头两脚三板斧”之称，练就了铜头铁脚，无坚不摧，这无疑给他的铜头创造了一个极好的机会，可鲍云威只感觉到撞到一堆棉花堆里，劲力全无，人劲力一失，就傻乎乎地站在韩丐天的面前。

群丐只感到浑身激动，一惊一乍，他们中有一部分是从没看到帮主的，好多人是带着景仰的心情来一睹“丐圣”风范，借开丐帮大会之名叫帮主指点自己一手，将来也好行走江湖，而韩丐天只是用了内力，他们有的看不懂那气势汹汹的鲍云威在帮主一招之间就被服服帖贴地站在他老人家的面前，于是，还嫌不过瘾，在台下叫道：“帮主，要痛打落水狗。”“帮主，把其他的鸟堂主都给教训教训……”

柳天赐和上官红看得真切，对韩丐天的内力神功惊佩不已，能将内力运用到这股不愠不火、刚柔并济的地步，实乃是大家手笔，两人自忖内功并不能比韩丐天强，但年轻气盛，阅历尚浅，内功难免霸道，一霸道就有狂躁之像，与一般人打斗，那是快刀斩乱麻，但与韩丐天和“玉霞真人”这样大家相比，就如力击枯井，石沉大海，不见波澜。

韩丐天仰天长笑道：“没想到日月神教堂主，皆武功超凡，痴恶如仇的侠士，竟被敌人蒙住了眼睛，正邪不分，好！你们都退下，既然几位堂主是冲我来的，我老叫化子就还他一个公道，但我必须知道四位堂主到底向我老叫化子讨回什么公道，我在哪方面做了对不起日月神教的事？”

日月神教四位堂主、向子薇和众分舵主，都是江湖一等一的顶尖高手，怎看不出自己与韩丐天相比，武功相差甚远，加上韩丐天义正辞严，不像一个耍阴谋的人畏畏缩缩，倒也震住了，打心眼里还是钦佩。

莫广华清了清喉咙说道：“韩帮主，你是装糊涂怎地，我们向大哥与你生死之交，我们追杀几位长老，可是奉新教主之命，你也不该暗算向大哥，对向大哥下如此毒手。”刚说完，向子薇抑制不住，刚开始抽抽噎噎，到后来干脆放声大哭起来。

群丐在台下只顾看着帮主的一举一动，生怕错过其中精彩一招而后悔，向子薇痛哭起来一下子吸引了群丐的视线，顿时群丐一静，这少女的确长得惹眼，脸上各个部位都组合得如此完美，粉脸垂泪如梨花带露，群丐听莫广华一说和向子薇一哭，才明白棺材里放的是日月神教教主向天鹏的尸体，向天鹏被害，丐帮弟子马上就得到消息，但没想到几位堂主将棺材抬到了襄樊。

柳天赐更是稀里糊涂，他明知道这死去的向天鹏是假的，而导致几位堂主的愤然寻仇，向子薇痛苦不已，连自己都感到这一切都是真的，他宁愿相信这一切都是真的，因为这骗出来的感觉让他心里难受极了，恨不得走上台去呈明这一切。

上官红还是这几天才知道，那痛苦流泪的少女与自己有很亲的血缘关系，看着她单薄的身子，双肩颤动，不由一阵难过。

韩丐天也觉得一阵尴尬，这向子薇如自己的亲生女儿，是他看着长大的，如今趴在黑棺上伤心痛苦，这分明在诉说悲情，在他脸上打耳光，满脸错愕道："莫堂主，向老弟被人暗算，我韩丐天痛心疾首，为此悲恸了好些时日，和你们心情是一样的。近来日月神教在江湖各种怪异现象与向老弟的秉性迥异，我准备到'蝴蝶崖'当面问个究竟，谁知走到襄樊城就传来噩耗，说向老弟在大洪山遭人毒手，当时我就感到费解，论武功修为，向老弟应该超出了我，天下谁有这通天彻地的本领，能暗算向老弟，我实在想不出这个人，你们怎么想到我的头上？我召集丐帮大会，就是和丐帮众弟子解释一件大事，因为日月神教已遭蒙狗奸人利用，我们应揭穿这一切阴谋，同仇敌忾，共同北上抗击元军，因为我得到消息，蒙古大军正准备大举南下，一举攻取大宋，我想任何江湖恩仇都可以化解，唯有亡国大仇与正义之士共存亡！"

韩丐天这一番话说得言辞恳切，豪气干云，丐帮和日月神教都为之动容，连上官红也被韩丐天的胸襟所感染和折服，想日月神教追杀丐帮长老，韩丐天都不记前嫌，一心想到大宋，实乃真豪杰。

全场一片肃穆！

日月神教几位堂主对教主这段时间发生的事也感到扑朔迷离，颇有猜测，尽管有许多不解之处，但又找不出什么破绽，因为向大哥还是以前的向大哥，只是性情大变，他们想也许一个人武功到达一定的地步，性情就会改变，比如猜疑心重，权欲强，向大哥肯定想当武林盟主，从而号令天下武林，这也没什么不对，只是方法不大对头。日月神教这些堂主从创立日月神教之时起，就和向天鹏一起摸爬滚打，出生入死，过着刀口上舔血的日子，才挣来日月神教今日宠大的霸业，这一次想称雄武林，教主下令对江湖异己手段要残忍一些，这一切在他们看来都是可以理解的。

莫广华口气一软说道："韩帮主，我问你，除你之外天下还有谁会'隔山裂岳掌'。"

"隔山裂岳掌"是丐帮帮主成名掌法，也是他独步武林的看家绝活，这"隔山裂岳掌"分为二九十八式，是一种至猛至刚的掌法，需要至纯至厚的内力才能练成，这掌法凝集了韩丐天毕生的精力，才练到随意挥洒的境地，除了"丐圣"韩丐天会使，天下是没有人能使出"隔山裂岳掌"，这是武林中人都知道的常识，所以韩丐天没有回答，其实这也不是一个需要回答的问题，这问题的本身就不存在。

莫广华又道："韩帮主，我向大哥就是中了'隔山裂岳掌'而死的。"

"啊！"台下群丐倒吸一口冷气，向天鹏是中了"隔山裂岳掌"而死的，就等于说是韩丐天杀了向天鹏！

韩丐天更是万分惊讶，他只知道向天鹏在大洪山遭人暗算，但不知是死于"隔山裂岳掌"，这倒出乎他的意料之外，神情激动，虎吼一声道："让我看看。"说着就走到没有棺盖的棺材前。

柳天赐和众人看到棺材里躺着向天鹏，但从韩丐天的神色中可以想到棺材里的向天鹏确是中的"隔山裂岳掌"而死的。

韩丐天瞪着难以置信的圆眼，额头仿佛一下子又多凹陷几分，那朝天的鼻孔一翕一翕，那怪异的容貌更加怪异，一脸的惘然。

与他有过命之交的好友向天鹏，现在已是一具无头尸体，躺在棺材里，虽看不清他的遗容，但从尸体上韩丐天一眼就认出是向天鹏，这掌力是从他后背上发出，将他前胸给震碎，连胸前的"玄铁蝴蝶印"都凹陷下去。

棺材里的向天鹏确是被“隔山裂岳掌”胸部震碎而致命，但不是韩丐天所使，韩丐天心里清楚，他想仔细看一看，只要是假的就一定有破绽可寻，因为他毕竟是假的。

韩丐天伸过手，想将向天鹏的尸体翻过来看他的背部，站在棺材边一只手长、一只手短的“玉马堂”堂主“观音手”陈少雷和方头大脸、有棱有角、虎背熊腰的“赤龙堂”堂主“霸王鞭”田仕雄两人伸手一喝道：“你想干什么?”

两人生怕韩丐天毁尸灭迹，所以大急，伸手一挡带有十成劲力，谁知韩丐天兀自怔怔地，眼看韩丐天就要被两人横摔出去，群丐不由大叫道：“帮主小心!”

“啊呀!”陈少雷和田仕雄“蹬蹬”退了几步方才站定，两人一挡，实际上是用手向外挥摔，情急之下，用力迅猛，可一碰到韩丐天的手就碰到一股反弹之力，反而将两人反弹倒退几步。

“韩丐天，你终于露出了狐狸尾巴，我跟你拼了。”在一旁哭泣的向子薇见韩丐天执意要动她父亲的尸体，一声叱喝，长剑一挥，使的竟是武当派上乘剑法“七虹挂彩”，“刷”地剜出七朵剑花分刺韩丐天的胸前七处大穴，朱人贵一招“打狗挑腹”越过韩丐天，隔着棺材向向子薇胸部扫去。因为丐帮几大长老都认得向子薇，从小就喜欢这俊丽可爱的小女孩，长大后，向天鹏把她送到“玉霞真人”门下学艺，就很少见到，故朱人贵这一扫并不含多大的劲力，只想把向子薇的剑化解掉。韩帮主只是怔怔地看着棺材，并不在意外界发生什么，刚才将陈少雷和田仕雄反弹出去，只是他体内真力已达到炉火纯青的地步，一遇到外力，在心无杂念的情况下，就会自然发力反弹。

向子薇大骇，忙回剑自救，但剑已出手，硬生生的撤回来，感到有点生拗，朱人贵点到就收，一撤打狗棒不再进攻。

向子薇哪里肯依，第二招“银河暗渡”向韩丐天的面孔刺，剑势带风，一虚三实，举剑平刺剑势如虹，朱人贵大惊，举起打狗棒上挑，使了一个“缠”字诀，想把向子薇的剑带到一边，谁知向子薇剑到中途忽改走偏锋，剑身下斜向韩丐天的胸脯刺去，朱人贵身材短小，情急之下，一跃上了棺材，打狗棒随着剑身一招“拨草寻蛇”向向子薇面门扫去，这是朱人贵为救韩丐天不得已而为之的一招，他没想到向子薇如此毒辣狡猾，非置帮主于死地不可，向子薇必须撤剑，向后躲去，可向子薇怎能放过这一机会，剑式不减劈了下去。

突然从西南面一行十三人风驰电掣，越过众丐帮弟子的头顶，走在前面的是身穿锦袍公子哥打扮的段安柯，紧跟其后的是十二个白衣少女，十三人脚在群丐头上点了几点，人已跃上了点将台。段安柯未站稳就对着朱人贵凌空一指，朱人贵只感到“百合穴”一麻，打狗棒竟脱手掉在地上，向子薇“刷”的一剑，在韩丐天胸前划了一道血口。向子薇毕竟还是有所顾忌，这一剑劲力弱了一点，要不然，韩丐天就会当场劈死，向子薇双目一闭，只感到面上劲风一扫，然而并未感到头被震飞，眼睛一看，朱人贵的打狗棒已掉在地上。

台上的堂主和长老都是武林一等一的高手，不觉相顾骇然，这突如其来的锦袍公子使的是大理段氏的“随形剑气”，裴曾法和胡一锤揉身而上，赶紧一点韩丐天胸前穴道，鲜血顿止，扶住韩丐天，韩丐天仿佛大梦初醒一般，两手一拂，内力震荡，挣脱了裴、胡二长老，胸口的鲜血又“汩汩”流出来，韩丐天浑然不觉，牛眼一翻，喝道：“小子，段永庭是你什么人?”

群丐在台下见帮主站在棺材边一动不动，甚感奇怪，向子薇突发进攻，把群丐的心都提到嗓子眼里，全神贯注地盯着台上看，所以段安柯带着“十二剑女”来到场外，竟没人注意到。

段安柯本来听过父王和师父“玉霞真人”的告诫，真相未明，切不可轻举妄动，所以也只是来探探虚实，先是看到韩丐天一脸惊讶地站在棺材前，那表情明白无误地告诉他向子薇的父亲是被“隔山裂岳掌”所伤，他以为韩丐天在铁的事实面前被震住，故作痴呆，另想计谋。

后见朱人贵打狗棒横扫向子薇的腹部，心中大惊，就想挺身而出，可向子薇却回剑回护，化险为夷，不由出了一身冷汗，谁知第二招的时候，向子薇却不躲不闪，全不在乎朱人贵的打狗棒，长剑直劈下去，段安柯大惊，不顾一切地飞身而上，凌空一指，一股剑气点到了牛人贵的“百合穴”。

柳天赐甚感奇怪，那向子薇如果第一招也像第二招那样全然不顾直刺过去，韩丐天哪还有命在，他想不通向子薇宁愿救腹而不要头，更为诧异的是，他不识得“随形剑气”，见段安柯凌空一指，竟能凝聚一股剑气而出，实乃不可思议，试想自己身上的真气那么深厚，也只能排山倒海地推出去，怎么也不可能聚成一股剑气。

上官红见朱人贵横扫向子薇腹部，向子薇顿时花容失色，拼命撤剑自救，她想到在树林里，向子薇对段安柯说什么我有两个月没来……上官红已有二十岁，该女人知道的事她都知道，原来这表妹已有两三个月的身孕，不由脸红起来，柳天赐朝她一望，幸好她脸上已涂抹得脏兮兮的，不容易看到脸色，但还是难为情地低下了头。

段安柯一落站在台边，双眼关切地看着向子薇，仪表堂堂，衣着华丽，所带的十二剑女皆一袭白衣，高矮一致，俏生生地站在他四周，与台上的丐帮长老和台下的丐帮弟子，个个蓬头垢面，衣服褴褛，形成鲜明的对比，特别抢眼。

见韩丐天喝问自己，毕竟内疚，忙回答道：“是我父王。”

没想到韩丐天满脸赞许，微笑道：“果然是一奇才，年纪轻轻，竟能练成‘随形剑气’，实乃不简单，但还不能做到随形，火候不到，想你父王的随形剑气已能出神入化了吧？那样老叫化子就比不上他了。”

段安柯冷冷地说道："我父王怎比得上你的呢？韩帮主可棋高一着，该下毒手的毫不手软，下不了毒手的就顺手牵羊地拿走。"

除了柳天赐和上官红，其他的人听起来无不莫名其妙，本来向子薇也知道，但她拿着滴血的长剑站在那里，眼睛定定地，不知在想什么，段安柯说的话她可一句也没听见。

群丐先只觉得眼前一花，十三人衣着华丽登台亮相，凌空一指，用剑气击落朱人贵手中的打狗棒，其中有些丐帮子弟忍不住喝彩起来，但大多数对鹤立鸡群的素裙锦服大感厌恶，加上又觉得段安柯装腔作势，说起话来酸不拉几，甚是不顺眼，台下就响起一片鼻孔冒气的"嗤嗤"之声，"他妈的，真是穿皇袍上茅房，哪来的野小子跑到叫化子这里来摆阔。""不知是从哪家白衣妓院跑出来的公子，还挺能撒野。"……台下又"嗡嗡"吵成一片。

忽听说是大理国段家小王爷，这大理段家的随形剑气，可是天下闻名，不知他来到这里做什么，听他说话，对帮主甚为不敬，满是睥睨和不屑。

韩丐天一生坦荡磊落，有谁如此说他，不觉有点愠怒地说道："段公子是来呈口舌之利？我老叫化子跟谁下过毒手？又怎地顺手牵羊？"

段安柯冷冷一笑道："向伯父不是中了你的那天下无人能会的'隔山裂岳掌'？还有我家的《随形剑气》难道不是韩帮主顺手牵去的？"

日月神教的众堂主，原本都是仁义豪侠，对韩丐天一向景仰，只因教主向天鹏和各堂主出生入死，患难与共，情同手足，向天鹏遭人毒手，众堂主怎么也不相信是韩丐天所为，但铁证如山也难有解释，就带着向子薇和教主的尸体赶到襄樊当面和韩丐天作个见证，如果韩丐天不能作出解释，他们会要么鱼死，要么网破，报此血海深仇，但由于还没有确切的眉目，众堂主对韩丐天还是不敢动粗，韩丐天一身正气，大义凛然全不是小人和伪君子的作风，正在骑虎难下之时，向子薇一剑将韩丐天划了一条血口，这可受伤极重，但韩丐天神功盖世，居然还能撑得住，虎虎生威，不竟使人感到凛然，众堂主不觉有一丝悔意。

段安柯走上来不问青红皂白，用“随形剑气”的指法救了向子薇，显然是友，但众堂主却不怎么感激，加上说话之乎者也，称向大哥为向伯父，似乎和日月神教关系非同一般，他看子薇时，那关切的眼神火辣辣地溢于言表。

众堂主对眼前这身着锦袍的段公子倒是一筹莫展，听他说话的意思，好像韩丐天偷了他家的《随形剑气》。这可真是奇闻一桩。

大理段氏的《随形剑气》与龙尊的《夺魂心经》、武当的《百变神功》，还有天山的《雪花掌》、天龙派的《吐功大法》可都是代表武林至高无上的武学宝典，虽然没有《夺魂心经》那样惹得江湖中人拼着性命设法占为己有，但哪个嗜武的武林高手不想一览秘笈，使自己武功天下第一，这韩丐天怎么又跑到大理去偷得《随形剑气》，众人都聚精会神地注视着段安柯和韩丐天，捕捉脸上稍纵即逝的神色，人说无风不起浪，这锦袍公子煞有介事的说出来，肯定有道理。

韩丐天见今天事情接连而来，先是日月神教的向天鹏死于他的“隔山裂岳掌”就给他淋了一头雾水，叫他迷惑不解，后来又冒出段安柯指名道姓地说他偷了《随形剑气》，自己与大理国的皇帝段永庭也是深交不浅，还被段永庭邀请到大理国的皇宫，两人切磋武功，举杯豪饮，好不畅快，后来发现江湖上出现了许多异常现象，就奔波在江湖中，已有三四年没到过大理，反正已见怪不怪，心里反倒平静坦然说道：“段公子，你说我韩丐天偷你家的《随形剑气》可有什么证据？”

段安柯冷哼一声道：“韩帮主，你脸皮可真厚，难道要我也把我叔父抬到襄樊来，在铁证如山前你才承认。”

群丐在下面用打狗棒“笃笃笃”的敲着地面，大叫道：“放你妈的屁，敢这样说我们帮主，撕了他的鸟嘴。”“什么鸟《随形剑气》，给咱帮主揩屁股还嫌纸硬。”……

众长老也勃然大怒，这小子说话怎这般没轻没重，江湖上还有谁说帮主脸皮真厚，胡一锤打狗棒一晃，恨不得敲掉段安柯的门牙，韩丐天用手一隔，坦然说道：“段公子，将你叔父抬到襄樊又怎么铁证如山?”

段安柯小时候见过韩丐天，时间相隔太久，印象就模糊了，在他眼里韩丐天纯粹是装糊涂，自小生活在大理，汉话讲的不大通套，段永庭只有这么一个宝贝儿子，将来接帝位，得学会汉人的大量奇经韬略，所以将段安柯送到武当山，一方面是学武功，另一面是让他历练历练，多学些汉文化。段安柯初到武当山，讲话辞不达意，支支吾吾，吞吞吐吐，惹得师兄弟常取笑。而向子薇在向天鹏身边，向天鹏为人严肃，只与兄弟在一起喝酒时，才放声大笑，恣情放纵，虽然很疼向子薇，但很少与她开玩笑，把向子薇送到武当山学艺，向子薇真是求之不得，见段安柯经常说一些辞不达意的话，总要笑得岔不过气来，于是就时不时找话与段安柯搭讪，段安柯也乐意与这位面如桃花的师妹说话，天长地久，就两心生情，向子薇一听他说话就妙趣横生，所以段安柯在武当山学艺三年，说起话来还是辞不达意，如果向子薇听到她说韩丐天，一点也不觉得奇怪，而听在其他人的耳朵，就觉得他表情与言语不符，说起话来没大没小，不分轻重，把事情经过陈述出来，却招致众人怒目而视。

于是，段安柯笑了笑说：“韩帮主，你到我大理皇宫窃取《随形剑气》正准备狗急跳墙，被我叔父一把抓住，你就心急吃不了热豆腐，用‘隔山裂岳掌’伤了我叔父，然后就树倒胡狲散了。”

台上台下众人一听，简直越说越不像话，怎么说韩帮主狗急跳墙，可后面两句心急吃不了热豆腐和树倒胡狲散，全他妈的狗屁不通，再看他脸上笑容更是怪异，本来想冷着脸，不知怎地被他硬生生地挤出一丝微笑，柳天赐和上官红不竟笑了出来，幸好有许多丐帮弟子也偷偷的笑了起来，有人说："这小子是不是头脑有问题。""纯粹他妈的胡说一通。"……

韩丐天大吃一惊，道："我用'隔山裂岳掌'伤了你叔父?!"

段安柯搞不清用什么表情，干脆也不怒也不笑，板着脸说："不是你，难道是禽兽不成，天下还有谁会'隔山裂岳掌'?"这一句话倒把韩丐天问住了。

众长老见段安柯胡说八道，纠缠不清，都对他怒睁双眼。

韩丐天说道："段公子，你说的是什么时候?"

段安柯板着脸道："此一时，彼一时，就在今年九月底。"

柳天赐心想，十月中旬，我在"九龙帮"的竹园里还见过韩帮主，就是韩帮主脚力再快也不可能在半个月时间从云南赶到九江，柳天赐心里一凛，这一切是不可能的，韩丐天再厉害也不可能九月底在云南大理偷得《随形剑气》然后又跑到湖北大洪山打死向天鹏，然后又跑到九江，既然韩丐天不可能，那说明天下还有一个人会"隔山裂岳掌"，这个人即会使"隔山裂岳掌"，分明是栽脏韩丐天，为什么要这么做? 是怎样才能做到的呢? 柳天赐心头升起一片阴云，啊，这又是一个阴谋，这次却将韩丐天套了进去。

谢远华也注意到这个疑点，跳起来骂道："你他妈的，放什么臭屁，十月底我还在九江碰到我们帮主，怎么九月底跑到你们大理去了?"

段安柯忽然"嘻嘻"一笑道："路遥知马力，日久见人心，韩帮主怎么不能跑到大理!"

谢远华气得鼠眼直翻，他妈的，这叫什么鸟话，其他众人都想到这个问题，这小子纯粹是来捣蛋的。

韩丐天依然平静地问道："段公子，你有没有记错?"

段安柯面带微笑道："知错能改，善莫大焉，我怎么会记错呢!"

胡一锤纵身一跃，欺了过去，打狗棒一带，一招"棒打疯狗"夹着劲风向段安柯打了过去，嘴里叫道：“他妈的，在这里乱嚼舌根，是活得不耐烦了。”

众长老怎么也不相信帮主杀了向天鹏，更不相信帮主偷《随形剑气》，本来帮主被向子薇刺了一剑就窝了一肚子火，后来又冒出了段安柯，参杂不清，颠三倒四，表情古怪地乱说一通，更是怒火中烧，胡一锤脾气暴躁，早就忍不住了。

“十二剑女”见有人来攻小王爷，都伸出中指站在远处向胡一锤指去，十二道剑气将胡一锤罩住。

胡一锤大惊，打狗棒本已触到段安柯，便在空中使了一招铁板桥，身子直挺挺地向上飞去，可人的速度怎么及手指剑气的速度？“十二剑女”手指只轻轻一抬，又罩住了胡一锤，胡一锤身上的几处穴道被点，就在半空直挺挺地摔下来。

从堂主、舵主到丐帮长老都咋舌不已，以往只听说大理的《随形剑气》是天下最高武学之一，没想到果真厉害。其实韩丐天知道，这随形剑气是将体内真气由指尖逼出，形成一股指剑，如果内力深厚，懂得如何运围内功，这股剑气不仅能穿墙凿壁，洞砖裂石，而且还能追随敌人，如影随形，能十个指头同时发出剑气，那时段永庭只会六指发出剑气，所以被江湖人称“六指皇圣”。

段永庭练到现在已经七个指头射出剑气，他叫儿子段安柯到内地找韩丐天调查《随形剑气》，又担心段安柯阅历尚浅，江湖险恶，于是就把随身十二个剑女跟着段安柯，保护他。

这十二个剑女都是段永庭身边的贴身丫环，都有一些武学根基，段永庭天天琢磨随形剑气，她们都耳濡目染，于是段永庭就教每位一指剑气，十二少女能把手上的其中一指射出剑气，这十二个人联在一起，就形成了十二指剑气，但不如一个人使出来自然，更何况十二个少女功力尚浅，发出的剑气威力就只有一股，更谈不上如影随形，段安柯内功相对深厚得多，段永庭好生调教，以使他能使出三指剑气，特别中指已具有极强功力，所以段安柯凌空一指，相隔那么远，就点中了朱人贵的百合穴，韩丐天夸他年少有为。

裴曾法、谢远华站得最近，见胡一锤摔落在地，打狗棒向上一指，一招“棒扫群狗”，只见棒影绵绵，齐向十二位剑女扫去，这一招去式极快，棒影恢宏，也贴到剑女跟前去了，剑女大惊，因为他们只会一指剑气，这随形剑气最好是远距离点，挨近了就束手无策，更何况都是十七八岁的少女，一下被人贴近，顿时慌了手脚，噼里啪啦，裴曾法和谢远华的打狗棒已扫倒五个少女，段安柯与他们也相隔太近，不能用两指分点，就干脆一指点向裴曾法，然后再一移指向谢远华。

就在这空档，谢远法就地十八滚，已滚到了段安柯脚下，打狗棒连戳连擢，这是打狗棒的拦字诀，段安柯只得跟着连蹦带跳，裴曾法毕竟是丐帮九袋长老，辈分极高，不好两面三刀去击一个后辈，扶起胡一锤，胡一锤也没受什么伤，站起来拍拍身子和裴曾法站在一边。

没被摔倒的剑女怕剑气伤了小王爷，也不敢贸然出指，站在一边捏出了一把汗，台上就变成了谢远华和段安柯单打独斗。

谢远华是丐帮的八袋长老，武功和内力都比段安柯强，打狗棒一头在地扫段安柯的脚踝，段安柯又蹦又跳，谢远华突然身子一立，打狗棒的另一头，向上一翘，正好打在段安柯的鼻子上，段安柯“啊”的一声，人向后仰去，鼻血长流。

段安柯“啊”的一声，向子薇回过神来，见他倒在地上鼻血长流，芳心大动，哪顾得那么多，叱喝一声，一招武当剑的“满天剑雨”向谢远华的后背刺来。

谢远华听风辨器，一转身就一招“回棒打狗”，棒身向下，向子薇看准棒头，双足在棒头一点，身子如乳燕飘飞，人头倒立，“刷”的一剑向下一撩，谢远华连忙抽棒上举，向子薇剑和铜棍相交，火星四射，向子薇内力稍差，不觉虎口发麻。

日月神教的四位堂主起初见段安柯上台来，双目火辣辣充满关切地看着向子薇，又素闻大理段家个个自命风流，以为段安柯也是一样，对侄女向子薇美色垂涎，才挺身相救，可当段安柯痛叫时，向子薇就大惊失色，不顾一切地冲上去就知这侄女私下里已和这位段王子相好。

谢远华本不想和向子薇打斗，双手举着打狗棒往上一送，可向子薇哪里肯依，剑锋一转，向谢远华的鼻子削去，谢远华没想到向子薇这般死打，赶紧腰身一挫，人向后仰去，向子薇双脚下落，向他肚子踏去，手上的长剑剜出几朵剑花向他鼻子削去，大有非削掉谢远华的鼻子不可。

上官红心想：我这表妹也真爱得痴了，人家将她情郎的鼻子打出血，她就非得削掉人家的鼻子不可！

谢远华也有点恼怒，身子硬生生地向台上倒去，双脚向上蹬去，打狗棒向外一拔，荡开长剑，然后向上一擢，直点向子薇面门。向子薇在武当学了三年，武功自不一般，加上心里有气，身子在空中向后一缩，长剑顺着打狗棒向下一削，剑锋一拐，还是削向谢远华的鼻子，谢远华来不及撒手，左手在前，翘起的多余的六指竟被切断，谢远华负痛，大怒，贴地一滚，向子薇没削掉谢远华的鼻子，还不解恨，长剑跟着就上，谢远华右手一甩，那根被削掉的断指向向子薇劲射而去，向子薇不知谢远华使的是什么暗器，太快了，仓促之间用手一抓，手上吃痛，这一抓倒是抓住了，可更使她大惊失色，那被她削断的手指鲜血淋漓，居然还在她手中活蹦乱跳，吓得尖叫一声。就在向子薇一惊一乍之间，谢远华的打狗棒已指向她的腹部，向子薇又跟着尖叫一声，人一转身，谢远华的打狗棒点在她的后背，这倒出乎谢远华的意料之外，哪有如此避法，舍背避腹，向子薇身子向前扑去，双手撑地。

向子薇是向天鹏唯一的一个女儿，六个堂主对她疼爱有加，视为亲生女儿，谢远华其实也没伤着她，但两声尖叫使人惊吓，何况谢远华在江湖上成名较早，而向子薇是刚出道的，这样以大欺小，日月神教的堂主以为谢远华对向子薇下杀手，本来向大哥含冤而死，尸首分离，唯一查找到凶手的线索就是被“隔山裂岳掌”所暗算，本来就怒火中烧的来到襄樊，一看到向子薇受伤，更是火上加油，莫广华和田仕雄两条长鞭“刷”地就卷了过来，白色的银鞭和黑色的霸王鞭挟着雷霆之声，向谢远华的中盘和上盘席卷而来。

谢远华只是感到向子薇苦苦的紧逼势在削鼻，有点恼怒，并不真想伤她，没想到没怎么伤她，却引出她两声尖叫，救腹舍背，扑倒在地，不由一愕，陡见两条鞭影卷来，身形急起，向前冲去，可鞭影带着劲风跟着后面赶过来。

谢远华逃的甚是狼狈，朱人贵和另外一个丐帮九袋长老熊百能就站在前面，熊百能是一个年已花甲的老头，人长得十分干瘦，像一阵风就能吹倒的样子，但内力深厚，以巧取胜，四两拨千斤。

朱人贵一招“棒打狗头”，打狗棒出手凌厉，斜点莫广华的左肩，熊百能棒影飘所，扭向田仕雄的双脚。

莫广华银鞭一缩，向朱人贵的打狗棒缠去，鞭上的两个铜球，顺势向右边的熊百能砸去，他想一人牵制住朱人贵和熊百能，田仕雄身子一起，钢鞭势头不减，直击谢远华背部。

朱人贵不敢与莫广华的铁鞭硬接，棒影向右一闪，避开银鞭，向朱人贵的后背点去，熊百能干枯的身影如鬼魅般地一飘，打狗棒飘飘忽忽幻成无数棒影，如急风暴雨般地向莫广华的胸前点去。

本来丐帮的几位长老与日月神教的堂主，武功各有所长，不相上下，而莫广华和田仕雄攻击目标是在逃的谢远华，田仕雄乘莫广华分击朱人贵和熊百能，就长驱直入，想一鞭将谢远华打趴下，这样背后门户大开，朱人贵的打狗棒已击了过来。

眼看田仕雄就要打趴在地，朱人贵突然感到侧面一阵劲风，头小脚大的“大脚仙”抡着板斧向他面门削来。

裴曾法松开胡一锤的手，身子斜掠，内力贯在打狗棒上，向外一分，将鲍云威的板斧荡在一边，但朱人贵还是感到贴脸一阵冰凉，一阵吃痛，耳朵给削了块皮，而田仕雄感到背后有风声，身子翻了一圈，带动钢鞭向朱人贵疾扫过去，站在旁边的另外两个八袋长老范忌天和楼基成，皆两个中年壮汉，脸上皆带有北方人的风尘之色，本来站在一边，照看另两位受了重伤的八袋长老潭有待和李胜清，见朱人贵情况危急，身形暴掠，两人抓住朱人贵两肩凌空向后一弹，田仕雄的钢鞭砸到地上，“轰”的一声，将台上的两块方砖打个粉碎，群丐“啊”的一声，这一鞭要击在朱人贵的头上，不就脑浆迸裂了。

站在台下的丐帮弟子，从没见过江湖上一等一的高手混战的局面，都一眨不眨地引颈观看，随着丐帮长老的安危一“哈”一“啊”，这场混战已牵动了上万名丐帮弟子的心，有的自打娘肚子里出来，从没见过这么精彩纷呈的恶斗，于是就在台下“哼哼啊啊”手舞足蹈地模仿起来。

柳天赐和上官红站在群丐之间不知如何是好，柳天赐觉得甚是烦闷，因为他到现在还一直不知道那个假向天鹏是谁，假向天鹏花这么多精力杀了日月神教教主和四大护法，挑起武林纷争，使日月神教四面树敌，应该来说，基本上快要达到他的目的，而现在他居然以一死来嫁祸韩丐天，柳天赐觉得那个假向天鹏引着他走进了一个迷宫。这个假向天鹏显然不是韩丐天所杀，说明是被另外一个能使“隔山裂岳掌”的人所杀，这个人是谁？

柳天赐一直想揭开这个主谋——假向天鹏的面纱，可这个主谋现在就躺在前面的棺材里，成了一具无头尸，为什么是无头尸呢？那四个假“阴阳天地”护法怎么会突然失踪了呢？

韩丐天站在那里心情与柳天赐是一样的，他看到向天鹏的尸体前胸所中的“隔山裂岳掌”的印记，真是惊讶无比，因为这“隔山裂岳掌”是一种至刚至猛的掌法，必须要具备至刚至纯的上乘内功，才能学会运用。韩丐天从前帮主那里花了毕生精力才悟出来，凭此被江湖人称“三圣”之首，这掌法他从没传给谁，因为没有合适的人选，既然有这样人选，也没有那么深厚的内力根基，可事实上却有第二个人会“隔山裂岳掌”，并且凭这一掌打死了向天鹏，还在大理偷走了《随形剑气》来嫁祸于他。

韩丐天知道向天鹏在天香山庄传位柳天赐，后来在九龙帮的竹园里知道，柳天赐已被元军控制的九龙帮帮主的儿子阮楚才移花接木，成吉思汗为了扫除南下的障碍，制造中原武林的冲突，惹起内乱，韩丐天为了顾全大局，才决定召集全丐帮大会。这丐帮分为南丐和北丐，韩丐天想调集所有的南丐到北方抗击蒙古鞑子，大敌当先，危及大宋，他决定不管背负多大的责难和恶名，跳出武林纷争，一心抗击元军，没想到敌人还是比他早了一步，躲在暗处，将他推到越来越不利的危险境地，从而纠缠下去，脱不开身……